KB093357

행운을 빕니다

행운을 빕니다

행운을 빕니다

ⓒ 김이환 2020

초판 1쇄	2020년 10월 28일

지은이	김이환

출판책임	박성규	펴낸이	이정원
편집주간	선우미정	펴낸곳	도서출판 들녘
편집진행	김혜민	등록일자	1987년 12월 12일
디자인진행	김정호	등록번호	10-156
편집	이동하·이수연		
디자인	한채린	주소	경기도 파주시 회동길 198
마케팅	전병우	전화	031-955-7374 (대표)
경영지원	김은주·장경선		031-955-7381 (편집)
제작관리	구법모	팩스	031-955-7393
물류관리	엄철용	이메일	dulnyouk@dulnyouk.co.kr
		홈페이지	www.dulnyouk.co.kr

ISBN	979-11-5925-587-8 (03810)	CIP	2020043914

이 도서의 국립중앙도서관 출판예정도서목록(CIP)은 서지정보유통지원시스템 홈페이지
(http://seoji.nl.go.kr)와 국가자료공동목록시스템(http://www.nl.go.kr/kolisnet)에서 이용하실 수 있습니다.

값은 뒤표지에 있습니다. 잘못된 책은 구입하신 곳에서 바꿔드립니다.

김이환 연작소설

행운을 빕니다

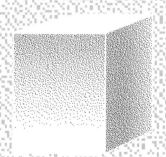

들녘

차 례

그의 상자

최상원은 평범한 남자였다.

"상원이 너는 집도 괜찮고 학벌도 좋고 연봉도 높으니까 곧 결혼할 수 있을 거야."

"맞아. 네가 태규보다 빠지는 게 뭐가 있냐? 이런 바보도 속도 위반해서 결혼하는데 상원이 네가 못할 게 뭐야."

"거기서 내 이야기가 왜 나와?"

"하하하."

하지만 그에게 한 가지 아쉬움이 있었으니 아직 결혼을 못했다는 것이다.

나이도 찼으니 빨리 결혼하라는 부모님의 재촉도 있지만,

그 또한 가정을 꾸려 안주하고 싶은 마음이 컸다. 오늘처럼 친구 결혼식에서 다른 친구가 결혼하는 모습을 보거나 오랜만에 만난 친구가 곧 결혼할 거라며 여자 친구를 소개할 때는 더 조바심이 났다.

그들은 결혼식이 끝나고 열린 피로연에서 신랑 신부가 인사 오기를 기다리는 중이었다. 뷔페 음식을 한 접시씩 앞에 놓은 친구들은 서로에게 근황을 묻고 있었다. 그가 별말 꺼내고 싶지 않아 맥주만 마시며 대답을 흐리는데 친구들이 눈치 없이 계속 캐물었다.

"저번에 선본 건 어떻게 됐어?"

"그냥 뭐……"

이유는 비슷비슷하다. 여자들은 그가 무뚝뚝해서, 부모를 모시기 싫어서, 혹은 아직 그가 모은 돈이 충분한 것 같지 않아서 등의 이유를 대며 거절했다. 사실은 다 핑계일 뿐, 자신의 외모가 볼품없기 때문인가 싶어 그는 맥주잔을 내려놓고 한숨을 쉬었다.

친구들은 표정이 어두워지는 그를 위로하려는 듯 한마디씩 했다.

"운이 없어서 아직 짝을 못 만난 거야. 걱정하지 마."

거기까지는 좋은데, 위로를 하다 보면 꼭 그가 듣기 싫어하는 말을 꺼내는 친구가 있다. 아니나 다를까 이번에도 누군가 말했다.

"상원이 너 눈이 너무 높은 거 아니야? 꼭 우리나라 여자만 찾지 말고……."

"나는 다 먹었으니까 간다."

그는 신랑 신부의 인사도 뒤로한 채 서둘러 식장에서 일어났다.

'내가 그렇게 별로인가……?'

지하철 창문에 비친 자신의 얼굴을 보며 그는 생각했다. 그는 사람들이 북적거리는 지하철 안에서 핸드폰만 만지작거리면서 지루한 시간을 보내고 있었다.

'아니면 친구들 말대로 그저 짝을 못 찾았을 뿐인 걸까.'

그가 한숨을 쉬는 사이 지하철이 천천히 멈추고 출입문이 양옆으로 열렸다. 사람들이 우르르 내리면서 그의 앞자리가 비었다. 그는 딱히 자리에 앉고 싶은 마음이 들지 않아 옆에 서 있던 남자에게 자리를 양보했다.

"감사합니다."

자리에 앉은 남자는 정중하게 인사했다. 자리 양보했다고 뭘 인사를 저렇게까지 하고 그러나, 생각하면서 그는 답례로 고개를 끄덕였다가, 남자가 무릎에 올려 놓은 흰색 상자에 시선이 닿았다.

이상하게 눈에 띄는 상자였다. 분명 종이로 만든 상자 같은데, 송이가 지나치게 새하얀 네나가 상아나 내리식끝이 뜬 단한 재질에나 있을 법한 반들반들한 광택이 흐르고 있었다. 작은 귀중품을 포장하는 상자의 크기이긴 한데, 그렇다면 선물 상자일까?

그는 상자의 주인을 훑어보았다. 다시 보니 키도 크고 얼굴도 꽤 미남이다. 검은색 양복을 말쑥하게 차려입은 잘생긴 남자와 그의 무릎에 놓인 매끈한 흰 상자는 사람들로 북적거리는 지하철에서 어딘가 비현실적인 광경으로 보였다.

다음 역에서 사람들이 내리면서 남자의 옆에도 자리가 생겼고, 그는 남자 옆에 앉았다.

"아까 자리 양보해 줘서 감사합니다."

남자는 또 말을 걸었다. 희한한 사람이네. 그가 다시 남자의 하얀색 상자를 흘낏 엿보는데, 남자가 느닷없이 말했다.

"사는 게 힘드신가 봐요. 표정이 어둡습니다."

처음 보는 사람에게 이 무슨 실례되는 말인가. 그는 순간 당황했다가, 남자가 혹시 이상한 종교를 권유하려나 싶어 긴장했다. 그게 아니고서야 처음 보는 사람에게 느닷없이 인사를 하면서 말을 걸 이유가 없었다.

남자는 미소인지 비웃음인지 모를 묘한 표정을 짓더니 말했다.

"사람은 누구나 소원을 가지고 있죠, 그렇죠?"

"네?"

"이렇게 됐으면 어땠을까, 만약 저렇게 했다면 나는 어떻게 됐을까, 이런 소원이 이뤄지면 내 삶은 어떻게 될까 하는 상상은 항상 재미있잖아요. 최상원 씨도 소원이 있죠?"

그는 뭐라고 대답해야 좋을지 몰라 고민하다가 퍼뜩 이상한 생각이 들었다. 이 남자가 내 이름을 어떻게 알지? 내가 가르쳐 줬던가? 그 사이 지하철은 역에 도착하면서 천천히 멈추기 시작했다.

사람들이 내릴 준비를 하는 부산한 상황 속에서, 남자가 말했다.

"상자가 최상원 씨의 소원을 들어줄 겁니다. 그 대신 그만큼 대가를 치러야 합니다."

남자는 던지듯 그에게 상자를 건넸다.

"행운을 빕니다."

상자를 받아 들고 어리둥절해 있는 동안 남자가 훌쩍 내리는 바람에, 그는 더 대화를 나누지 못했다.

그는 상자를 손에 들고 천천히 걸었다.

'처음 보는 사람한테 사는 게 힘들어 보인다고 하다니, 웃기는 사람이네.'

지하철역에서 나와 집으로 걸어가는 길이었다. 집까지 멀지 않아 집에 가서 상자를 살펴봐도 되었지만, 이상하게 호기심을 참기 어려웠다.

'게다가 상자가 소원을 들어주고 어쩌고 하는 말은 또 뭐람. 유치하게시리.'

찬찬히 살펴 보니 무게도 가볍고 촉감도 종이 재질이었는데, 반질거리는 광택 때문에 꼭 플라스틱이나 금속으로 만든 것처럼 보였다. 게다가 이음새가 없이 완전히 매끈한 정육면체였기 때문에 도대체 어디가 위쪽인지 어떻게 여는 건지 가늠이 되질 않았다. 집 앞 골목 입구 가로등 아래서 그는 걸음을 멈추어 가로등 불빛에 상자를 비추어 보았다. 그제야 상자 한쪽 면에 쓰인 아주 작은 글자 'OPEN'이 보였다.

'이쪽이 위쪽이구나.'

이런 건 왜 주고 갔을까, 그는 생각했다. 상자를 흔들어 보니, 안에 무언가 들어 있는 것처럼 덜그럭 소리가 들렸다.

'뭐가 들었을까?'

남자가 뭘 준 걸까. 의아해하면서 그는 상자 뚜껑을 열었다. 순간, 안에서 검은 것이 튀어나와 얼굴을 스쳤다. 그는 깜짝 놀라 상자를 놓쳐 길에 떨어뜨렸다.

어리둥절해져서 주위를 두리번거렸지만 아무것도 없었다. 상자 역시 비어 있었다. 분명 뭔가 튀어나온 것 같았는데, 가로등 불빛 때문에 생긴 그림자를 보고 착각한 거였을까?

'내가 헛것을 봤나.'

그때였다. 여자의 날카로운 비명이 골목 안에서 들려왔다. 무슨 일이지? 그가 서둘러 골목 안쪽으로 들어가 보니 젊은 여자가 있었다.

"왜 그러세요?"

그가 묻자, 비명을 지르던 여자가 그를 돌아보며 말했다.

"그 사람은 어디 갔어요?"

여자의 얼굴이 창백했다.

"누구요?"

"검은 옷을 입은 키 큰 남자가 나타나서는 앞을 가로막았거든요."

"아무도 없는데요."

골목에는 그와 그녀 둘뿐이었다.

"방금까지는 있었어요. 어디선가 갑자기 뛰어나와서는 저를 따라왔어요."

"골목 반대편으로 도망갔나 보네요."

골목 안으로 더 깊이 들어가 봐도 사람은 없었다. 반대편을 살펴봐도 마찬가지였다. 골목은 양옆이 높은 담이고 중간에 사람이 들어올 다른 통로는 없는데, 그녀와 그 사이에 갑자기 누군가 나타났다니 이상한 일이었다.

그는 바닥에 떨어진 핸드백을 발견하고 먼지를 닦아 그녀에게 돌려주었다. 가로등 밑에서 초조하게 서 있던 여자는 핸드백을 어깨에 걸고는 그에게 고맙다는 말을 반복했다.

"밤에는 이 골목에 사람이 많이 안 다니니까 조심하세요."

그는 말했다. 걷다 보니 두 사람은 같은 아파트 같은 동에 사는 이웃이었다. 그 골목은 아파트로 가는 지름길이었으니, 둘이 골목에서 마주친 것도 놀랄 일은 아니었다. 둘은 어색하게 엘리베이터를 같이 탔고 그녀는 14층, 그는 6층 버튼을 눌렀다. 그가 먼저 내리면서 인사할 때 다시 보니, 밝은 조명 아래 여자의 얼굴이 여전히 창백했다.

집에는 불이 켜져 있었지만 그의 부모는 외출했는지 나가고 없었다. 그는 방으로 들어가 옷을 벗지도 않은 채 침대에 털썩 주저앉아, 바닥에 떨어져 더러워진 상자를 멍하니 내려다보았다.

'도대체 무슨 일이 일어난 거지.'

그냥 골목에 괴한이 있었다고 생각하면 될 일이기는 하다. 하지만 그가 상자를 열었을 때 검은 무언가가 튀어나온 다음 여자의 비명이 들린 점이 마음에 걸렸다. 괴한이 키가 컸고 검은 옷을 입었다는 여자의 말도 그랬다. 상자를 준 남자와 인상착의가 비슷하지 않은가.

하지만 말도 안 되는 허무맹랑한 생각이었다. 그러면 남자가 상자 안에 숨어 있다가 튀어나와서 여자를 습격이라도 했단 말인가?

'내가 무슨 생각을 하고 있담.'

상자를 내려다보는데 순간, 상자에 무게감이 느껴졌다. 분명 빈 상자였는데 어떻게 된 일일까. 상자를 흔들어 보니 안에서 무언가 움직이며 덜그럭 소리를 냈다.

"어라?"

밝은 빛 아래 훤히 드러난 상자 안에는 핸드폰이 있었다. 그의 것도 아닌 처음 보는 분홍색 핸드폰 케이스를 씌운 핸드폰이었다. 왜 핸드폰이 상자에 들어 있는지도 모를 일이었다.

그는 핸드폰을 이것저것 눌러보고 주인의 이름을 찾아 확인했다.

"김연주가 누구지……."

분명 비어 있던 상자 안에 어떻게 핸드폰이 들어 있는 걸까? 그가 생각에 잠겨 있는 동안, 현관문이 열리고 닫히는 소리가 들리더니 집에 돌아온 부모가 그를 불렀다. 거실로 나온 그에게 부모님은 대뜸 이렇게 말했다.

"너 앞으로 아파트 올 때 조심해야겠더라."

그의 부모님은 아는 사람이 아파트 같은 동에 이사 와서 인사차 그 집에 들렀다 오는 길이라고 했다. 한데 그 집 딸이 집으로 들어오는 길에 괴한을 만나서 질겁했는데, 다행히 지나가던 남자가 도와줘서 괴한은 도망치고 여자는 집에 무사히 왔다는 것이다.

남자는 그녀가 긴 머리에 흰색 블라우스를 입고 있지 않았느냐고 물었고, 그가 골목에서 겪은 일을 설명하자 부모는 놀랐다. 그는 상자와 검은 그림자에 대해서는 말하지 않았다.

"도와줬다는 남자가 너야?"

"네, 그 집이 우리하고 아는 사이예요?"

이야기는 그의 어머니와 여자의 어머니가 같은 교회에 다녀서 잘 안다는 것에서 출발해 그 집에 가 보니 잘 꾸며 놓았더라는 이야기로 건너갔다. 그리고 여자가 어느 대학을 졸업했고 외모도 준수하고 성격도 얌전하더라는 이야기로 이어졌다.

그는 그녀의 이름이 김연주이고 그보다 세 살 어리며 남자 친구가 없다는 것까지 알게 되었다.

그는 핸드폰 전원을 다음 날 점심때까지 켜지 않았다. 점심 시간에 잠시 시간이 나 핸드폰을 켜고 기다리니, 곧 전화가 왔다.

할 말은 미리 준비해 두었다.

"연주 씨 핸드폰 맞았군요. 오늘 출근하다가 길에서 주웠습니다. 회사 오는 길이라 바빠서 그냥 가지고 왔어요. 왜 주인에게서 전화가 안 오나 했는데 지금 보니 켜 놓질 않았네요. 죄송합니다. 어떻게 돌려드릴까요? 부모님 통해서 전해 드릴까요? 아, 연주 씨 부모님과 제 부모님이……. 네, 아는 사이더라고요. 서노 어제 들었습니다. 아부는 핸드폰을……. 네……. 그렇죠……. 저기 연주 씨, 아니면 제가 저녁에 연주 씨 회사 근처로 가서 돌려드려도 될까요?"

그는 그녀의 회사 근처 카페에서 그녀를 만났고, 대화를 신중하게 풀어나갔다. 그는 이미 부모로부터 여자에 관한 정보를 들어서 알고 있었지만, 아는 티를 내지 않고 대화를 통해 여자가 스스로에 대해 더 자세하게 말하도록 유도했다. 그녀는 이상한 남자를 골목에서 마주친 그날 집으로 들어가서 바로 인터넷으로 호신용 스프레이를 주문했다는 이야기를 웃으면서 털어놓았다.

처음에는 그녀에게 좋은 인상을 준 것 같았고, 거기까지는 괜찮았다. 그런데 그가 무심코 테이블 맞은편 벽에 걸린 거울을 흘낏 보고 거울 속에 비친 자신과 그녀의 모습을 본 순간, 일이 틀어졌다. 그녀는 미인이었다. 눈이 번쩍 뜨일 만큼은 아니라고 해도 나름 화사한 얼굴의 미인이었다. 문제는 그녀의 앞에 앉아 있는 남자였다. 남자는 얼핏 보아도 근사하기는커녕 초라했다. 그가 보기에도 두 사람은 어울리지 않았다.

게다가 여자가 그에게 핸드폰을 돌려받고 난 다음에는 일찍 일어나고 싶어 하는 눈치여서, 그는 더 초조해졌다.

'역시 이번에도 이렇게 끝나는 건가.'

남자가 거울을 보며 생각할 때였다.

"어머나!"

갑자기 여자가 허공에 대고 손을 휘저으며 소리를 질렀다. 왜 그러느냐고 채 물어볼 사이도 없이, 여자가 팔을 휘두르는 바람에 컵을 쳐서 바닥에 떨어뜨렸다. 컵은 바닥에서 산산조각이 나고 커피가 사방으로 튀었다.

"정말 죄송해요. 뭔가 시커먼 게 갑자기 눈앞으로 날아와서 그걸 치려다가……."

그녀는 옷에 묻은 커피 자국을 지우러 화장실에 다녀왔다. 그리고 유리 조각을 치우러 온 직원과 남자에게 계속 사과했다. 바닥을 걸레로 닦고 유리 조각을 쓸어 담는 직원 옆에 계속 앉아 있기 뭐해서, 그는 여자에게 자리를 옮기자고 제안하고 카페를 나왔다.

그녀는 말했다.

"그냥 창밖에서 뭐가 움직여서 얼굴에 그림자가 졌는데 나 혼자 눈앞으로 뭐가 날아온다고 착각했나 봐요. 카페에 앉은 지 얼마 되지도 않았는데 다시 나오게 만들어서 죄송해요."

"아니에요. 괜찮습니다. 이렇게 된 거 저녁 시간도 됐고 하니 차라리 저녁을 먹으러 갈까요."

처음에는 마지못해 승낙한 여자도 그가 계속 말을 걸자 태도가 조금씩 바뀌었다. 들어갈 음식점을 찾아 헤매는 동안, 그들은 좋아하는 음식이 비슷하다는 공통점도 알게 되었다. 그때부터는 대화는 더 쉬웠다.

그날 저녁 남자는 기분이 좋아져 집으로 돌아왔다. 여자와의 대화가 잘 풀렸고 다음 약속도 잡았기 때문이었다. 만남이 계속 잘 풀릴지도 모른다는 기대도 희미하게나마 가져보았다. 단지 그녀의 말이 마음에 걸렸다.

'뭐가 시커먼 게 갑자기 눈앞으로 날아와서…….'

그녀가 말한 시커먼 게 뭐였을까? 그녀와 처음 만났을 때도 그녀는 검은 옷을 입은 남자를 봤다고 했다. 그리고 지하철에서 만난 검은 양복을 입은 남자가 떠올랐다. 일련의 사건에는 공통점이 있는 것 같으면서도 정확히 뭔지는 알 수가 없었기에, 그는 찜찜함을 떨칠 수가 없었다.

그때였다. 방에서 달그락 소리가 들려서, 그는 깜짝 놀랐다. 침대 옆 테이블에 둔 종이 상자에서 나는 소리였다. 그가 상자를 지켜보고 있자 잠시 후 다시 달그락 소리가 나서 그는 소스라치게 놀랐다. 그는 얼른 상자를 열어 보았다.

'이건 귀걸이잖아?'

귀걸이가 그것도 한 짝만 들어 있었다. 들어서 살펴보고 있으니 어디선가 본 기억이 났다. 하지만 어디서?

'연주 씨 것 아닌가?'

맞다, 오늘 만난 그녀가 하고 있던 귀걸이였다. 카페 조명에 반짝이던 귀걸이가 분명히 기억났다. 하지만 그게 상자에 왜 들어 있단 말인가? 이건 처음 있는 일도 아니다. 저번에는 그녀의 핸드폰이 들어 있었다. 그리고 골목에서도, 오늘 카페에서도 그녀에게 이상한 일이 일어났다.

'상자가 소원을 들어줄 겁니다. 그 대신 그만큼의 대가를

치러야 합니다.'

지하철에서 만난 남자가 상자를 주며 한 말이 떠올랐다. 대가라니, 그게 무슨 뜻일까?

그는 퍼뜩, 이런 생각이 들었다. 결혼할 여자를 원했으니, 대신 상자에 대가를 넣어야 한다는 걸까? 핸드폰에 이어 오늘은 귀걸이라니, 이게 그 대가인가?

'어떻게 이런 일이⋯⋯.'

그는 그날 밤 내내 생각에 잠겼다가, 새벽이 되어서야 마음을 굳혔다. 그는 상자를 청테이프로 단단히 봉하고 옷장의 헌 옷 사이에, 그의 부모나 타인이 절대로 찾지 못할 만큼 깊이 쑤셔 넣었다. 그리고 그날 이후로 상자에 손을 대지 않았다. 아주 가끔 상자가 아직 그곳에 있는지 궁금할 때만 꺼내 조용히 겉면을 쓰다듬어 본 다음 얼른 돌려놓았다.

그는 연주와 연애를 하고, 결혼을 약속하고, 결국 결혼도 했다. 그때까지만 해도 상자는 옷장 속에 조용히 있었다.

3년 뒤, 아들 진수가 태어날 때까지 모든 일은 순조로웠다. 열심히 직장을 다녀 돈도 많이 모았고 아이를 키우는 아내의 표정은 행복해 보였다. 그때쯤 그는 자신이 운 좋은 사람이라고 여기게 되었고, 자신이 갖고 싶었던 것을 다 가졌다는 만족감을 느끼며 평안한 날을 보냈다.

　문제는 그의 아들이 다섯 살이 됐을 때, 그가 어머니의 전화를 받으면서 일어났다.

　부모님과 함께 살던 집에서 나와 신혼집으로 들어갈 때, 상자는 가지고 가지 않았다. 아내가 상자를 발견할 게 뻔했기 때문이었다. 8년이 지난 지금, 그는 상자를 거의 잊고 있었다. 그런데 어머니에게서 걸려온 전화를 받고 이렇게 느닷없이 상자가 다시 그를 괴롭히게 될 줄은 몰랐다.

　어머니와의 전화는 늘 그렇듯이 긴 안부 인사로 시작되었다. 건강 이야기, 어머니의 신장과 아버지의 눈이 나빠졌다가 좋아진 이야기, 손자 이야기, 아이의 교육 이야기, 그의 회사 이야기 등등을 지나, 이윽고 그의 어머니가 말했다.

　"옛날 네가 쓰던 방에 쥐가 있나 보더라. 이상한 소리가 계속 나."

　짧은 말이었다. 그 별것도 아닌 말에 그는 잊어버리려 애쓰던 걱정이 되살아나면서 불안이 치밀어 올랐다. 집에 쥐가 있을 리 없었다. 단독주택이지만 쥐가 나올 만큼 낡거나 관리를 허술하게 한 집은 아니었다.

그는 물었다.

"어떤 소리요?"

"덜그럭거리는 게 종이 부스럭거리는 소리 같기도 하고, 네가 쓰던 옷장 뒤에서 나는 것 같아. 네 아버지는 쥐가 어디 있냐고 하는데……."

상자에서 나는 소리가 분명했다. 그는 일요일에 집에 들러서 살펴보겠다고 말했다. 어머니가 그럴 필요 없다고 해도 그는 꼭 가겠다고 못을 박았다. 어머니가 옷장을 뒤지다가 상자를 열기라도 하면 큰일이니까.

문제는 아내였다. 일요일에 부모님 집에 간다고 하자 그녀의 표정이 좋지 않았다. 주말에 아내와 아이를 두고 혼자 나가겠다니 마음에 안 드는 모양이었다.

"둘이 같이 외출이라도 할 줄 알았지."

"외출?"

"맨날 애 데리고 집에만 있으니 답답하잖아."

아내는 말했다.

"그리고 집에는 왜 가는데?"

"내가 옛날에 쓰던 방에 쥐가 나온다고 해서."

"얼마 전에 집 전체 인테리어 공사 다시 했잖아. 그런 집에 쥐가 왜 나와?"

"난들 아나."

그는 얼버무렸다.

그의 부모는 왜 아내와 아이는 같이 오지 않고 혼자 왔느냐, 아이를 자신들에게 맡기고 아내와 외출이라도 하지 그랬느냐는 말로 반갑다는 인사를 대신했고, 그는 대충 둘러 대답했다. 점심을 차릴 테니 먹고 가라, 차를 마셔라, 음식을 싸가라는 말에도 그는 건성으로 대답했다. 그의 신경은 온통 옷장 속 상자에 쏠려 있었다.

"어째 얼굴이 안 좋아 보여. 무슨 일이라도 있어?"

그가 너무 긴장해 있던 탓인지, 아버지가 캐물었다. 그는 그럴 리가 있느냐며 상황을 무마하기 위해서 되도록 크게 웃었다. 그리고 상자를 꺼낼 기회를 계속 기다리다가 아버지와 어머니가 밑반찬을 싸준다며 부엌으로 간 사이 슬쩍 자리에서 일어나 방으로 향했다.

그가 더 이상 쓸 일이 없는 방인데도, 부모는 그의 방을 늘 깨끗이 청소해 두었다. 그는 옷장을 뒤졌다. 옷 사이로 손을 깊숙이 넣어 보니 몇 년이 지났는데도 상자는 그곳에 있었다. 상자를 손에 들고 내려다보았지만, 아무 소리도 나지 않았다.

"뭐 하니?"

어느새 방으로 들어온 어머니가 물었다. 그는 상자를 얼른 주머니에 넣고, 방에서 쥐 소리가 나는지 돌아보는 중이라고 말했다.

"쥐는 없어."

대화를 듣고 있었는지 거실에서 아버지가 큰 소리로 말했다.

"부엌 싱크대 모서리가 부스러진 걸 보고 네 엄마는 자꾸 쥐가 갉았다고 그러지 않냐. 내가 물건 옮기다가 부딪혀서 그렇다고 말을 해도 믿질 않아. 공사한 지도 얼마 안 된 집에 쥐가 왜 나오겠어?"

전화로 들은 말과 달랐다. 이상한 소리가 난다더니, 괜한 신경질이 치밀었다. 아니, 자세히 물어보지도 않고 집에 성급히 온 그의 잘못일 것이다. 쓸데없이 주말을 허비하면서까지 집에 서둘러 온 걸까. 긴장이 풀려 몸에서 힘이 빠져나가는 것 같았다. 그러나, 한편으로는 상자에서 소리가 나지 않으니 더 겁먹을 것 없다는 안도감도 들었다.

아무튼, 상자를 손에 넣었고 더 안전하게 보관하는 일이 남았다.

'집에 감추는 건 위험한데. 어디에 둘까. 땅을 파고 묻어버리기라도 할까.'

그는 일단 상자를 자동차 앞좌석 밑에 숨겨 두었다. 평소에 차는 그가 청소했고, 아내가 차를 몰더라도 좌석 밑까지 들여다볼 일은 없으리라 판단했다.

집에 도착한 그는 기분이 좋은 척하면서 아내에게 괜히 이것저것 말을 걸었다. 부모님과는 별말 없었다, 집에 쥐는 없더라, 저녁은 뭘 먹을까 등등. 하지만 아내는 시큰둥한 표정이었다.

그는 물었다.

"진수는 어디 있어?"

"궁금하면 자기가 가서 찾아 봐."

아내의 신경질적인 대답에 그는 대화를 포기했고, 저녁까지 딱딱한 분위기가 이어졌다. 저녁을 먹고 오랜만에 아이와 거실에서 같이 놀아 주고 있는데 아내가 말했다.

"다음 주말에 부부 모임 있는 거 알지? 당신 시간 낼 수 있어? 아이랑 다 같이 갔으면 하는데."

아내는 기분이 풀려 있었다. 그 사이 친구들에게서 전화가 온 모양이었다. 그와 아내는 아내의 친구들과 두세 달에 한 번 부부동반 모임을 했는데 새로운 약속이 잡힌 것이다. 그는 아내의 친구들을 별로 좋아하지 않고 모임도 지루하다고 생각했지만, 지금은 아내의 눈치를 보는 편이 현명하다.

"오랜만에 친구들 만나는데 옷이라도 사서 입고 가지 그래!"

"에이, 새 옷은 무슨."

그의 말에 아내는 웃으며 대답했다.

"우리 아무리 할 이야깃거리가 떨어져도 어떻게 만나서 결혼하게 됐는지 그 이야기는 이제 그만 하자고."

누군가 농담을 하자 부부동반 모임에 온 사람들이 일제히 웃었다.

처음 그가 아내를 따라 모임에 나왔을 때는 구성원 모두 미혼이었지만 이제는 다들 결혼을 했다. 대부분 아이도 있었다. 이런 모임에서 사람들이 모여 봤자 나오는 이야기는 뻔했다. 아이가 똑똑하고 공부를 잘 해서 몇 등을 했다느니 하는 자랑, 시댁과 친정이 얼마나 잘 사는지 뭘 사 줬고 얼마를 받았는지 하는 돈 자랑, 밖에만 나오면 빠지지 않고 꼭 하는 남편 자랑, 물어보지도 않았는데 알아서 이야기하는 그 은근한 자랑들. 그래서 다들 매일 하고 듣는 자랑들은 지겨우니 그런 이야기는 서로 꺼내지 말자고 한 것이다.

"하지만 연주가 결혼한 이야기는 들을 만하지."

누군가 아내에게 말했다. 그와 아내가 만난 이야기는 나름 극적인 구석이 있어서 여러 번 들어도 흥미로운, 다들 알면서도 다시 듣고 싶은 그런 이야기였다.

"말 나온 김에 좀 해봐. 우리 남편은 자세히 모른대."

"그래요, 해 보세요. 궁금합니다."

새 옷을 멋지게 차려입은 아내는 사람들의 요청에 어쩔 수 없이 얘기한다고 했지만 조금은 신이 나 보였다. 그녀의 목소리 사이로 놀이방에서 진수가 다른 아이들과 함께 노는 소리가 들렸다.

"어떻게 된 거냐면……."

아내는 그가 잊어버리려 노력하는 일을, 사람들에게는 낭만적으로 들릴 그 이야기를 시작했다. 골목에 치한이 나타나고, 남자 덕에 위기를 모면하고, 그런데 알고 보니 같은 아파트에 살고 부모님도 아는 사이였다는 것, 그리고 우연히 핸드폰을 주워 돌려주면서 만나게 된 이야기까지.

사람들은 인연이라는 것이 신기하다, 정말 드라마처럼 만나서 결혼하는 사람도 있다 등등 저마다 소감을 털어놓았다. 그리고 다른 이야기로 화제가 바뀌려는 순간이었다.

아내가 이상한 말을 덧붙였다.

"그런데 우리 남편이 엉큼한 면이 있어."

그가 아내의 말에 놀라자 친구들은 저 표정 좀 보라며 웃음을 터뜨렸다.

아내는 말했다.

"그때 골목에서 핸드폰을 잃어버렸거든. 통화하면서 집에 가고 있었는데 갑자기 괴한이 나타나서, 놀라서 뛰다가 핸드폰을 떨어뜨렸어. 그걸 깜빡하고 집으로 돌아왔다가 나중에 다시 골목에 찾으러 가니까 핸드폰이 없는 거야. 아버지가 밤새 두 번이나 가서 찾았어. 그런데 다음 날 남편에게서 전화가 온 거야. 오늘 아침에 핸드폰 주웠으니 돌려주겠다고, 저녁에 회사 근처로 가서 돌려주겠다면서 은근히 데이트 신청 비슷하게 몰고 가더라고? 정황상 어젯밤에 주워 놓고는 나 다시 만날 건수 만들려고 모른 척하고 있다가 다음 날 준 거지. 아니나 다를까, 그날 저녁에 만나서 전화번호를 묻길래 알려줬더니 나중에 또 전화해서 주말에 만나자고 하더라니까. 그래서 주말에 다시 만났지. 보기에는 순진해 보여도 속으로는 다 계산하고 행동하는 사람이야."

사람들이 웃자 그는 항변했다.

"거짓말한 거 아니야. 정말 아침에 핸드폰을 주웠어. 핸드폰은 배수구 안쪽에 들어가 있었어. 그래서 아버님이 못 보셨겠지."

"이봐요 아저씨, 배수구도 찾아 봤거든요? 거길 안 찾아 봤겠어? 아버지가 배수구 안에 팔까지 넣어서 휘저어 보기까지 하셨대. 새벽에 해 떠서 환해진 다음에 또 골목에 다녀오셨고, 내가 출근하면서도 다시 봤고."

"아버님이 제대로 안 보셨나 보지."

"지금 장인어른 의심하십니까, 최 과장님."

누군가 말했고 사람들은 웃었다. 그가 얼마 전 과장으로 승진하자 모임 사람들이 그를 말끝마다 '최 과장님'이라고 부르면서 비꼬는 통에 그는 빈정이 상해 신경질이 나 있던 차였다.

아내는 말했다.

"그런데 그게 다가 아니야. 어쨌든 치한 쫓아 주고 핸드폰 찾아 준 건 고마운 거니까 회사 끝나고 만나서 커피를 샀거든? 문제는, 엄마가 미국 여행 갔다가 선물로 사 온 귀걸이를 그날 하고 나갔었는데 집에 와 보니 한쪽이 없어진 거야. 잘 생각해 보니까 분명 남편 만나러 카페에 가기 전까지만 해도 하고 있었는데, 카페에서 잃어버렸더라고. 그래서 아, 이 사람이 주워서 가져갔나 보다 했지. 또 나 만나려고 그랬나 보다, 귀걸이 찾았으니 다시 만나자, 이런 말을 하려나 생각 했지. 그래서 귀걸이 받으려고 계속 만났는데 아직까지도 안 돌려줬어."

아내의 친구들은 웃음을 터트렸다. 핸드폰에 귀걸이까지 챙기고 손버릇이 안 좋은 것 같다, 귀걸이 팔아서 데이트 자금으로 쓴 거 아니냐며 그를 놀렸다.

그는 말했다.

"팔긴 뭘 팔아. 난 안 가져갔다니까. 아니, 그 카페 직원에게 귀걸이 못 봤냐고 물어보지 그랬어. 당신이 컵 떨어뜨릴 때 같이 떨어뜨렸겠지."

"한두 푼 하는 귀걸이도 아니고 쉽게 구할 수 있는 게 아닌데 당연히 찾아가서 물어봤지. 직원은 내가 화장실 다녀온 사이에 맞은편에 있던 남자가 주운 것 같다고 말하던데?"

"그 직원이 가져가고서 당신한테 거짓말했겠지."

아내의 말에 다시 사람들은 그를 놀리며 웃었다.

"남 핑계 대지 마세요, 최 과장님."

"이제 결혼도 했고 아이도 생겼으니 솔직히 말해 보시죠. 과장님, 귀걸이 어쩌셨어요?"

"그래, 한쪽만 가져가서는 어디다가 썼어? 팔지도 못했을 텐데."

"나는 안 가지고 갔다니까!"

그가 화를 내고 아무 말도 하지 않자 분위기가 가라앉았다. 사람들은 악의가 있는 건 아니었다, 왜 웃자고 한 말에 죽자고 화를 내냐 등등의 말을 하며 그 눈치를 살폈다.

불편해진 분위기 속에서, 아내가 말했다.

"아무튼, 이 남자가 내가 어지간히도 마음에 드나 보다, 그렇게 긍정적으로 판단해서 결국 결혼했지."

그는 기분 나쁜 꿈을 꿨다. 아들이 그의 부모 집 옷장을 열더니 옷 사이를 뒤져 상자를 꺼내는 것이 아닌가? 상자는 분명 그의 차에 있으니 일어날 수 없는 일이었다. 아이가 상자를 열려는 순간, 그는 안 된다고 소리쳤으나 입도 떨어지지 않고 몸도 움직이지 않았다.

아이가 상자를 열자, 검은 그림자 같은 것이 튀어나와 아들을 붙잡았다.

그는 꽥 소리를 지르면서 잠에서 깼다. 같이 잠을 깬 아내가 무슨 일이냐고 물으며 그가 계속 끙끙대는 통에 잠을 못 자겠다고 했다. 악몽을 꿔서 그렇다고 말하자 아내는 돌아누워서 다시 잠을 잤다. 아내의 등을 내려다보고 있자니 저절로 한숨이 나왔다.

'사실을 털어놓을 수도 없고.'

그때였다. 아들 방에서 이상한 소리가 들렸다. 흰색 종이 상자가 덜그럭거리는 소리였다. 그 작은 소리가 어떻게 안방까지 들렸는지 그도 모를 일이었다. 몇 년 만에 들은 소리였지만, 상자의 소리가 분명했다. 절대 잊을 수 없는 소리였다. 깜짝 놀란 그는 벌떡 일어나 아이 방으로 달려갔다.

침대에 누운 아이가 상자를 안고 있었다.

그가 놀라서 불을 켜자 아이는 잠에서 깨 칭얼댔다. 아이가 안고 있던 상자를 찾는데, 방금까지만 해도 있었던 상자가 보이지 않았다.

그는 아이를 흔들며 외쳤다.

"진수야, 상자 어디다 숨겼어? 너 그거 어디서 났니? 대답해봐. 빨리 아빠한테 줘, 얼른!"

"밤중에 왜 갑자기 소리를 질러? 그것도 애한테."

놀란 아내가 달려와서 아이를 안아 달랬다. 그는 허겁지겁 이불을 들춰 보고 침대를 뒤져봤지만 상자는 없었다. 내가 착각했을까? 아니다, 종이의 이상한 광택은 절대로 잘못 볼 수 없다. 하지만 나는 자다가 깼고 어둠 속에서 상자를 봤다. 그러니 착각일지도……

아내가 버럭 화를 냈다.

"도대체 뭘 찾는 거야?"

"아니, 아무것도 아니야."

"뭐가 아니야? 자는 아이를 깨우면서까지 찾을 만큼 중요한 거야? 뭔데 그래?"

"회사 물건을…… 차에 뒀는데……."

"당신이 차에 둔 물건을 아이가 왜 가지고 있어?"

아내는 우는 진수를 데리고 안방 침대로 돌아갔다. 그는 미련을 못 버리고 한참을 더 아이의 방을 뒤졌다. 그러나 결국 상자는 찾지 못했다. 그리고 거실 소파에서 잠을 청했지만 잠은 쉽게 오지 않았다.

"진수야."

다음 날, 그는 아이에게 조심스럽게 말을 걸었다. 혼자서 동화책을 읽고 있던 아들은 시무룩한 얼굴로 그를 돌아보았다.

"너 혹시 작고 하얀 선물 상자 보면 절대로 열면 안 된다."

그는 아이에게 상자의 생김새를 말하고, 상자를 보면 엄마에게도, 아무에게도 말하지 말고 그에게 가져오라고 당부했다.

아들은 알았다고 하더니 왜 열면 안 되냐고 물었다.

"안에 벌레가 있거든."

아들이 빙긋 웃는 것을 보니 제 나름대로 이해한 모양이었다. 아빠에게 삐졌던 마음도 풀린 것 같았다. 아이는 동화책 『선녀와 나무꾼』을 그에게 내밀며 읽어 달라고 졸랐다.

그는 평소 아이에게 책 읽어주길 귀찮아해서 늘 아내가 서운해 했다. 자신은 뭐 좋아서 매번 책을 읽어주는 줄 아냐며 화를 낸 적도 있었다. 나도 한 아이의 아버지이니 아이를 위해 내키지 않는 일을 해야 할 때도 있겠지. 그는 생각하며 책을 읽기 시작했다. 책이 얇아서 쉬울 줄 알았는데 글자가 생각보다 빽빽해서 애를 먹었다.

"그래서 나무꾼은 선녀의 날개옷을 훔쳐서……."

이 대목에서 갑자기 실소가 터져 나왔다. 자신의 상황을 떠올린 것이다. 선녀와 나무꾼 이야기가 그의 상황과 비슷했다. 나무꾼은 선녀와 결혼하기 위해 선녀의 날개옷을 감췄고, 그도 아내의 귀걸이를 상자에 감추어 결국 결혼할 수 있었다. 아니, 정확히는 상자가 귀걸이를 가져갔다.

처음에는 상자가 핸드폰을 가져갔고, 그가 그녀에게 핸드폰을 돌려주자 다음은 귀걸이를 가져갔다. 상자가 소원을 들어주는 대신 대가를 치러야 한다는 말이 이런 뜻이었을까?

'그런 상자를 준 남자는 도대체 정체가 뭐지?'

그는 상자에 얽힌 소동들을, 상자의 덜그럭 소리, 그의 악몽, 그리고 어머니도 들었다는 상자의 소리를 거듭 떠올리며 고민해 보았다. 이상한 일이 계속 이어지는 이유가 뭘까?

'혹시, 상자가 귀걸이 나머지 한 짝을 원하는 건 아닐까?'

갑자기 그런 생각이 들었다. 귀걸이는 두 개가 모여야 완전해지니까 말이다. 상자는 다른 한 짝을 달라고 계속해서 그를 괴롭히는 걸까? 대가가 마음에 들지 않는다는 뜻을 그에게 알리고 있는 걸지도 몰랐다. 만약 귀걸이 한 쌍을 맞춰서 상자에 넣으면 상자는 조용해질까?

'그런데 귀걸이를 찾을 수 있으려나.'

그는 귀걸이의 나머지 한쪽을 찾아 집을 뒤졌다. 수 년 전에 한 짝을 잃어버린 귀걸이의 나머지 한 짝을 계속 가지고 있는 여자가 세상에 얼마나 될까, 그런 생각을 하면서.

'아니야 분낭 있을 서야.'

그는 확신했다. 아내가 모임에서 그를 놀리며 했던 말을 되짚어본 후 내린 결론이다. 귀걸이를 받으려고 계속 만났다는 말로 미뤄봐서, 여전히 가지고 있을 것 같았다.

그는 화장대를 뒤적여 보았다. 그가 알지 못하는 비싸 보이는 브랜드의 화장품들, 이제는 서랍 속으로 들어온 결혼식 사진들, 시댁 식구들의 생일과 연락처를 적어 놓은 수첩, 그리고 다른 사연 모를 물건들이 있었다. 반지와 목걸이 같은 장신구를 담은 상자를 찾아서, 그 안을 뒤지기 시작했다.

한창 열을 올리며 장신구들을 뒤지느라 방으로 들어온 아내를 알아차리지 못했다.

"뭐해?"

아내가 물었다. 그는 결혼식 사진을 찾다가 화장대까지 뒤졌다. 사진을 왜 화장대에 넣어놨느냐, 옷장에 두지 않았었

나며 얼버무렸다. 아내가 이상하게 볼 줄 알았는데 다행히도 아니었다.

"엉뚱하기는."

그렇게만 말했을 뿐 더 캐묻거나 의심하지 않았다.

이후로도 아내는 계속 기분이 좋아 보였다. 자다가 아이를 깨워서 다그쳤던 일도 그렇고 화장대를 뒤지다가 걸린 일도 그렇고 한바탕 화를 낼 줄 알았는데 어쩐 일인지 그가 의아할 정도였다. 집 분위기가 괜찮으니 다행이지만, 일이 쉬워진 건 아니다. 아내에게서 귀걸이를 받아 낼 방법을 생각해야만 하니까.

그는 다음 날 저녁 아내 앞에 선물 상자를 꺼내 놓았다.

"이게 뭐야?"

우연이었을까, 백화점에서는 그가 산 선물을 작고 예쁜 흰색 종이 상자에 포장해 주었다.

"저번에 친구들 모임에서 했던 귀걸이 이야기가 마음에 걸려서 비슷한 걸로 골라 봤어. 결혼기념일 선물."

"정말? 당신이 웬일이야. 기념일 잊어버린 줄 알았는데."

아내가 말했다. 실은, 귀걸이 한 짝을 받아 낼 방법을 골몰

하지 않았더라면 결혼기념일도 떠올리지 못했을 것이다. 아내는 상자를 열어 보고 그에게 고맙다는 말과 함께 귀걸이가 예쁘다며 한동안 감탄사를 늘어놓았다.

그는 말했다.

"이제 옛날 귀걸이에 대한 미련은 없는 거지? 그나저나 예신 귀걸이와 많이 나른가? 미슷한 설로 고느나고 골났든네 기억이 나야 말이지."

아내가 갑자기 크게 웃었다. 아내가 그의 말에 무언가 반응을 보일 줄은 알았지만 이런 식으로 웃을 줄은 몰랐다. 그는 아내가 그의 말을 듣고 가지고 있던 귀걸이를 꺼내어 그가 선물한 귀걸이와 비교할 거라 예상했다. 만약 상황이 그의 생각대로 된다면, 비슷한 귀걸이를 다시 사 주겠다는 핑계를 대고 아내에게 귀걸이를 받아내 상자에 넣을 생각이었다. 그다음 핑계는 나중에 생각하면 된다.

"잠깐 이리 와 봐."

아내는 안방으로 들어가 옷장 제일 높은 선반에서 상자를 내렸다. 그 상자는 아내가 통장이나 집 계약 문서처럼 중요한 물건을 두는 곳이다. 그녀는 상자 안에 있던 더 작은 상자를 열고선 귀걸이 한 짝을 꺼내며 웃었다. 예전의 그 귀걸이 한 짝이었다. 역시 아내는 귀걸이를 버리지 않고 여전히 간직하고 있었다.

"거의 똑같은데? 잘 기억하고 있었네."

아내는 말했다.

"귀걸이를 다시 줄 것 같은 느낌은 들었어. 어제 화장대 뒤지는 걸 보고 귀걸이 때문이라고 생각했어. 하지만 저번 모임에서 내가 하도 놀려댔으니 자존심이 상해서라도 그냥은 안 돌려주고 비슷한 걸로 주겠구나, 솔직히 가져갔다는 건 인정하기 싫고 안 주자니 미안하니까 비슷한 걸 사 주겠구나, 그렇게 생각했지. 그런데 귀걸이는 왜 가져가서 안 돌려주고 간직하고 있었어? 때를 못 찾은 거야? 아무튼, 새걸 사 줬으니 내가 참을게. 이렇게 보니까 얼추 비슷해……. 당신, 왜 그래?"

그는 아내의 손에서 귀걸이를 빼앗다시피 가로채 들여다보았다. 아내의 손에 있는 것은 하나가 아닌 한 쌍의 귀걸이였다.

"아, 그거. 며칠 전에 당신이 차 두고 출근했던 날 차에 진수 태우고 병원 갔다 오는데 진수가 차에서 레고 블록을 잃어버렸다는 거야. 그거 찾다가 좌석 밑에 상자가 떨어져 있기에 열어 봤어. 귀걸이 끝까지 안 가지고 있다더니만 자기가 갖고 있던 거 맞잖아. 그럴 줄 알았어. 지금까지 가지고 있었으면서 왜 별것도 아닌 걸 가지고 거짓말을 하고 그래."

"상자 열었을 때 아무 일 없었어?"

"무슨 일?"

아무 일 없었다면, 괜찮은 걸까?

"그 상자는 어디 있어? 귀걸이 들어 있던 종이 상자."

"분리수거 하려고 다른 종이 쓰레기랑 같이 모아 뒀어."

그는 아내가 모아 둔 종이 영수증과 신문지 그리고 동네 치킨집과 피자집 전단지 사이에서 상자를 찾았다. 그는 조심스럽게 상자를 열어 보았다. 무언가 튀어나오지도 않았고 안은 텅 비어 있었다.

그는 상자 윗면에 새겨진 글자 'OPEN'을 바라보면서 생각에 잠겼다. 귀걸이를 빼앗긴 상자는 왜 아무것도 가져가지 않았을까? 이제는 더 이상 필요한 게 없는 걸까? 아니면 나도 모르는 사이에 이미 대가를 치른 걸까?

집에서 없어진 귀중품은 없는지 상자가 가져갈 만한 물건은 없는지 확인해야겠다는 생각을 하는데, 이상한 예감이 들었다. 아니, 집안 분위기가 평소와는 다르다는 걸 이미 느끼고 있었다.

"집이 이상하지 않아?"

"집이 왜?"

"너무 조용하잖아."

집에는 정적만이 흘렀다. 잠시 후, 그는 아내에게 말했다.

"선녀와 나무꾼이 어떻게 끝나지?"

"그게 무슨 소리야?"

아내가 말했다. 그리고 그가 되물었다.

"우리 아들 어디 있어?"

"진수야 자기 방에 있겠지."

아내는 대답했다. 하지만 집은 그와 아내 외에는 마치 아무도 없는 것처럼 조용했다. 그가 아이 방으로 가서 문을 열어 보니 아이는 보이지 않았다. 아이의 물건들은 모두 그대로 있었다. 침대도, 옷장도, 장난감도 그 자리에 그대로 있었지만, 아이는 없었다.

"진수야!"

그가 거실로 나와 외쳤지만 아무런 인기척도 들리지 않았다. 아이는 거실에도, 부엌에도, 방에도 없었다. 그는 피가 머리에서 빠져나가는 듯 아득한 현기증을 느꼈다. 그와 아내는 문을 열고 밖으로 나가 아이를 찾기 시작했다. 하지만 진수는 보이지 않았다. 아내가 집 밖에서 아이를 계속 찾는 동안 그는 혹시나 해서 다시 집으로 들어왔다.

거실로 돌아오니 상자와 그가 사 온 귀걸이가 바닥에 놓여 있었다. 남자는 상자와 귀걸이 한 쌍을 내려다보며 한동안 서 있다가 중얼거렸다.

"귀걸이……."

상자는 귀걸이를 가져갔다. 상자가 귀걸이를 원하는 거라면, 지금이라도 귀걸이를 주면 아이를 다시 돌려주지 않을까? 그가 떨리는 손으로 상자 뚜껑을 열고 귀걸이를 안에 넣으려는 순간, 상자 안쪽 깊은 곳에서 이상한 소리가 들려왔다. 그는 그 소리에 귀를 기울였다. 아주 작은 소리가, 들릴 듯 말 듯했다. 무슨 소리지? 귀에 상자를 가져다 댔다가, 남자는 흠칫 놀라 귀걸이와 상자를 떨어뜨렸다. 귀걸이도 상자도 그의 발치에 뒹굴었다.

상자 안에서 어린아이의 울음소리가 들리고 있었다.

호랑이의 상자

"일요일이 가는구나."

서른 살 회사원 최광석은 핸드폰으로 시간을 확인하고 한숨을 쉬었다. 침대에서 올려다보니 창밖 하늘에 노을이 가득했다.

지난밤 친구들과 술을 마시다가 새벽에야 집으로 돌아왔고, 일어나 보니 오후 4시가 넘어 있었다.

침대에 걸터앉아 있으니 지난밤이 생각났다. 생일 파티를 하자고 친구들과 만나서 왁자지껄 떠들며 술을 마시고 케이크에 양초를 꽂고 불을 붙였다. 거기까지만 해도 분위기가 좋았는데, 정작 그 누구도 생일 선물을 준비해 오지 않았다.

생일인데 선물이 하나도 없는 게 말이 되냐며 그가 화를 내자 당황해서 어쩔 줄 모르던 친구들 얼굴이 생각났다. 그는 피식 웃었다.

"그래도 나중에 선물을 받기는 받았는데."

뭘 받았는지 기억이 나지 않았다.

"신발을 누가 냈더라."

핸드폰을 다시 확인해 보니 여전히 친구들에게서 온 연락은 없었다. 어제만 해도 모임에 오지 못한 친구들이 다음날에라도 만나자고 전화를 했었지만, 오늘 연락이 올 거라고는 그도 믿지 않았다.

"그런 약속이야 그냥 해 보는 말이니까."

이제 흘러가는 일요일을 아쉬워하며 침대에서 빈둥대는 일만 남았다.

"삼십 대의 시작이군."

괜히 쓸쓸했다. 스무 살 때만 해도 그는 서른 살이 되면 뭔가를 이룬 '멋진 사람'이 되어 있을 줄 알았다. 인생을 확실하게 알고 있는 그런 진짜 어른이 되어 있을 거라 생각했다. 하지만 막상 닥치고 보니 별다를 것 없었다. 삶에 대한 고민이 더 구체적이고 급박하게 느껴졌을 뿐이다.

그는 한숨을 쉬다가, 침대 머리맡에 있는 물 한 잔을 보았다. 내가 물컵을 여기다가 뒀었나? 잔을 들어 조금 맛을 보니 숙취 해소용으로 거하게 꿀까지 탄 물이었다.

'누가 이런 걸 준비했지?'

그는 거실에서 누군가 부스럭대는 소리를 들었다. 집에 친구가 와 있나? 지난밤 그를 집에 데려다 주고선 지금까지 있는 건가?

"밖에 누구 있어?"

물어도 대답이 없어서 거실로 나온 그는, 부엌의 광경을 목격하고 들고 있던 컵을 떨어뜨릴 뻔했다.

부엌에서 호랑이가 설거지를 하고 있었다.

"누구세요?"

그는 물었다. 누군가가 마치 모여라 꿈동산에 나오는 인형처럼 전신을 둘러싼 호랑이 무늬 옷을 입고, 머리에는 제법 잘 만든 호랑이 탈을 쓰고 있었다. 얼굴은 탈에 가려 보이지 않았다. 앞치마를 입은 호랑이는 고개 숙여 인사할 뿐 그의 질문에 대답하지 않았다.

"정수?"

호랑이는 대답하지 않았다.

"정우? 영만이? 누구야 도대체?"

전기밥솥에서 밥이 다 되어간다는 안내와 함께 수증기가 빠져나왔다. 그는 호랑이의 앞치마와 가스레인지에서 끓고 있는 국, 벌써 식탁에 차려 놓은 몇 가지 요리를 보고 피식 웃고 말았다.

"그래, 호랑이. 밥 한번 사러 봐."

그가 말했다. 호랑이는 고개를 숙여 절하고 식탁에 국과 밥을 올려 놓았다. 그러는 동안 그는 식탁에 앉아 큰소리쳤다.

"너 내가 밥 먹는 동안 방 청소도 해라."

호랑이는 손으로 오케이 사인을 해 보였다.

"이불도 개고 옷도 정리하거라."

호랑이는 여전히 문제없다는 듯이 주먹을 불끈 쥐며 파이팅 동작을 취했다. 수저를 들어 음식 맛을 봤는데, 열심히 준비한 식사치고 생각보다 맛있지는 않았다.

"기왕 할 거면 잘 좀 할 것이지."

그가 타박하자 호랑이는 멋쩍은 듯 머리를 긁더니 방으로 들어가 청소를 시작했다.

"인형 옷은 어디서 구했을까. 아주 가지가지 하는구나."

호랑이를 보며 그는 중얼거렸다. 그는 호랑이의 키와 체격을 가늠해보고 친구 중 한 명으로 용의자를 좁혔다.

'아마 용관이겠지.'

당연히 친구의 장난이라고 생각했다. 황당한 짓이었지만, 그의 친구들이라면 이 정도 장난은 치고도 남았다. 게다가 생일이라면.

"하지만 용관이는 어제 술자리에 없었는데. 다 이러려고 그런 건가?"

그는 밥을 먹고 그릇을 치우려다가 말았다. 그럴 필요가 없었다. 호랑이에게 시키면 되니 말이다. 호랑이는 방에서 이불을 개고 먼지를 털고 나서 건조대에 있던 옷을 개고 있었다. 그는 방으로 들어가 호랑이를 물끄러미 지켜보다가, 호랑이가 침대 가까이로 움직이자 몸을 날려 침대 위로 넘어뜨리면서 레슬링 기술을 걸었다.

"항복해라, 이놈의 호랑아!"

그는 호랑이의 팔을 꺾은 다음 항복을 받아내고 호랑이의 탈을 벗길 생각이었다. 팔을 비틀자 호랑이는 꼼짝도 못 하고 벌벌 떨기만 했다.

거기까지는 재미있었다. 그런데 탈을 벗기려고 하니 벗겨지지 않았다. 마땅히 있어야 할 봉제선이 없었다. 호랑이 몸

전체에 지퍼도 이음새도 없었다. 그가 잘못 본 것이 아니었다. 도대체 어디로 몸을 넣었담?

갑자기 소름이 돋아서 그는 호랑이를 잡았던 손을 놓고 뒤로 천천히 물러났다.

"댁은 누구세요?"

황급히 물었지만, 호랑이는 대답 없이 그를 벌눙히 보았다. 그는 덜컥 겁에 질렸다. 저것이 그가 잠든 사이 방에 들어와 그의 머리맡에 꿀물을 놓고 갔을 생각을 하니 더욱 그랬다.

"당신 진짜 누구야?"

여전히 호랑이는 대답하지 않았다. 그때, 그는 속담 하나와 그 속담에 어울리는 꾀를 용케도 동시에 떠올렸다.

'그래, 호랑이 굴에 물려가도 정신만 차리면 산다고 했어.'

"야, 호랑이, 대문 밖에 재활용 쓰레기 묶어놓은 거 있는데 오늘 수거하는 날이거든? 나가서 오른쪽으로 가면 골목에 전봇대 있지? 그 아래에 버리고 와."

호랑이는 고개를 끄덕이더니 남자가 레슬링 기술을 걸었던 팔을 주무르며 집 밖으로 어슬렁어슬렁 나갔다.

그는 그대로 호랑이를 뒤따라가 호랑이가 밖으로 나가는 것을 확인하고 나서 대문을 닫고 걸쇠를 걸어 잠갔다. 그리고 야구 방망이를 찾아 손에 꼭 쥐어 들고, 문에 난 구멍을 통해 밖을 내다보았다.

그런데, 호랑이가 보이지 않았다.

"어디로 가 버렸나?"

그리고 누가 뒤에서 어깨를 두들겨서 돌아보았다가, 호랑이의 얼굴을 마주 보고 비명을 꽥 질렀다.

"으악!"

으악, 하고 이렇게 크게 소리를 질러 보기는 초등학교 때 놀이공원에서 귀신의 집에 들어갔다가 소복 입은 귀신을 보고 놀란 이후 처음이었다. 그리고 한편으로는, 호랑이의 정체가 정말로 귀신이 아닐까도 싶었다……

도망치자는 생각에 호랑이를 향해 냅다 방망이를 내던지고는, 대문을 열고 그대로 달려 나갔다. 하지만 다음 순간 발이 아래로 빠지더니 몸이 허공으로 쑥 떨어졌다.

"사람 살려!"

허공으로 떨어지기 전 그는 손을 뻗었고, 액션 영화의 주인공처럼 절벽에 아슬아슬하게 매달렸다. 밑을 내려다보면서도 그는 믿을 수가 없었다. 집 밖이 절벽이라고? 도대체 왜? 집 앞에 절벽 같은 것이 있을 리가 없다. 그러나 지금 그는 바닥이 보이지 않는 검은 허공을 발밑에 두고, 끝을 알 수 없는 절벽에 대롱대롱 매달려 있다. 그는 밑에서 휘몰아치고 일렁이는 검은 어둠을 보고 완전히 겁에 질렸다. 절벽을 벗어날 방법을 찾아서 고개를 들고 주변을 애타게 돌아보았다. 절벽 건너편은 아주 멀어서 팔이 닿지 않았지만, 그곳에 뭐가 있는지는 보였다. 성소라던 동네의 나는 집들이 보였었지만 오늘은 달랐다.

건너편에 처음 보는 병원이 있었다. 병원 앞에는 여러 대의 자동차가 주차되어 있었는데 자동차 역시 다 처음 보는 종류였다. 차에서 사람들이 내려 서로에게 인사하고서는 병원 쪽으로 움직였다. 집 근처에 이렇게 큰 병원은 없었는데⋯⋯. 사람들 사이로 남자아이가 보였고, 아이가 그를 돌아보았다.

곧 절벽 위에서 호랑이가 그를 향해 손을 내밀었다. 호랑이는 그의 손목을 잡더니 단숨에 절벽 위로 끌어올렸다.

"고맙습니다."

그는 호랑이에게 말했고 둘은 집으로 돌아갔다.

그는 호랑이에게 말했다.

"정체가 뭔지 정말 말 안 할 거예요?"

호랑이 봉제 인형과 대화를 하려 노력하다니 참 답답한 일이라고 생각하며 그는 말했다.

"남의 집에 와서 밥 해 주고 청소도 해 주고 집 앞에다 절벽 만들어놓은 이유도 말 안 해 주고?"

호랑이는 고개를 흔들고는, 들고 있던 사과를 마저 다 깎아 접시에 조심스럽게 놓았다. 그는 사과를 덥석 집어 씹었다.

"사과까지 깎아주는 건 고마운데, 이유는 알아야 할 거 아니에요. 이게 꿈이면 어떻게 해야 깨는지 알고 싶어요. 아니면 혹시 내가 지난밤에 술을 너무 많이 마셔서 죽었어요? 여기는 천국?"

호랑이는 다시 말없이 고개만 흔들었다. 내가 죽은 게 아니라면 도대체 저 호랑이는 뭐고 이 알 수 없는 상황은 또 뭐지? 역시 꿈인가? 그는 먼지 하나 없이 깨끗하게 청소한 거실, 빨아서 가지런하게 널어놓은 옷들, 얼핏 보아도 깨끗하게 닦은 부엌 싱크대와 화장실을 쭉 둘러보았다.

"거참."

그가 중얼거리며 사과를 씹는데, 호랑이가 여전히 말없이 그에게 손을 내밀었다. 그가 손을 펴자 호랑이는 그의 손바닥에 열쇠를 툭 떨어뜨렸다.

"자동차 열쇠잖아?"

그것도 무척 비싼 자동차다. 열쇠고리에 새겨져 있는 자동차 회사 마크를 그가 놓칠 리 없었다. 호랑이는 손가락으로 열쇠를 가리키더니 이어서 그를 가리켰다.

"이거 나 주는 거예요?"

호랑이는 고개를 끄덕였다. 처음엔 뭘 어쩌라는 건가 싶었다가, 문득 영화나 드라마에서 보던 장면이 떠올랐다. 주인공이 생일 선물로 뭘 받을까 잔뜩 기대에 부풀어 있으면, 상대방은 열쇠를 내미는 그런 장면을 말이다. 이게 뭐야, 라고 물어보면, 상대방은 그를 데리고 집 밖으로 나간다. 집 앞 주차장에는 멋진 차가 놓여 있으며, 주인공이 받은 열쇠는 바로 그 차의 열쇠다.

드라마에서처럼 호랑이도 역시 그를 데리고 집 밖으로 나갔다. 그가 두근두근 떨려오는 마음을 억누르는 동안, 호랑이가 길에 주차된 자동차를 손으로 가리켰다.

"오픈카!"

집 앞에 있던 절벽은 어느새 사라지고 없었다. 대신 곧게

뻗은 길 한복판에 멋진 자동차 한 대가 놓여 있었다. 호랑이가 차에 타서는 옆 좌석에 앉아 빵빵 클랙슨을 울렸다. 그는 중얼거렸다.

"아무래도 이건 꿈인가 보다."

그는 자동차에 올라타 시동을 걸었다. 액셀을 밟고 자동차가 움직이자 길은 고속도로로 변했으며 길 주변의 풍경은 멋진 해변이 되었다. 몸을 스치는 바람을 느끼면서 그는 외쳤다.

"이야, 이거 괜찮은데!"

남자는 길가에 차를 세우고 해변으로 내려갔다. 이국적인 풍경이었다. 그곳에 비키니를 입은 외국 여성들이 많았다. 그가 멍하니 있는 동안 한 무리의 여자들이 다가와서 인사를 하고 지나갔다. 그는 아무 대답도 못했는데, 그녀들이 영어로 말을 걸어서였다.

"내가 문법은 잘하는데 회화에 약해서……."

돌아서 가는 여자들의 뒷모습을 보며 그는 한숨을 쉬었다.

그는 신발과 양말을 벗고 바지도 걷어붙인 다음 호랑이와 해변을 어슬렁어슬렁 돌아다녔다. 호랑이는 어디서 구했는지 파라솔과 의자를 가져와 그에게 주고 병 입구에 레몬 조각을 꽂은 맥주까지 꺼내 권했다. 그는 의자에 누워 따뜻한 날씨와 곧 불기 시작한 시원한 저녁 바람을 즐겼다. 그는 호랑이에게 같이 맥주를 마시자고 말했고, 호랑이는 의자를 가지고 와서 옆에 나란히 앉았다. 불은 냄을 빚내 끈매하고 맥주를 천천히 마셨다.

"이런 곳에서 한 달만 살면 소원이 없겠다."

그가 중얼거리는데 놀랄 일이 벌어졌다. 주머니 속에 있던 핸드폰이 울린 것이다. 현실이 아닌 곳에서도 전화를 받을 수 있나? 그것도 친구의 전화였다.

"이제 일어났냐?"

친구는 낄낄 웃으며 그에게 어디냐고 물었다.

"뭐, 잠깐 밖에 나와 있어."

그는 발끝으로 모래사장 위에 동그라미를 그리며 대답했다.

친구가 말했다.

"어제에 술 취해서 울더니 지금은 기분 좋은가 보다?"

"내가 그런 주사를 부렸냐?"

"진짜 진상이었어. 잘 있는지 걱정돼서 전화했다."

"전화 한번 빨리한다. 내가 그렇게 많이 울었어?"

친구는 그가 술에 취하더니 서른 살 됐다면서 울고, 여자 친구 없다고 울고, 상사가 밉다고 울고, 나중에는 술 안 준다고 울고, 케이크가 맛이 없다고 울고, 선물 안 사 왔다고 울고, 다섯 살 아이보다도 더 유치하게 굴었다고 말했다.

그는 변명을 늘어놓았다.

"내년부터는 안 그럴 테니 넓은 마음으로 용서해 줘. 서른 살 되니까 앞으로 어떻게 살지 걱정돼서 그랬어."

"어제는 진짜 유난이더라. 그리고 너 내 열쇠고리 빼앗아 간 건 기억나? 그거 다시 줘라. 싸구려 인형 같아 보여도 나한테는 귀한 거야. 동생이 미국 디즈니랜드에서 직접 사 왔어."

내가 남의 열쇠고리를 가져왔었나. 그는 기억을 더듬어보았으나 잘 떠오르지 않았다.

그가 친구에게 말했다.

"네가 제일 먼저 전화했으니까 용서하고 돌려줄게."

"다른 놈들 전화는 안 왔어? 하기야 전화하기 그렇겠지."

친구는 말을 흐리다가, 그가 무슨 일이냐며 캐묻자 그제서야 머뭇머뭇 대답했다.

"어제 안 온 애들은 요즘 힘들잖아. 용관이는 취직도 안 되고 정우는 빚 갚느라 바쁘고. 걔들이 모임에 왜 안 나왔겠냐? 우리 보면 기죽으니까 안 나왔지. 그러니까 너도 인마, 아무리 술 취했다고 해도 질질 짜는 거 아니야. 직장도 있으면서. 다 큰 놈이 생일 선물 못 받았냐고 질질 짜기나 하고. 너 진짜 다음에 만날 때 나한테 혼날 줄 알아."

친구 말을 듣자니 미안했다. 못 온 녀석들도 나름의 사정이 있었구나. 그는 나중에 전화를 해 봐야겠다고 생각했다.

친구는 말했다.

"버스 타고 가면서 받은 선물은 열어 봤어?"

이건 또 무슨 소리지?

"너 아침에 첫차 타고 집으로 갈 때 말야, 버스에서 낯선 사람에게 선물 받았잖아."

"내가?"

"흰 상자 받은 거 기억 안 나? 어떤 남자가 그거 주면서 너한테 뭐라고 하던데."

듣다 보니 친구들이 차로 바래다주겠다고 했는데도 굳이 물리치고 첫차를 기다려 버스를 탄 일, 밤새 주정에 지쳤는지 친구들도 알아서 하라고 신경질을 내면서 가 버린 일이 기억났다. 그리고 버스에서 낯선 사람을 만나서 뭔가 받았던 것도 같았다.

그런데……. 그는 혼자 버스를 탔다. 친구들은 그를 놓고 각자 집으로 돌아갔으니까. 이 녀석은 내가 버스에서 겪은 일을 어떻게 알지?

"그런데 너, 그걸 네가 어떻게 알아? 나는 집에 혼자 왔고 그 후로는 다른 사람과 대화한 적 없는데."

친구가 갑자기 침묵해서, 그는 팔과 목덜미에 소름이 돋는 것을 느꼈다.

"당신 누구야? 누군데 친구 번호로 전화야? 왜 내 사생활을 다 알고 이상한 말을……."

말이 끝나기도 전에 전화가 끊어졌다. 그는 한동안 말없이 핸드폰을 귀에 대고 있다가 결국 핸드폰을 내려놓고 벌떡 일어났다.

"호랑이씨, 집으로 갑시다."

호랑이는 아직 맥주도 남았는데 벌써 가냐는 듯 맥주병을 흔들어 보였지만, 그는 빨리 가자고 호랑이를 재촉했다. 호랑이를 차에 태우고, 그는 집으로 서둘러 돌아왔다.

밤이 되자 호랑이와 그는 거실 바닥에 앉아 텔레비전을 보았다. 호랑이는 꼬리를 가끔 흔들 뿐, 일요일 밤의 텔레비전 방송에만 집중했다.

그는 기억을 더듬었다. 술 때문에 잘 떠오르지 않는 어제 일들을 차례대로 생각했다. 다른 건 대충 기억나는데, 문제는 버스를 타고 나서부터였다. 그가 집으로 돌아오는 버스에서 웬 남자가 와서는 생일 축하한다면서 말을 걸었다. 술김에 졸고 있는데 낯선 사람이 말을 걸어오니 귀찮아 별달리 대꾸하지 않았는데도, 남자는 이런저런 말을 하고는 작은 상자를 주고 갔다.

'검은색 양복을 입은 남자였어.'

그 남자는 누구였을까? 그 상자는 어디 있지? 호랑이가 가지고 있을까?

그는 호랑이에게 물었다.

"너 '티거' 맞지?"

그가 말하자 호랑이는 텔레비전에서 고개를 돌려 그를 보았다.

"곰돌이 푸우에 나오는 캐릭터잖아. 철자는 타이거 비슷한데 G가 하나 더 있어서 티거라고 읽는. 어제 내가 술에 많이 취해서 친구가 가지고 있던 티거 열쇠고리를 빼앗았거든. 네가 그 열쇠고리의 티거냐?"

호랑이는 고개를 끄덕였다.

"오늘 아침에 버스를 타고 집에 왔어. 앉아서 꾸벅꾸벅 조는데 웬 남자가 말을 거는 거야. 생일 축하한다고 그러더라고. 그때만 해도 취해 있어서, 처음 보는 남자가 어떻게 내 생일을 알고 축하한다고 하는지 이상하다는 생각을 못 했어. 이제야 기억이 확실히 나. 남자는 상자가 소원을 들어줄 거라면서 선물 상자를 하나 줬어. 행운을 빈다면서…… 나는 무심결에 가지고 있던 열쇠고리를 상자에 넣었고. 그 열쇠고리에 있던 티거가 너로 변한 거네."

티거는 고개를 끄덕였다.

"상자도 네가 가지고 있지?"

티거는 다시 고개를 끄덕였다.

"내 소원을 다 들어주면 이 상황이 끝나는 건가? 그런데 내가 어떤 소원을 빌었는지 생각이 잘 안 나. 확실히 기억나는 건, 누가 집 청소 좀 해 주고 나 밥 좀 차려 줬으면 하는 거였어. 요 며칠 야근하느라 집안일을 못 했거든. 그다음에는 휴가도 갔으면 좋겠다고 빌었어. 올해 아직 휴가도 못 가서. 그리고 마지막으로 빌었던 소원이 기억이 안 나는데…….
그걸 들어 줘야 너도 떠나는 거지, 그렇지? 하지만 기억이
안 나는데 어쩌겠냐?"

그는 티거에게 말했다.

"대신 지금 소원을 말하면 어때? 로또 일등 되게 해 줘, 괜
찮지?"

티거는 반응이 없었다.

"아니면 여자친구?"

티거는 여전히 반응이 없었다.

"아까 그 차를 나한테 주면……. 아니면 회사에서 초고속
승진을 하게 해 주면……. 아, 키가 5센티만 더 컸으면……."

티거는 아예 고개를 돌리고 그의 말을 듣지 않았다.

그는 한숨을 쉬었다.

"휴, 사실 지금 내 소원은, 네가 내 소원을 들어주지 않았
으면 좋겠다는 거야. 소원이고 뭐고 그냥 네가 떠나고 내일
월요일 아침을 평소처럼 조용히 맞았으면 좋겠어. 회사도 가
야 하고 지겨운 일상으로 돌아가겠지만. 뭐, 꿈인지 뭔지 모
를 곳에서 봉제 인형이랑 사느니 지루한 현실이 더 낫겠지."

티거는 여전히 돌아보지 않았다. 봉제 인형이라는 표현에

화가 났나, 그는 생각했다.

그는 결국 속마음을 털어놓고 말았다.

"술 마시고 이상한 소원 빌지 않는 건데……. 내가 어젯밤에 너무 취해서……. 어제는 우울하고 기분도 나쁘고 그래서……. 하지만 지금은 소원 같은 거 필요 없어. 나는 내 미래의 모습 따위 알고 싶지 않다고."

호랑이에게 끌려 나와 보니 집 밖은 다시 절벽이었고 자동차는 사라지고 없었다. 호랑이는 업히라는 듯 그를 향해 등을 내밀었다. 남자는 절벽 밑을 내려다보다가 하소연했다.

"업히라고? 여기를 꼭 건너야 하나?"

호랑이는 고개를 끄덕였다. 남자가 등에 업히자 호랑이는 몸을 웅크렸다가 쭉 펴면서 반동을 주어 공중으로 펄쩍 뛰었다. 허공을 날아가는 동안 호랑이 꼬리는 프로펠러처럼 빙글빙글 돌며 추진력을 내었다.

그는 허공과 꼬리를 번갈아 보며 중얼거렸다.

"거참."

절벽 반대편에 도착해 보니, 그곳에는 절벽에 매달렸을 때 봤던 것처럼 그리고 날아오면서 본 그대로, 커다란 병원이 있었다.

그곳은 밤이었다.

"여기가 어디지?"

병원 이름이 적혀 있었지만, 그는 한 번도 들어 본 적 없는 이름의 종합병원이었다. 낯선 것은 건물뿐만 아니라 길가에 빛나는 가로등도, 주차되어 있는 차들도 모두 그가 본 적 없는 이상한 생김새였다. 주위를 둘러보는데, 건물 맞은편 전광판에 표시된 연도와 날짜와 시간을 보고 그는 깜짝 놀랐다.

"저게 지금 맞는 건가?"

전광판이 맞다면 그는 몇 십 년 후, 먼 미래의 어느 날 새벽 1시로 와 있었다. 티거가 그를 데리고 미래로, 이 병원으로 올 만한 이유가 떠올랐다.

"내가 이 병원에 입원해 있는 거지?"

티거는 고개를 끄덕였다.

"나 죽은 거야? 아니면 죽기 직전이야? 나 어떻게 죽어? 혹시 교통사고? 아니면 암? 큰아버지가 전에 위를 수술한 적 있는데…… 나 병원으로 들어가기 싫어, 자신이 없어."

하지만 티거는 아랑곳하지 않고 그의 옷을 붙잡아 억지로 끌고 가기 시작했다. 그가 알았다고, 조용히 따라가겠다고 여러 번 말한 후에야 티거의 손에서 풀려났다.

티거는 그를 데리고 병원 지하로 내려갔다. 티거가 발걸음을 멈춘 장소를 확인하자 그는 다리에 힘이 풀리는 기분이 들었다. 그곳은 바로 영안실이었다.

"내가 죽었구나."

왜 이따위 소원을 빌었을까, 그는 생각했다. 정말 최악의 생일 선물이다.

그가 안으로 들어가지 않고 머뭇거리자 티거는 그를 안으로 떠밀었다. 그가 기겁해서는 다시 나가려고 하자, 티거는 얼른 문을 닫고는 유리창 너머에서 그를 향해 작별인사를 하듯 손을 흔들었다.

"내가 미쳐."

그는 중얼거렸다. 복도에 남은 티거를 뒤로 하고, 그는 영안실 풍경과 마주했다. 영화나 드라마에서만 봤지 직접 와 보기는 처음이었다. 미래라서 그런지 깔끔했다. 그가 상상했던 것보다는 덜 무서운 모습이었지만, 특유의 차갑고 쓸쓸한 분위기가 있었다.

"무슨 일이세요?"

하얀 가운을 입은 노인이 컴퓨터 모니터를 누르고 있다가 그를 돌아보았다. 저 노인이 여기 당직이나 뭐 그런 걸까? 그가 대답이 없자 노인은 말했다.

"혹시 최광석 씨 신원 확인하러 오셨나요? 보호자 되십니까?"

"그 사람이 죽었나요?"

"죽었으니 여기 있죠."

노인은 어이없다는 듯한 말투였다. 그는 공기 중에 느껴지는 소독약 냄새를 맡으며 입만 달싹거리고 한동안 뭐라 말을 꺼내지 못했다. 그가 이만 가 보겠다고 말하자 노인이 말했다.

"이것 봐요, 가긴 어딜 가요. 맞는지 신원 확인을 하셔야죠. 최광석 씨가 살던 집 주인 아닙니까? 맞죠? 확인해 줄 사람이 댁밖에 없어요. 집주인 아니에요? 아니면 당신 누구요? 신분증 좀 봅시다. 여기는 관계자 아니면 못 들어옵니다."

갑자기 노인이 강압적인 태도로 나와서 그는 널컥 겁을 먹었다.

"맞아요, 집주인인지 뭔지 그 사람 맞고요. 확인하러 왔습니다. 보여 주세요."

관리인은 다시 한쪽 벽으로 가더니 모니터를 손가락으로 터치했고, 벽에 있던 많은 문 중 하나가 열리면서 금속판 위에 흰 천으로 덮인 시신이 방 가운데로 날아왔다. 금속판이 허공에 둥둥 떠다니는 모양을 보며 '미래는 미래구나'하고 그는 생각했다. 미래에도 사람들은 시신을 흰 천으로 덮어놓는 모양이었다.

관리인은 천을 걷었다.

"아……."

자신의 얼굴을 내려다보자 현기증이 일었다. 검버섯이 핀 얼굴과 희게 변해 빠진 머리카락, 그리고 약해 보이는 뼈와 근육들. 그는 미래의 자신과 마주했다. 감은 눈과 차가운 피부는 언뜻 보면 그냥 잠들어 있는 것 같았지만, 생명이 빠져나가 생기 없이 육체만 남은 모습 그대로였다.

"누가 찾아와서 확인했으니 다행이지……."

관리인은 다시 기계를 만지작거리면서 그에게 하는 말인지 혼자 중얼거리는 말인지 모를 말을 주저리주저리 늘어놓았다.

"사람이 죽었는데 장례 치러 줄 사람은커녕 찾아오는 사람도 없으니……. 그러니까 나중에 죽을 때 생각해서라도 사람이 착하게 살아야 해. 돈은 둘째 치고 말이지……. 저 사람도 진작 정신 차리고 살았으면 죽어서 이런 꼴은 안 당하고 좋았을 텐데 말이야……."

"찾아오는 사람이 없었습니까?"

그는 관리인에게 물었다.

"친구도 없고 가족도 없으니 집주인이 온 것 아닙니까. 남긴 재산도 없는 것 같던데, 맞죠? 이 일 오래 하다 보면 사람이 죽을 때 그 사람이 어떻게 살았는지 드러난다는 걸 알게 돼요."

"이 사람이 꼭 잘못 살았을까요? 그걸 누가 판단해요? 나름 성실히 살았을지도 모르잖아요."

"하지만 저 꼴을 보세요. 말로 따져 봐야 뭐 해요, 저 모습이 말해주는 거지."

관리인은 그를 돌아보지도 않고 턱으로 미래의 그를 가리켰다. 그는 비참한 기분이었다. 내 인생은 정말 이렇게 끝인가? 나는 정말 아무것도 남긴 것 하나 없이 이렇게 끝을 맞이하게 되나? 하지만 아직 서른 살이니까 내일부터라도 다르게 살면 뭔가 남길 수 있을지도 모른다. 아니, 미래는 이렇게 정해진 것인가? 지금 이렇게 내려다보고 있다는 건 앞으로 내가 어떻게 살더라도 변함이 없나? 호랑이에게 물어보면 좋을 텐데. 혹시 바꿀 수 있다면 내일부터라도 뭔가 다르게 살 텐데…….

여기까지 생각했다가 그는 꽥 비명을 질렀다.

"앞으로 정신 차릴 거야?"

시체가 눈을 뜨더니 그에게 물었다. 그는 다리에 힘이 풀려 바닥에 주저앉고 말았다. 관리인과 시체는 동시에 웃음을 터뜨렸다. 시체는 여전히 금속판 위에 누운 채로 몸을 돌려 그를 내려다보며 웃었다. 그리고 힘들다는 듯 길게 기침하고는, 이내 다시 웃었다.

"이렇게 재밌을 줄은 몰랐어."

관리인이 다가와 시체가, 아니 미래의 그가 일어나 앉도록 도왔다. 그는 흰 천을 망토처럼 두른 다음 금속판에서 내려왔다. 여전히 관리인은 킬킬대고 있었다. 관리인이 준 환자복으로 갈아입는 동안에도, 현재의 그는 바닥에 앉아 입을 다물지 못했다.

"그런데 댁은 누구요? 똑같이 닮았네. 아들인가?"

관리인이 과거의 그를 향해 묻자, 미래의 그는 대답했다.

"말해 줘도 모를 거야."

"다 늙어서 비밀은."

관리인은 피식 웃었다. 미래의 그는 그에게 다가와 뒤통수를 딱 소리가 나게 때리더니 말했다.

"뭐가 뭔지 모르겠지? 따라와. 그러면 알게 되니까."

미래의 그가 말했다.

"오늘 날짜하고 시간 잊어버리지 마. 나중에는 네가 내 역할 해야 하니까."

미래의 그는 병실로 돌아가야겠다며 그에게 부축을 부탁했다. 그들은 영안실에서 나와 조용한 병원 복도를 지나 이리저리 이동했다.

병실에 도착하자 그는 미래의 그에게 물었다.

"이봐, 미래의 나. 뭐가 어떻게 된 건지 설명해 줘."

"이제 열심히 살아야겠다는 생각 들어?"

미래의 그가 되물었고, 그는 솔직하게 대답했다.

"정신이야 번쩍 들었지."

"그래. 앞으로 정신 차리고 열심히 살면 돼. 술 마시고 징징대지 좀 말고. 생일 선물 안 사왔냐고 친구들한테 주사나

부리고 말이지, 너는 친구들 선물 제대로 한 적 있어? 남 탓은……. 아휴, 숨차 죽겠네."

미래의 그는 침대에 눕자 갑자기 힘들어하면서 숨을 가쁘게 쉬었다. 나이가 들긴 들었군. 하지만 영안실에 누워 있을 때 보다는 얼굴이 훨씬 좋아 보였다. 최소한 죽은 사람으로는 보이지 않았다. 그때는 왜 그렇게 보였지, 조명 탓인가.

그는 침대 옆에 멀거니 서 있다가 말을 걸었다.

"알겠어. 그런데, 아직 죽은 건 아니지?"

"아니라니까. 별로 아프지도 않은데 입원하느라 힘들었어. 관리인한테 친하게 굴기도 힘들었고. 다 너 때문이야. 오늘 내가 한 일 잊어버리지 마, 네가 지금 내 나이가 되면 해야 하는 일들이니까. 아, 그건 아까도 말했나. 관리인하고 미리미리 친하게 지내도록 해. 그 양반이랑 친해지기는 쉽지 않을 거야. 하지만 그 양반이 술을 좋아하니까 양주 몇 병 선물해 줘. 그러면 돼."

그가 궁금한 것은 그런 게 아니라는 듯, 미래의 그를 물끄러미 쳐다보자 미래의 그가 말했다.

"그래. 뭘 물어보고 싶은지 잘 알아. 너는 부족함 없이 잘 살아. 집도 사고, 돈도 모으고, 결혼도 하고, 아이도 있고, 큰 병 없고. 다 행복할 테니까 너무 걱정하지 마."

"그런 거 말고 로또 번호라도 가르쳐 주면 유용하게 쓸게. 아니면 어느 회사 주식이 오를지, 뭐 그런 거 알려 주면 안 돼?"

그가 묻자, 미래의 그는 말했다.

"너는 아직도 네 소원 기억 안 나?"

그건 오늘 오후 내내 그가 스스로에게 되묻던 질문이었다. 그놈의 기억나지 않는 소원 때문에 이토록 길고 긴 일요일 저녁을 보내는 것이다.

그는 말했다.

"내가 앞으로 어떻게 살지 미래를 확인하는 거잖아."

"아니야."

미래의 그가 단호하게 아니라고 말하자 당황했다.

"그럼 내 소원이 뭐였는데?"

"내일부터는 정신 차리고 살게 해 달라는 거였잖아."

……선물을 주신다고요? 내 생일인 선 어떻게 알았어요? 저랑 처음 만나는 거 맞죠? 당신 내가 아는 사람인가? 아닌 가? 술에 너무 취해서 기억이 잘……. 아무튼 생일 선물 감

사합니다. 상자 안에는 뭐가 들었어요? …… 소원을 들어준 다고요? 이 상자가? …… 내 소원이야 누가 방도 치우고 밥 도 했으면 좋겠다는 거죠. 집안일 하기 너무 귀찮아요. 사실 누가 치워줄 게 아니라 내가 정신 차려야 하는데 말이죠. 오 늘도 술을 너무 많이 마셨어요. 나는 평생 이렇게 사는 걸까 요? 내일부터는 정신 차리고 살아야 할 텐데……. 그런데 정 말 이 상자가 소원을 들어줘요? 상자는 어떻게 여는 건가 요? 여기에 'OPEN'이라고 써진 부분이 윗면인가요? 대가를 치른다는 건 무슨 뜻이에요? 행운을 빈다고요? …….

"그래, 이제야 기억나냐?"

그랬다. 그의 소원은 내일부터 정신 차리고 살게 해달라는 것이었다. 정신 차려야지 매일 생각하면서도 술 한 잔에 스 트레스를 날리는 것도 잠시, 평생 이렇게 살 수는 없는 노릇 이었다.

"술 좀 줄여 이 자식아! 술만 마시면 필름 끊기고 말이지."

미래의 그가 그를 타박했다.

"술 많이 줄였는데……."

"아직 멀었어. 술주정도 줄이고 아무튼 줄여! 너는 운이 좋은 편이야. 하지만 네 친구들은 안 그래. 가족도 그렇고 네 주변 사람들 다 네가 건사해야 한다고. 앞으로 할 일 많을 테니까 정신 바짝 차려."

"뭐야, 그래서 나를 정신 차리게 하려고 죽은 척한 거야? 꼭 그런 식으로까지 해야 해? 진짜 놀라서 죽는 줄 알았어."

"그걸 왜 나한테 따져. 과거의 너에게 따져야지."

그때 웬 꼬마가 병실로 들어오며 말했다.

"할아버지, 아빠랑 엄마 와요."

그가 아는 얼굴이었다. 절벽에 매달렸을 때 봤던 그 아이였다. 할아버지라면, 저 아이가 내 손주인가? 아이는 품에 티거 인형을 안고 있었다.

그러고 보니 호랑이는 어디로 갔지?

"이제 돌아갈 시간이니까 조심해서 집으로 돌아가. 오늘 있었던 일은 절대로 잊지 말고."

미래의 그가 말했다. 묻고 싶은 것이 많았으나, 떠나야 한다고 하니 떠날 시간이었다. 어쨌든 여기 있으면 안 되고 현재로 돌아가야 하니까.

그는 미래의 자신과 인사를 하고 병실에서 나오다 복도 의자에 앉아 그를 빤히 올려다보는 꼬마와 눈이 마주쳤다.

"얘, 그 인형 할아버지가 사주셨니?"

꼬마는 고개를 끄덕였다. 그는 슬쩍 목소리를 낮춰서 물어 보았다.

"너희 할아버지 돈 많니?"

"할아버지! 이상한 아저씨가 이상한 거 물어 봐!"

"알았어, 알았다고, 이제 갈게!"

그는 아이에게 말한 후 서둘러 병원에서 빠져나왔다. 미래의 손주에게 쩔쩔매다니 나처럼 불행한 사람도 없을 거야, 라고 생각하면서.

병원 밖으로 나와 호랑이를 찾아 두리번거리는데 병원 입구에 놓인 꾸러미가 눈에 들어왔다. 누가 벗어 놓은 옷가지인가 싶어 다가가서 보니 호랑이 인형 옷이었다. 몸 전체를 감싸는 호랑이 인형 옷 위에는 그의 집 열쇠가 놓여 있었다. 그는 그제야 호랑이 인형 안에 있던 존재의 정체를 알 수 있었다.

그가 호랑이 옷을 입어 보니, 예상대로 그의 몸에 잘 맞았다.

"어째 호랑이가 한 요리가 내가 만든 음식 맛이더라."

호랑이 옷 아래에 있던 흰 상자도 발견했다. 처음 봤을 때는 표면의 기묘한 광택 때문에 금속이나 상아 같은 재질로 만들었나 했는데, 집어 들어서 만져 보니 종이였다. 이음새 없이 매끈하게 연결된 정육면체여서 어떻게 해야 상자를 열 수 있는 건지 몰라 그는 한동안 애를 먹었다. 그는 한쪽 면에 쓰인 글자 'OPEN'을 발견하고서야 상자를 열 수 있었다.

'맞아, 버스에서 상자를 받았을 때에도 윗면을 못 찾아서 애를 먹었지.'

상자 안에는 지난밤에 넣은 호랑이 인형 열쇠고리가 들어 있었다.

그는 상자를 주머니에 넣고, 털레털레 병원 입구를 빠져나왔다. 모퉁이를 돌자 이내 그의 집이었다. 그리고 미래가 아닌 현재로 돌아와 있었다. 이상한 일이지만 분명히 일어나고 있는 일이고, 어쨌든 그는 집에 쉽게 도착할 수 있어서 다행이라 생각했다.

그는 열쇠로 문을 열고 집으로 들어가, 조용히 방문을 열고 안을 들여다보았다. 몇 시간 전의 그가 여전히 술에서 깨지 못한 채 침대에 누워 잠들어 있었다.

"이제 집안일을 할 차례군."

그는 꿀물을 타서 자고 있는 자신의 머리맡에 놓고 부엌으로 돌아왔다. 집안일을 해야 한다. 귀찮지만, 정신 차리고 살자고 다짐한 지 몇 분 지나지도 않았으니 불평할 수는 없다.

그는 부지런히 움직여 세탁기를 돌리고 집을 치우고, 밀려 있던 설거지를 한 후 점심을 준비했다. 이윽고 방에서 부스럭대는 소리와 함께 익숙한 중얼거림이 들리다 곧 방문이 열렸다.

그가 잠이 덜 깬 과거의 그를 향해 고개를 끄덕, 인사하자 과거의 그가 되물었다.

"누구세요?"

꼬마의 상자

'조금만 있으면 크리스마스니까 유령은 안 나올 거야.'

꼬마는 이불 속에서 고개를 내밀고 천장을 올려다보며 생각했다. 어둠이 무섭고 아직 혼자 자는 것도 무섭지만, 꼬마의 부모는 꼬마도 이제 여섯 살이니 혼자 자야 한다며 같이 자도록 허락하지 않았다. 꼬마가 부모의 침대에서 같이 자고 싶다고 조르고 떼를 써도 소용없었다.

'내일 산타 할아버지가 정말 파워레인저를 선물로 주실까.'

지난주, 꼬마는 유치원에서 산타 할아버지에게 보내는 편지에 크리스마스 선물로 파워레인저를 받고 싶다고 썼다. 지난 한 해 동안 했던 착한 일을 나열하고 앞으로 말썽을 저지르지 않겠다는 약속을 덧붙이면서. 등 뒤의 스위치를 누르면 헬멧에서 빛이 나오는 파워레인저는 모든 아이가 크리스마스 선물로 받고 싶어 하는 장난감이다. 벌써 부모님이 사 준 것을 유치원에 가지고 와 자랑하는 친구도 있었다.

꼬마는 파워레인저 블루를 받고 싶었다.

'파워레인저 블루가 좋지만, 레드를 받아도 상관없어.'

내일모레 크리스마스에 산타 할아버지에게 받을 선물을 상상하면서 꼬마는 무서움을 잊고 잠을 청할 수 있었다.

그런데 어느 순간, 복도에서 사람들이 시끄럽게 오가는 소리가 들렸다. 꼬마의 집은 아주 커서 집을 깨끗하고 안전한 곳으로 유지하기 위해 여러 명이 머무는데, 그들은 늦은 시간에 큰 소리를 내는 일이 없다. 갑작스러운 소음, 혹은 갑작스러운 침묵은 좋지 않은 신호였다. 그러나 꼬마는 그 사실을 알아차리지 못했다.

꼬마는 복도에서 자신의 방을 향해 걸어오는 발소리를 들었다.

방문이 열리고, 꼬마는 문을 가로막은 검은 그림자의 등장에 놀라 꽥 소리를 질렀다.

"성현아, 놀라지 마라."

그림자가 자신의 이름을 불렀기 때문에, 꼬마는 목소리를 향해 되물었다.

"아빠?"

"나는 산타 할아버지란다. 선물을 주려고 왔지."

그림자는 꼬마에게 다가와 얼굴을 굽혔고, 방 밖에서 들어오는 불빛을 받아 산타클로스의 얼굴이 꼬마의 눈에 들어왔다. 붉은 옷을 입은 그의 얼굴에는 희고 긴 수염이 있었다.

꼬마는 겁먹은 목소리로 말했다.

"하지만 크리스마스는 내일모레인데요."

"우리 성현이가 착한 아이라서 할아버지가 하루 일찍 온 거란다."

산타는 시커멓고 네모난 물건을 자루에서 꺼냈다.

"크리스마스 선물이다. 지난 한 해 동안 착하게 지냈으니 주는 선물이다. 초콜릿이야. 마음에 드니?"

"내 선물이 맞아요?"

꼬마가 초콜릿을 훑어본 다음 되묻자, 산타는 웃었다.

"왜, 마음에 안 드니?"

"엄마가 초콜릿은 몸에 나쁘니까 먹지 말라고 했어요."

"괜찮아. 산타 할아버지의 선물이지 않니."

산타의 눈동자가 불안하게 움직였다. 그에게서는 마치 연기 냄새 같은 이상한 냄새가 났는데, 산타 할아버지가 굴뚝을 타고 집으로 들어와서 그런가 하고 꼬마는 생각했다.

"감사합니다, 라고 해야지."

산타의 독촉에 꼬마는 감사합니다, 라고 말하고 고개를 슬쩍 끄덕였다. 딱딱한 초콜릿은 품에 안고만 있있다.

"성현아, 선물도 받았으니 이제 내 말 잘 들어야 한다. 알았지? 오늘 밤에는 방 밖으로 나오면 안 된다. 아침 해가 뜰 때까지 절대로 나오면 안 돼. 누가 나오라고 해도 나가면 안 된다."

산타가 말했다.

"왜요?"

"집에 귀신이 있거든. 그러니까 나오면 안 돼. 산타 할아버지가 귀신을 잡아갈 테니 아침이 되면 그때 나와. 소리도 내면 안 돼. 누굴 불러서도 안 되고. 귀신은 위험하니까. 알았지?"

꼬마가 대답하지 않자 산타는 꼬마의 어깨를 잡고 거칠게 흔들었다.

"대답해, 알았냐니까?"

산타의 손길이 아파서 꼬마가 몸을 비트는데도 산타는 손을 놓지 않았다. 꼬마에게 똑바로 대답하라고 윽박지르자 놀란 꼬마가 고개를 여러 번 끄덕이고 나서야 손을 놓았다.

"절대로 나오면 안 돼. 성현이가 말 잘 들으면 내일은 성현이가 하고 싶은 대로 다 하게 해 줄게. 늦잠 자도 되고, 먹고 싶은 거 다 먹어도 되고, 게임도 하게 해 주마. 그러니까 절대로 방 밖으로 나오지 말아라. 초콜릿 먹으면서 기다려."

산타는 말했고, 커다란 자루를 들고 꼬마를 한동안 내려다보다가 방에서 나갔다. 그가 문을 달깍 잠그는 소리 그리고 다시 여러 사람이 뛰어다니는 소리가 이어지다가 집은 갑작스럽게 조용해졌다.

꼬마의 집에는 아빠와 엄마, 그리고 꼬마가 아주머니라고 부르는 출퇴근 가정부가 세 명, 경찰 아저씨라고 부르는 상주 경호원이 다섯 명 있었다. 가정부들은 크리스마스 휴가를 받아 앞으로 사흘간은 집으로 오지 않고, 집에 상주하는 경호원도 다섯 중 둘이 휴가를 받아 세 명만 있었다. 해가 뜨고도 한참이 지났지만, 꼬마의 방으로는 아무도 오지 않았다.

꼬마는 화장실에 가고 싶어져서 침대에서 일어나 문 손잡이를 조심스럽게 돌려 보았다. 그러나 문은 잠겨 있었다. 아무리 손잡이를 돌려도 열리지 않아, 꼬마는 큰 소리로 울기 시작했다. 아직 산타 할아버지가 귀신을 못 잡아서 문이 열리지 않는 것일까? 꼬마가 겁을 잔뜩 먹었을 때, 문으로 사람이 나가오는 소리가 들리너니 문이 선선히 열렸다.

문을 연 사람은 덩치 큰 경호원이었다. 집에 상주하는 경호원 중 한 명이었고 꼬마도 그의 얼굴을 알고 있었다. 그러나 이상하게도 경호원은 문을 열기만 할 뿐 문에서 비키질 않고 꼬마를 굳은 얼굴로 내려다보기만 해서, 꼬마는 나갈 수가 없었다.

"화장실 가고 싶어서 그래?"

경호원이 물었고 꼬마는 고개를 끄덕였다.

"화장실 가면 울지 않고 조용히 할 거지?"

"네."

경호원이 문에서 비키자 꼬마는 화장실로 달려갔다. 평소였다면 엄마가 화장실에 같이 들어와 옷 벗는 것을 도와주고 세수도 시켜 주고 양치질도 꼭 하라고 말했겠지만, 경호원은 화장실로 따라오지 않았다. 꼬마는 자기 힘으로 잠옷을 벗고 소변을 보고 나왔다.

경호원은 화장실에서 나온 꼬마를 붙잡더니 다시 말없이 물끄러미 내려다보았다. 보통 때라면 경호원은 집으로, 특히 꼬마의 방이 있는 2층까지는 들어오지 못하게 되어 있다는 걸 꼬마는 알고 있었다. 왜 경호원이 마음대로 행동하는 것일까?

어디선가 기계가 금속을 갈아내는 것 같은 소리가 계속 들렸다.

"집이 너무 시끄러워요."

꼬마는 말했다.

"공사하는 중이라서 그래."

"엄마는 어디 있어요? 아빠는?"

"성현이가 좋아하는 과자 먹을까?"

경호원은 그를 데리고 1층으로 내려가더니 손님방으로 끌고 들어가 소파에 앉혔다. 그곳에는 텔레비전이 켜져 있었다. 엄마는 손님방은 손님만을 위한 곳이니까 꼬마는 들어가면 안 되고 특히 들어가서 어질러 놓으면 절대 안 된다고 했다. 그러면 가정부 아주머니들이 힘들어한다는 것이다.

경호원은 그에게 과자 한 봉지를 던져 주고는 소파에서 움직이지 말고 기다리라고 말했다.

"밥은 안 먹어요?"

"성현아, 과자가 싫으니?"

"엄마가 과자랑 초콜릿은 먹지 말랬어요."

"크리스마스니까 먹어도 돼."

경호원은 과자 봉지를 가져가 입구를 뜯었고 과자를 한 움큼 집어 입에 털어 넣고는 봉지를 돌려주었다.

꼬마는 아무리 물어도 대답해 주지 않는 그 질문을 반복했다.

"엄마 아빠는 어디 있어요?"

"산타 할아버지에게 선물 받았니?"

경호원은 대답 대신 되물었다.

"네."

"뭐 받았니?"

"초콜릿."

"초콜릿 먹었어?"

꼬마는 고개를 흔들었다.

"그것도 먹어라. 밥은 나중에 엄마가 차려 주실 거야. 텔레비전 보면서 과자 먹고 있어. 손님방에서 나오면 안 돼. 알았지?"

"나 목말라요."

"조금만 참아."

경호원은 방을 나가더니 문을 닫고 잠갔다.

꼬마는 멀거니 텔레비전을 올려다보았다. 크리스마스 때면 하는 영화가 방영 중이었다. 작은 꼬마 아이가 크리스마스에 홀로 집에 남아 집을 노리는 도둑들로부터 집을 지키는 내용의 영화다.

꼬마는 텔레비전을 보면서 엄마가 오기를 기다렸다.

"엄마!"

문이 열리고 엄마의 얼굴이 보이자, 꼬마는 큰 소리로 엄마를 불렀다. 그리고 소파에서 일어나 엄마에게 안겼고, 왜 집에 아빠가 없는지, 왜 손님방에 혼자 됐는지, 밥은 언제 먹는지를 물었다.

그러나 엄마는 대답이 없었다. 엄마는 그저 꼬마를 물끄러미 내려다보고만 있었다. 그녀는 허리춤에 들고 있던 옷으로 꼬마의 잠옷을 재빨리 갈아입히고 핸드백에서 물티슈를 꺼내 꼬마의 얼굴을 대충 닦았다.

그러고는 이렇게 말했다.

"이따가 손님 오실 텐데 조용히 있어야 한다. 말썽부리지 말고 가만히 있어야 해. 알았어?"

꼬마는 엄마에게서도 이상한 냄새를 맡았다. 산타 할아버지에게서 난 것과 같은 탄 냄새가 엄마에게서도 났다. 평소에는 꼬마가 맡아본 적 없는 냄새였다.

"엄마한테서 난 냄새 나."

"엉뚱한 소리 하지 말고 내 말 잘 들어. 조금 있으면 손님 오실 거야. 이 게임기 가지고 놀고 있어. 말썽부리면 안 돼. 손님들이 시끄러운 거 싫어하니까. 알았어?"

엄마는 핸드백에서 닌텐도를 꺼내 꼬마에게 쥐여 주었다. 꼬마는 깜짝 놀랐다. 부모님은 꼬마가 게임 하는 것을 싫어해 닌텐도는 하루에 단 한 시간만, 그것도 점심시간에 채소를 남기지 않고 다 먹어야만 가지고 놀도록 했다.

"엄마, 나 정말 닌텐도 해도 돼?"

"크리스마스이브니까 해도 돼."

정말 크리스마스이브니까 해도 될까? 아침에 늦게 일어나고, 세수도 안 하고, 밥 대신 과자를 먹고 게임 하는 건 꼬마가 해 보고 싶었던 것들이었다. 하지만 정말 해도 될까?

"손님들 앞에서 말 잘 들으면 오늘 데리고 나가 줄게."

"오늘?"

"백화점에 가서 너 갖고 싶은 포켓몬스터 사 줄게. 제일 비싼 걸로."

포켓몬스터라면 이미 가지고 있다. 꼬마가 받고 싶은 선물은 파워레인저이고 그건 꼬마가 벌써 여러 번 말했으니 분명 엄마도 알 것이다. 꼬마는 내가 갖고 싶은 선물 모르냐고 묻고 싶었지만, 엄마는 꼬마가 말을 걸 사이도 없이 팔을 잡아 끌어 거실로 데리고 나왔다.

거실에는 손님이 있었다.

엄마는 꼬마를 소파에 앉혔다.

"거기 앉아서 게임 하고 있어."

꼬마는 닌텐도를 켰다. 하지만 팩이 꽂혀 있지 않아 게임을 할 수 없었다. 팩이 없다는 문구만 깜박이는 화면을 바라보는데, 손님들이 꼬마에게 말을 걸었다.

"성현이도 있었구나, 성현이 안녕?"

두꺼운 점퍼를 입은 남자들은 꼬마도 자주 보는 사람들이었다. 아빠는 그들이 집 지키는 사람들이라고 말했었다. 경호원 아저씨들이 집에 머물면서 집을 지키는 동안 더 많은 경호원 아저씨들이 있는 회사가 집 밖에서 우리집을 지킨다는 것이다. 그들이 며칠에 한 번씩 집으로 찾아오거나 혹은 아빠가 그들과 화상통화를 하는 걸 꼬마는 본 적 있다. 꼬마가 아빠의 뒤에서 핸드폰을 들여다보면 핸드폰 너머의 경호원들이 웃음을 터트리곤 했다.

"안녕하세요, 해야지."

엄마가 말했고 꼬마는 고개 숙여 인사했다. 손에는 여전히 게임기를 들고 있었다. 종일 집 어디에선가 들리던 그 금속 가는 것 같은 시끄러운 소리가 이상하게 지금은 들리지 않는다고, 꼬마는 생각했다.

엄마는 손님에게 말했다.

"수고가 많으시네요. 굳이 들어오지 않으셔도 되는데."

"별일 없으십니까? 회장님과 통화가 안 돼서 찾아왔습니다. 사모님도 아시겠지만, 저희 경호 업체는 열두 시간에 한 번씩 안전을 확인합니다. 고객과 통화를 하거나 직접 고객님 댁에 방문해서요. 회장님은 그동안 한 번도 통화를 거르신 적이 없었어요. 꼭 전화 통화를 하셨고 금고 안전도 확인하셨고요. 그런데 오늘 아침에는 전화 연결이 되지 않아서, 회사 방침상 직접 방문했습니다."

"집에는 아무 일 없어요. 금고도 안전하고요. 우리 남편이 통화를 거를 일이 있었어요."

"회장님은 어디 계십니까?"

"솔직히 말씀드릴게요. 저도 잘 몰라요. 어젯밤에 남편하고 다퉜어요. 오늘 아침 일찍 어딘가 가 버리더라고요. 전화도 안 받고요. 그래서 경호회사 연락도 안 받았을 거예요."

"그러실 분이 아닌데……."

"집안일 말하려니 부끄럽지만, 남편이 어디 있는지는 나도 몰라요."

꼬마는 닌텐도를 내려다보며 생각했다. 어젯밤에 시끄러웠던 게 엄마 아빠가 싸우는 소리였을까. 생각할수록 의문이 늘어났다. 산타 할아버지가 말한 귀신은 뭘까. 산타 할아버지는 왜 하루 일찍 왔을까. 왜 엄마는 내가 받고 싶다고 했던 선물도 모를까. 꼬마는 고개를 들었고, 손님과 이야기하는 엄마를 찬찬히 훑어보았다.

경호회사 직원이 말했다.

"그러면 오늘 저녁에도 확인은 어렵겠군요."

"저녁에 전화해 주시면 제가 받을게요. 저도 이 집에 사는 사람이잖아요. 아니면 우리 경호원에게 전화를 주시겠어요? 생각해보니, 저녁에 제가 집에 없을 수도 있겠네요. 저녁에는 성현이 데리고 외출을 할 계획이라서요."

경호업체 직원들은 서로 마주 보며 한동안 의논하더니, 알겠다고 대답했다.

"성현아, 손님들 가신다는데 인사해야지."

그들이 거실을 나서자 엄마는 꼬마에게 말했다. 그러나 꼬마는 없었다. 여전히 깜빡이는 닌텐도만 빈 소파에 놓여 있었다.

"얘가 어디 갔지?"

'엄마가 아니야.'

꼬마는 엄마와 비슷한 사람을 알았다. 엄마 동생이었다. 꼬마는 이모를 사진으로만 봤지만 엄마와 똑같이 생겼다는 건 알고 있었다. 아빠는 꼬마에게 딱 한 번 사진 속 여자가 이모라고 이야기해 준 적이 있다. 엄마는 이모와 사이가 좋지 않았는지 한 번도 이모를 집에 부른 적이 없었다.

이모가 엄마인 척 하고 있나?

진짜 엄마와 아빠는 어디에 있을까? 꼬마는 엄마와 아빠를 찾아 집을 돌아다니기 시작했고, 가장 먼저 일층 안방으로 갔다. 꼬마는 그 방이 그렇게 어질러져 있는 것은 처음 보왔다. 서랍은 다 열려 있고 옷가지들도 모두 나와 있었다. 꼬마는 부엌으로 갔지만 역시 아무도 없고 그곳도 어질러져 있었다. 가정부 아주머니들이 없을 때도 엄마는 방도 부엌도 지저분하게 두지 않았다.

꼬마는 부엌문으로 집 밖을 내다보았다. 하늘은 흐리고 곧 눈이 올 것 같았다. 엄마 아빠가 집에 없다면 밖에 나갔을까? 갔다면 어디로 갔을까? 집에 있는 사람들은 엄마 아빠가 사라진 것과 관련 있을까?

그들은 도둑일까?

꼬마는 무서웠다. 보통 때라면 경호원에게 말했겠지만, 지금 경호원은 엄마처럼 생긴 여자와 같이 있으니 믿으면 안 될 것 같았다. 엄마가 손님이라고 말했던 경호업체의 차는 천천히 정원을 가로질러 대문을 빠져나갔다.

'저 사람들에게 신고했으면 됐을 텐데.'

꼬마는 생각했다. 그리고 금속을 가는 소리가 다시 들리기 시작했다. 그 소리가 어디서 들리는지, 그곳에 사람이 있는지, 있다면 아빠나 엄마도 있을지 궁금해진 꼬마는 부엌에서 나와 계단을 통해 2층으로 올라갔다. 소리는 서재 안쪽에서 들리고 있었다. 닫힌 서재 문을 보며 꼬마가 안으로 들어가 볼까 고민하는 사이, 갑자기 문이 열렸다. 꼬마는 얼른 모퉁이에 몸을 숨기고 살짝 고개만 내밀었다. 서재 안에서 처음 보는 남자가 나와 주변을 돌아보고는 손에 들고 있던 담배를 한동안 피우더니 다시 안으로 들어갔다.

'총이다.'

놀아서는 남자의 허리춤에 총이 있었다. 꼬마는 천천히 서재 쪽으로 다가갔다. 서재 가까이 갈수록 연기 냄새가 났다. 산타 할아버지와 아까 엄마에게 났던 바로 그 굴뚝 냄새였다. 냄새의 정체는 담배였다. 꼬마는 텔레비전에서 담배를 본 적은 있지만, 이런 냄새가 날 줄은 몰랐다.

"성현아, 여기서 뭐 하니?"

꼬마는 놀라서 몸을 움찔했다. 등 뒤에서 누가 꼬마의 어깨를 덥석 잡아 흔들었다.

"성현이는 네 방에 들어가 있어야지. 집에 귀신 나올지 모르잖아."

"산타 할아버지⋯⋯."

산타는 꼬마의 어깨를 세게 붙잡아서는 방 쪽으로 끌고 갔다. 산타가 너무 세게 붙잡고 있어서 꼬마가 아프다고 말하며 몸을 비틀었는데도 그는 걸음을 멈추지 않았다. 꼬마는 소리를 지르고 발버둥을 쳐 보았지만 산타의 힘을 당할 수가 없었다. 마침내 꼬마는 울음을 터트렸다.

"성현이가 여기 있었구나."

산타가 걸음을 멈춘 꼬마의 방 앞에는 엄마가 있었다. 아니, 엄마가 아닌, 엄마하고 똑같이 생긴 여자가 있었다.

꼬마는 울면서 그녀와 산타를 번갈아 바라보았다.

"성현아, 왜 울고 그러니?"

"산타 할아버지가 너무 아프게 잡아서……."

꼬마가 산타를 가리키며 울먹이자 그녀는 되물었다.

"산타 할아버지라니? 엄마한테는 아무도 안 보이는데."

그녀는 산타가 보이지 않는 것처럼 행동했다.

꼬마가 산타를 올려다보자 산타는 꼬마의 어깨를 놓고 몸을 돌려 복도로 돌아갔다. 꼬마는 산타가 서재로 들어가기 전 그녀와 산타가 서로를 바라보며 슬쩍 웃는 것을 분명히 보았다.

그녀는 꼬마에게 방에 들어가 있으라고 말했다.

"엄마……. 들어가기 싫어……. 나 배고파……. 그리고……."

"낮잠 잘 시간이잖니. 배고프면 산타 할아버지가 준 초콜릿 먹어."

"엄마는 내가 산타 할아버지한테 초콜릿 받았는지 어떻게 알아?"

꼬마의 질문에 그녀는 잠시 당황한 기색을 보였다.

"성현이 네가 받고 싶다고 했잖아."

"엄마, 나 닌텐도 하면 안 돼? 아까 해도 된다고 했잖아. 나 닌텐노 삿나 쉬⋯⋯."

2층 복도에는 전화기가 있다. 만약 그녀가 닌텐도를 가지러 잠시 1층으로 내려간다면, 그사이 전화를 걸어서 경찰서에 신고할 수 있을 것 같았다. 하지만 이미 늦은 시도였다. 그녀는 꼬마를 그대로 문 안으로 밀어 넣고, 이렇게 말하고서는 문을 잠갔다.

"저녁에 놀러 나가자. 백화점에 가서 네가 갖고 싶은 거 다 사줄 테니까. 닌텐도도 그때 해. 그동안 폭 자고 있어."

크리스마스이브의 백화점은 선물을 사러 온 사람들로 발 디딜 틈이 없었다. 꼬마는 사람들 사이에서 무작정 뛰었다.

"경찰 아저씨!"

마침내 경찰을 발견한 꼬마가 외치자, 키 큰 아저씨가 꼬마를 향해 돌아보고는 허리를 굽히더니 말했다.

"나는 경찰이 아니라 경비야. 무슨 일 때문에 그러냐?"

"아저씨는 경찰이 아니에요? 경찰하고 경비는 달라요?"

"경찰은 총이 있고 경비는 총이 없지."

아저씨의 허리춤은 비어 있었다. 그가 제복을 입고 모자를 쓰고 있어서 꼬마는 경찰인 줄 알았다.

"엄마 잃어버려서 그러니? 엄마 찾아 줄까? 어디서 엄마 잃어버렸니?"

"그게 아니고……."

"김성현!"

무시무시한 고함에 꼬마는 몸을 움찔했다. 요란한 캐럴 음악 사이에서도 단번에 들릴 만큼 날카롭고 큰 목소리에 지나가던 사람들이 모두 놀라 걸음을 멈췄다. 그녀의 손은 꼬마의 어깨를 붙잡았다.

"너 엄마 손 꼭 잡고 다니라고 했지! 어딜 혼자 돌아다녀! 너 죽고 싶어?"

그녀는 무시무시하게 화가 난 얼굴이었다. 당장 자신을 잡아먹기라도 할 것 같은 그 표정에 겁을 먹은 꼬마는 필사적으로 말했다.

"엄마 잘못했어. 산타 할아버지가 어디 있는지 몰라서 찾아다녔어. 진짜야. 산타 만나고 싶어서 그랬어. 잘못했어."

꼬마가 말하자 경비가 말했다.

"산타가 보고 싶었나 보죠, 아이 너무 혼내지 마세요. 산타는 화장품 매장 옆 이벤트 무대에 있습니다. 일곱 살 안 되는 아이들에게 선물을 증정하는 이벤트를 하고 있어요. 아까는 줄이 길었는데, 지금은 줄이 없을 거예요. 가시면 바로 산타와 이야기하고 선물도 받을 수 있을 겁니다. 백화점 행사니까 한번 참여해 보세요."

꼬마는 말했다.

"나 산타 만나고 싶어. 나 사고 싶은 거 사 준다면서. 산타 만나러 가자. 산타 할아버지가 선물 준대. 응? 엄마, 산타한테 가자."

"너는 초콜릿 받았잖아!"

"하지만 그건 어제 받았고 선물은 원래 크리스마스이브에 받는 거잖아."

"얘가 진짜……."

다시 소리를 지르려던 여자는 주변 사람들의 시선을 느끼고 입을 다물었다. 여자는 걸음을 멈추고 자신을 바라보는 사람들을 힐끗 돌아보았다. 다들 아이를 불쌍하게 여기는 얼굴이었다. 요 며칠은 사람들이 너그러워지는 기간이니까. 엄마가 아이를 혼내는 광경이야 흔하지만, 크리스마스이브에 아이를 윽박지르는 엄마는 많지 않았다.

경비도 난처한 표정으로 여자를 보고 있었다.

여자는 고개를 끄덕였다.

"그래, 산타 만나러 가자. 선물 받아야지. 다른 갖고 싶은 거 말하면 사 줄게. 사고 싶은 거 다 살 수 있어. 우리 성현이는 돈이 많으니까. 엄마도 그렇고. 돈이 많으니 얼마나 좋니? 여기 백화점에 있는 물건 모두 다 살 수 있어. 갖고 싶은 거 있으면 뭐든지 말해, 다 사 줄 테니."

여자는 꼬마를 거칠게 끌고, 안녕히 가시라는 경비의 인사에 답도 하지 않은 채, 이벤트 장소로 성큼성큼 걸었다. 꼬마는 그녀에게 질질 끌려가면서 행인에게 부딪히고 바닥에 여러 번 넘어질 뻔했다.

무대 위에서는 산타가 아이들을 무릎에 앉혀 놓고 내년에도 부모님 말씀 잘 듣고 착하게 굴라고 타이른 다음 자루에서 선물 상자를 꺼내 하나씩 주고 있었다. 백화점에서 무료 장난감을 증정하니 많은 참여를 부탁한다는 글귀가 적힌 현수막 밑에서 아이들 몇이 차례를 기다리고 있었다.

꼬마에겐 선물은 필요 없었다. 단지 산타에게 경찰을 불러 달라고 부탁하고 싶었다. 하지만 산타와 아이들의 대화는 옆에서 기다리는 부모들에게도 다 들렸고, 사실 그것이 행사의 진짜 목적이었다. 아이가 갖고 싶은 선물을 부모가 백화점에서 사도록 돕는 것이다.

꼬마는 자신의 차례가 되자 다른 아이들처럼 산타의 무릎에 앉았고 산타가 묻는 의례적인 질문들에 조용히 대답했다. 무대 밑에서는 여자가 꼬마를 노려보고 있었다.

"이름이 뭐니?"

"김성현이요."

"몇 살이니?"

"여섯 살."

"그래, 성현이는 엄마 아빠 말씀 잘 듣는 착한 아이니?"

"네."

"당근도 파도 잘 먹고?"

"네."

"징징대지 않고?"

"네."

"텔레비전을 종일 보거나 게임 너무 많이 하지도 않지?"

"네……"

"성현이는 착한 아이구나. 산타 할아버지가 오늘 밤에 좋은 선물 가져다 주마"

"네……"

"왜, 내 말 못 믿겠니?"

"산타 할아버지는 진짜 산타 할아버지예요?"

"당연하지."

"그럼 산타 할아버지 제가 보낸 편지 받으셨어요?"

"받았지. 너 파워레인저 받고 싶다고 편지 썼지?"

꼬마는 깜짝 놀랐다. 이 산타는 진짜 산타구나! 그가 갖고 싶은 선물을 아는 것을 보면 확실하다. 집에 찾아온 산타는 가짜인 것이다. 꼬마는 힐끗 무대 밑을 내려다보았는데 어느새 여자가 사라지고 없었다. 어디로 갔을까? 잠시 다른 일이 생겼을까? 그녀가 없다는 걸 재차 확인하고, 꼬마는 숨죽여 조용히 산타에게 말했다.

"엄마가 이상해요."

"이상하다니?"

"엄마가 진짜 엄마가 아닌 거 같아요. 다른 사람이에요. 엄마랑 똑같이 생겼는데 아니에요."

"그래? 그것 참 이상하구나."

산타는 느긋하게 말했다. 꼬마는 산타에게 말을 하면 당장 경찰을 부를 줄 알았는데 산타는 이렇게 말할 뿐이었다.

"성현아, 엄마가 화내고 그런다고 성현이 널 미워하거나 그런 건 아니다. 성현이 네가 더 잘되라고 야단치는 것뿐이야."

"그게 아니에요, 엄마가 정말로 이상해요."

마침내 꼬마는 산타의 귀에 대고 작게 속삭였다.

"경찰을 불러 주세요."

"경찰?"

산타는 제대로 못 들었는지 되물었다. 꼬마는 더 크게 말을 하려다가 그때 여자가 다시 무대 밑으로 돌아온 것을 보았다. 여자 옆에는 파워레인저를 든 경호원도 있어서, 결국 입을 다물었다.

대신 꼬마는 말했다.

"크리스마스에는 엄마 아빠하고 재미있게 보냈으면 좋겠어요."

"그래, 그래야지."

산타는 여전히 느긋하게 말했다.

"여기 산타가 주는 선물이다. 상자가 소원을 들어줄 거다.

앞으로도 착하게 지내야 한다. 그래야 내년에도 산타 할아버지한테 선물 받지."

꼬마는 산타가 선물 자루에서 꺼낸 상자를 받았다. 꼬마의 작은 손안에서도 별로 커 보이지 않는 작은 흰색 종이 상자인데, 표면에 이상한 광택이 맴돌고 있었다. 알록달록한 종이로 포장한 선물 상자만 보던 꼬마에게는 낯선 광택이었다. 산타는 말했다.

"행운을 빈다, 꼬마야."

안에는 뭔가 작고 가벼운 것이 들어 있었지만, 미처 열어 볼 틈도 없이 경호원이 꼬마를 들어 올려 안았다.

"집에 가서 열어 봐."

경호원은 말했다. 그는 꼬마를 안은 채 백화점 주차장으로 직진했고 무서운 눈빛의 여자가 뒤를 따라왔다.

"자는 거 맞아?"

"맞아."

"자는 척하는 거 아니야?"

운전석에 앉은 경호원과 그 옆 좌석에 앉은 여자가 말을 주고받았다. 백화점에서 나온 후 눈이 내리기 시작했다. 그

때문에 백화점에서 집으로 돌아가는 길이 혼잡해졌다. 교통 체증에 지친 꼬마는 잠이 들었다가, 두 사람의 목소리를 듣고 퍼뜩 잠이 깼다. 그러나 눈은 뜨지 않았다.

누군가 꼬마를 향해 얼굴을 기울이고 잠시 들여다 보더니 말했다.

"자는 거 맞아.

여자의 목소리였다. 경호원이 말했다.

"어떡할 거야?"

"뭘 어떻게 해?"

"저 녀석하고 나머지. 다 끝났잖아. 집에 가면 해치울 거야?"

"아직 안 돼. 12시에 금고 열리면 비밀번호 물어보고 그때 처리해. 경호업체가 저녁에 다시 올 것 같아. 수상하게 생각하는 눈치였어."

"수상하게 생각했으면 집을 다 뒤지고 갔겠지."

"애하고 같이 있어서 믿었을 거야. 저녁에 다시 올 거라고. 분명해. 그때 애도 같이 있어야 믿을 거야. 그다음 나는 내 집으로 가야지. 그리고……."

"애 엄마하고 바꿔오고? 경호회사도 그렇고 애도 너를 엄마로 믿더라. 신기하네."

"생긴 게 똑같잖아. 경호회사는 애랑 같이 있으니까 날 믿었겠지. 애들은 화장만 잘해도 믿어."

"하기야 얘는 산타도 진짜라고 믿으니까."

"조금만 버티면 돼. 금고도 거의 다 열었고 사설 경호원에 경호업체까지 다 따돌렸어. 이제 금고 첫 번째 문 뜯어서 열면 애 아빠 협박해서 두 번째 문 비밀번호 알아내서 열면 돼. 애는 그다음 처리하면 되고. 백화점 돌아다니면서 사람들이 나를 봤을 테니까 알리바이도 쉽게 확인될 거야. 그러면 다 우리 거가 되니까……."

"한 명이 산타로 분장해서 애 속이기로 한 건 참 잘했어, 그렇지? 아이는 협박한다고 말을 듣지 않으니까 아예 속이자, 아이들이 가장 잘 믿는 산타로 분장해서 아이를 속인다, 대단한 아이디어야."

갑자기 경호원이 웃기 시작했다. 꼬마는 큰 웃음소리에 놀라서 순간 몸을 움찔했는데, 자는 척하는 것을 들켰을까 봐 조마조마했다. 다행히 눈치채지 못했는지 여자가 경호원에게 묻는 목소리가 들렸다.

"너 마약 했냐?"

"그건 왜 물어?"

"했어, 안 했어? 그거나 대답해."

"하면 안 돼?"

"미친놈. 몇 시간을 못 참아서."

경호원은 갑자기 길게 괴성을 질렀고, 더 크게 웃기 시작했다. 꼬마는 다시 놀라서 몸을 움찔했다. 이번에는 여자가 눈치를 채고 경호원에게 아이가 깼다고 말했고, 꼬마가 다시 자는 척해도 두 사람은 대화하지 않았다.

차가 집에 도착하자 여자는 꼬마를 돌아보지도 않고 집 안으로 들어가 버렸다. 꼬마는 경호원에게 어깨를 잡혀서 질질 끌리듯 집으로 들어왔다. 경호원은 꼬마를 방에 던져 넣고 선물 상자도 내팽개치듯 방에 넣더니 가 버렸다.

밖에서 겉옷에 내렸던 눈이 녹아 물이 되었다. 꼬마의 방은 불도 켜지 않아 깜깜했고, 스위치를 눌러도 전등에 불이 들어오지 않았다. 집으로 들어올 때도 집안이 온통 어둡고 난방도 돌아가지 않았다. 집에는 금속을 갈아내는 소리가 요란하게 울리고 있었다.

집 주변에서 바람이 세게 불었는데, 갑자기 방문이 삐걱

소리를 내면서 조금 열렸다. 정신없는 경호원이 문을 잠그기는커녕 닫는 것조차 잊은 모양이었다.

'방 밖으로 나갈 수 있어.'

꼬마는 얼른 문을 열고 복도를 내다보았다. 아무도 없어서, 조심조심 방에서 나와 조용히 복도를 걸었다. 복도에 놓인 작은 테이블 위 전화기를 향해 꼬마는 발돋움을 해 손을 뻗었다. 겨우 수화기를 들어 수화기를 귀에 대 보았다. 그러나 아무런 소리도 나지 않았다. 번호를 눌러 보아도 역시 신호음은 들리지 않았다. 꼬마는 집에 불이 나거나 도둑이 들면 119를 누르라는 말을 들었기 때문에 119를 누른 다음 여보세요, 작게 말해 보았다.

아무도 대답이 없었다.

복도에 인기척이 느껴져서, 꼬마는 수화기를 얼른 내려놓고 탁자 옆에 숨었다. 산타가 자루를 질질 끌고 다니며 복도 이곳저곳을 살피더니 진열장을 깨기 시작했다. 그리고 진열장 안의 물건을 자루에 넣고 주변을 둘러보다가 계단으로 내려갔다. 그동안에도 꼬마는 조용히 숨어 있었다.

그리고 소리가 나지 않도록 조심조심 걸어서 방으로 돌아왔다.

'아빠는 어디에 있을까?'

어두운 방을 둘러보며 꼬마는 생각했다. 차에서 그들이 했던 대화를 되새겨 보면, 도둑들이 집 안 어딘가 아빠를 가 둬놓은 것 같다. 아빠만 찾아내면 될 것이다. 도둑을 피해 집 밖으로 도망갈 방법을 아빠는 분명히 알고 있을 테니까. 하 지만 오전에 집 안을 돌아다닐 때 집 어디에도 아빠와 엄마 는 없었다. 아직 안 찾아본 곳이 있나?

'지하실!'

꼬마의 집 1층과 2층을 연결하는 계단 옆에는 지하실로 가는 문이 있다. 지하실은 어두워서 꼬마는 그곳을 아주 무 서워했다. 지하실은 불을 켜도 무서웠다. 거실에서 공을 가 지고 놀다가 놓쳐서 공이 지하실로 굴러갈 때가 가끔 있었 는데, 그때마다 아빠나 가정부 아주머니에게 꺼내 달라고 했 지 꼬마는 절대로 내려가지 않았다. 그곳은 어둡고, 거미도 있고, 아래로 내려가는 계단도 몹시 높고 가팔랐다.

하지만 꼬마의 생각에도 도둑들이 아빠를 집 어디엔가 가 둔다면 지하실에 가뒀을 것 같았다. 나쁜 사람들이 다른 사 람을 지하실에 가두는 걸 텔레비전에서 여러 번 봤으니까. 어쩌면 좋을까, 컴컴한 그곳으로 혼자 내려가야 한다니 생각만 해도 무서웠다.

'꼭 가야 해. 거기 아빠가 있을지도 몰라.'

그 순간, 바닥에 놓인 선물 상자가 꼬마의 눈에 들어왔다. 종이의 기묘한 광택은 어두운 방에서 꼭 혼자 빛나는 듯이 보였다. 꼬마는 갑자기 선물을 뜯어보고 싶은 마음이 들었다. 엄마가 이상하다는 말을 들은 산타가, 꼬마에게 도움이 될 만한 물건을 선물로 줬을지도 모른다는 생각이 떠오른 것이다.

상자에 이음새가 없어서 꼬마는 어디로 상자를 여는 건지 알 수가 없었다. 어두운 방에서 한동안 상자를 살펴보다가, 작게 쓰인 'OPEN'이라는 글자를 발견했다.

꼬마는 그 글자의 뜻을 알 수 없었지만, 뭔가 적혀 있는 걸 보면 여기가 열리는 쪽이 아닐까 생각했다. 모서리를 만지작거리면서 애쓰다 결국 꼬마는 상자를 열었다. 안에 있는 내용물을 확인한 꼬마는, 놀라서 크게 숨을 들이쉬었다.

"파워레인저 블루!"

그토록 갖고 싶었던 파워레인저였다. 등 뒤의 스위치를 누르자 파워레인저 블루는 딸깍 소리를 내며 헬멧에 불이 들어와 어두운 방 안에서 꼬마의 손과 얼굴을 밝혔다.

'이걸 가지고 가면 돼. 블루는 빛이 나니까 지하실에서도 안 무서울 거야.'

꼬마는 얼른 파워레인저를 주머니에 넣고 방을 나섰다. 무언가를 부수는 날카로운 소리는 여전히 들렸고, 꼬마는 천천히 문을 닫고 조심조심 복도를 걸었다. 계단을 내려가기 전 아래층을 내려다보니, 산타가 사누늘 들고 서실을 돌아다니며 잡히는 대로 물건을 자루에 넣고 있었다. 꼬마가 계단을 내려가고 지하실 문을 여는 동안에도 산타는 도둑질에 정신이 팔려 있었다.

지하실 문은 잠겨 있었지만, 꼬마는 손잡이가 고장이 났기 때문에 손잡이를 세게 비틀면 그냥 열린다는 걸 알고 있었다. 꼬마는 얼른 지하실로 들어가 문을 닫았다.

지하실 안은 빛이 전혀 없이 어두웠다.

"아빠 혹시 거기 있어?"

꼬마가 조용히 말하자 어디에선가 남자가 끙끙대는 소리가 대답처럼 돌아왔다.

"아빠야?"

끙끙대는 소리가 더 커졌다. 꼬마는 파워레인저에서 나오는 빛에 의지해 계단을 찾고 손으로 바닥을 짚으며 한 칸씩 기어 내려갔다. 꼬마는 손바닥에 먼지와 거미줄이 묻는 게 느껴졌지만, 내려갈수록 사람이 끙끙대는 소리가 가까이 들려서 서둘렀다.

바닥까지 도착했을 때, 사람이 내는 신음과 옷이 시멘트 바닥을 스치는 소리가 들렸다. 꼬마는 계속 바닥을 더듬으며 기어갔고 마침내 움직이는 무언가에 손이 닿았다. 사람의 등이었다. 꼬마는 파워레인저를 들이밀었고, 입에 천 조각이 물려져 말을 하지 못하는 아빠의 얼굴이 보였다.

아빠의 입에서 천 조각을 꺼내자 아빠는 길게 기침을 했다.

"성현아, 괜찮니? 어디 다친 데는 없어?"

"응. 나 괜찮아. 아빠는?"

"아빠도 괜찮아. 성현아, 아빠 등 뒤에 끈 보이지? 끈을 풀수 있겠니?""

꼬마는 파워레인저의 불빛을 통해 아빠의 팔과 다리를 묶은 밧줄을 보았다. 줄을 당겨 보았지만 꼬마의 작고 약한 손으로 끊기에는 어림도 없이 질긴 데다 매듭이 복잡하고 단단했다.

"못 풀겠어."

"그러면 성현아, 아빠 말 잘 들어. 부엌에 가서 칼을 가져와. 이 줄을 자를 튼튼한 칼을 가져와야 해. 아마 톱처럼 생긴 날카로운 칼이 있을 거야. 톱이 보이면 톱을 가져와도 되고. 그걸 가져와서……."

"엄마는 어디 있어?"

"엄마는 여기 없어."

"엄마도 도둑이 붙잡고 있어?"

"그래."

꼬마는 무서워서 울기 시작했다.

"나 무서워 아빠, 여기 너무 어두워. 계단을 못 올라가겠어. 밖에는 무서운 아저씨들도 있단 말이야."

아빠는 낮은 목소리로 타일렀다.

"아빠 말 잘 들어, 지금 위험하니까 울지 말고 정신 바짝 차려야 해. 아빠 말고 엄마도 위험해. 지금 엄마 도울 수 있는 사람은 성현이 너밖에 없어."

"아빠, 밖에 엄마하고 똑같이 생긴 사람이 있어."

"그 사람은 나쁜 사람이야. 엄마가 아니야. 무슨 말을 해도 믿으면 안 돼. 알았어?"

"응."

"성현아, 어서 부엌으로 가서 칼 가져와서 줄을 잘라야 해. 그래야 같이 나가서 엄마도 찾을 수 있어. 알았지?"

꼬마는 고개를 끄덕였다.

"나쁜 아저씨들에게 들키지 말고 가져와. 성현아, 할 수 있겠지? 꼭 해내야 한다."

아빠의 말에 꼬마는 용기를 내어 다시 바닥을 기어서 계단을 찾았고 하나씩 기어 올라갔다.

1층으로 올라오니 금속을 가는 소리가 여전히 크게 들렸다. 꼬마는 천천히 부엌으로 갔다. 지저분한 부엌에는 아무도 없었다. 산타는 어디서 무엇을 훔치고 있을까? 덩치 큰 경호원은 서재에 있을까? 엄마처럼 생긴 여자도 같이 있을까? 부엌 창밖으로 눈보라가 세차게 날리고 있었다. 어른들은 평소에 꼬마에게 부엌칼이 위험하다며 만지지 못하게 했지만, 꼬마는 칼이 어디에 있는지 알고 있었다. 꼬마가 싱크대 제일 위쪽에 있는 서랍을 열자, 칼이 나란히 놓여 있었다. 그중에 톱처럼 생긴 칼이 두 개 있어서 꼬마는 어느 것을 골라야 할지 두 개를 다 가져가야 할지 한동안 칼을 들고 망설이다가, 문득 이상한 느낌이 들어 뒤를 돌아보았다.

그리고 놀라서 칼을 떨어뜨렸다. 부엌문 앞에서 경호원이 꼬마를 바라보고 있었다.

"너 혼자 다니면 어떻게 하니?"

경호원은 천천히 꼬마에게 다가와 칼을 집어 들고는 꼬마에게 바짝 들이대고 물었다.

"부엌에는 왜 왔어?"

"배가 고파서 왔어요."

"방문은 누가 열어 줬어?"

"배고프다고 문 두들기니까 산타 할아버지가 나가게 해 줬어요. 부엌에서 밥 먹고 오라고 그랬어요."

"산타 이 새끼, 물건 훔치는 것밖에 관심이 없군. 하여튼 버릇은 개 못 준다니까. 성현이 너 배가 왜 고파? 초콜릿 안 먹었어?"

"다 먹었는데 아직 배고파요."

경호원은 식탁에 앉더니 담배를 피웠다. 그는 여전히 손에 칼을 쥐고 있었다. 문득 그의 얼굴에 이상한 미소가, 졸린 것도 같고 화가 난 것도 같은 괴이한 표정이 떠올랐다. 특히 그의 눈이 더욱 이상했다. 눈동자가 꼬마를 보는 것도 같고 그렇지 않은 것도 같고, 자다가 일어나 멍한 사람의 눈 같으면서도 한편으로는 끊임없이 흔들리고 있었다.

경호원은 갑자기 헛구역질을 몇 번 하더니 목을 뒤로 젖혔고 한동안 눈을 감고 있었다.

그리고 다시 눈을 떴고, 마치 아무것도 기억나지 않는다는 듯 꼬마를 빤히 보았다.

"너 여기서 뭐 하니?"

경호원의 목소리는 낮고 불분명했다.

"배가 고파서……. 식빵 잘라서 먹으려고……."

식탁 위에 어질러진 여러 물건 중에 꼬마는 식빵을 가리켰다.

"식빵을 왜 잘라? 이미 잘려 있는데."

"껍데기 자르려고요."

"껍데기? 갈색 테두리 말이냐?"

경호원은 식빵 테두리를 가리키더니 말했다.

"내가 잘라 줄까?"

꼬마가 괜찮다고 말했지만, 경호원은 그 말을 들었는데 무시한 건지 아니면 못 들었는지 칼을 집고는 식빵을 자르기 시작했다. 그의 손은 제대로 움직이지도 않았다. 꼬마는 자신이 하겠다고 했으나, 경호원은 말을 듣지 않는 손으로 식빵을 자르려 애썼다.

"잼도 발라 줄까?"

경호원은 자다 깬 사람처럼 웅얼대더니 식빵 옆에 놓인 잼 통을 들어 뚜껑을 열려고 하다가 결국 손에 든 것을 전부 바닥에 떨어뜨렸다. 그리고 한동안 눈을 감고 있더니 다시 눈을 뜨고는 말했다.

"성현이 너 엄마 말 잘 들어야 한다. 조금 있으면 엄마가 집에 오실 거야."

"네⋯⋯."

"엄마가 선물 가지고 오실 거야. 그러면 아빠도 만날 수 있어. 가족이 모두 모이는 거야. 크리스마스이브에."

"네⋯⋯."

"행복한 가족이 되는 거지."

"네. 아저씨, 저 이제 방으로 돌아가서 빵 먹어도 되나요?"

"성현이 너 그동안 아빠 말씀 잘 들었니?"

"네."

"그래, 잘했다. 마지막까지 효도해야지. 살아 있는 시간이 얼마 안 남았으니, 죽기 전에라도 효도해야지, 안 그래?"

경호원은 힘없이 웃었다. 마치 웃고 싶은데 웃을 힘이 없는 사람 같았다. 이윽고 그의 눈이 천천히 감겼고, 입에서는 침이 흐르기 시작했다. 꼬마는 어둡고 추운 부엌에서 덜덜 떨면서 그 모습을 지켜보았다.

마침내 경호원은 테이블 위로 쓰러졌다. 그가 움직이지 않자, 꼬마는 칼을 들고 부엌을 나왔다.

앞이 잘 보이지 않았지만, 지하실로 들어오자마자 꼬마는 계단을 서둘러서 내려왔다. 아빠를 구해야겠다는 생각뿐이었다. 마지막 몇 칸을 남겨두고 발이 미끄러져 계단에서 구르는 바람에 바닥에 파워레인저와 칼을 떨어뜨렸다. 하지만 아프다고 울 시간은 없었다. 다시 파워레인저와 칼을 찾아 쥐고, 바닥에 누운 아빠에게 다가가자 아빠는 꼬마를 향해 몸을 돌려 등을 내밀었다. 꼬마는 파워레인저 블루에서 나오는 희미한 빛에 의지해 아빠의 손과 발을 묶고 있는 긴 줄을 자르기 시작했다. 처음에는 잘 되지 않았지만 곧 요령을 깨닫고 속도를 올렸다.

어느덧 밖에서는 금속을 갈아대는 소리가 들리지 않고 사람들 뛰는 소리와 고함이 들리기 시작했다.

아빠가 중얼거렸다.

"무슨 일인가 일어나나……."

"줄 끊었어."

줄이 끊어지자마자 꼬마는 말했다. 하지만 아빠는 손도 발도 여전히 움직이지 못했다. 줄만 끊으면 아빠가 바로 풀고 나올 줄 알았는데 아니었다.

"잘못 끊었나 봐."

꼬마가 울기 시작하자, 아빠는 꼬마를 달랬다.

"잘못 끊은 게 아니야. 잘했어, 성현아. 손하고 발의 줄이 연결돼 있는데 성현이 네가 그 줄을 끊은 거야. 이제 남은 줄을 또 끊어야 해. 알았지?"

"손에 있는 줄부터 끊어, 아니면 발에 있는 줄부터 끊어?"

"손목을 묶은 줄부터 끊으면 발은 아빠가 풀게."

어둠 속에서 파워레인저의 푸르스름한 불빛이 희미한 가운데 꼬마가 끈을 자르는 소리, 그리고 아빠가 무슨 일인가 일어나는 것 같다는 말을 반복하는 목소리가 들렸다. 드디어 꼬마가 아빠의 손에 감겨 있던 줄을 자르자 아빠는 서둘러 줄을 풀었고, 꼬마를 껴안았다.

"아빠, 이제 우리 집 밖으로 나가는 거야?"

꼬마의 말에 아빠는 되물었다.

"집에 누가 있는지 봤니?"

꼬마는 엄마처럼 생긴 여자, 산타 할아버지, 경호원, 그리고 서재에서 본 다른 남자들에 대해 말했다. 아빠는 총을 든 사람들은 어디 있었는지 물었다.

"서재에 있어. 저 시끄러운 소리도 서재에서 났어."

"금고를 뜯는 거야. 놈들은 금고에 들어 있는 돈을 훔치러 온 도둑이야."

"아빠 핸드폰으로 경찰에 신고해!"

"핸드폰은 저 사람들한테 뺏겼어. 성현아, 너 여기 숨어 있어야겠다."

발목의 줄을 다 풀고 나자 아빠가 말했다.

"왜? 나 혼자 있기 싫어, 무섭단 말이야, 아빠 나랑 같이 가."

"위험해. 도둑들이 지금 집 안 어디에 있는지, 어떻게 해야 도망갈 수 있는지 확인해야 해. 확인한 다음에 성현이 데리러 금방 올게. 넌 여기 숨어 있어야 해. 알았지?"

"싫어, 같이 가, 아빠. 여기 무서워, 너무 어두워……."

꼬마는 울었지만, 아빠는 꼬마를 꽉 붙잡으며 울지 말라고 타일렀다. 이렇게 울다간 우는 소리를 듣고 도둑들이 지하실로 온다면서.

"성현이 용감하잖아. 밤에도 씩씩하게 혼자 자고, 엄마 아빠 찾아서 집도 혼자 돌아다니고, 아빠 구하러 칼도 가지고 오고, 아빠 줄도 풀어주고, 얼마나 용감해. 그러니까 딱 한 번만 더 참아. 어두워도 울지 말고 지하실 밖으로 나오지 말고 조금만 참아, 응? 경찰하고 엄마하고 같이 금방 너기도 돌아올게."

"아빠, 꼭 돌아와야 해."

결국, 꼬마는 아빠의 말을 받아들였다. 더듬더듬 지하실 벽을 더듬으며 걸어가는 아빠에게 꼬마는 파워레인저를 가져가겠냐고 물었다.

"네가 가지고 있어라. 파워레인저가 있으면 무섭지 않을 거야. 우리 성현이 무서워하지 않을 자신 있지?"

꼬마는 고개를 끄덕였으나, 계단으로 다가간 아빠의 모습이 잘 보이지 않아 아빠가 자신을 봤는지 확신이 들지 않았다. 아빠가 계단을 올라가는 소리가 들리고, 문이 잠시 열렸다가 닫혔다. 꼬마는 어둠 속에 혼자 남았다.

'무서워.'

꼬마는 생각했다.

'무서워도 참아야 해.'

꼬마는 주먹을 불끈 쥐었다.

'유령이 나오면 어떡하지.'

'크리스마스이브니까 유령은 없을 거야.'

꼬마는 눈을 꼭 감았고 지하실이 어둡지 않다고 상상하려 애썼다.

'아빠가 금방 돌아올 거야.'

'맞아, 그럴 거야.'

'파워레인저 블루도 가지고 있으니까 괜찮을 거야.'

'무서워할 필요 없어.'

아무리 기다려도 아빠가 지하실로 다가오는 소리는 들리지 않았다. 아무리 참아 보아도 울음이 나올 것 같았다.

'너무 무서워.'

'울면 안 돼. 아빠가 울면 도둑들이 지하실로 온다고 했어.'

감았던 눈을 떠 보니 파워레인저의 빛도 희미해져서 이제 파워레인저를 쥐고 있는 자신의 손도 보이지 않았다.

'추워.'

'점점 추워져.'

'오늘은 크리스마스이브인데. 엄마 아빠랑 즐겁게 놀 줄 알

앉어.'

'무서워. 너무 무서워. 아빠가 안 오면 어쩌지.'

'엄마는 어디 있지.'

'아빠는 죽었을까?'

꼬마는 훌쩍훌쩍 울었다.

'엄마도 죽었을까?'

참으려고 해도 자꾸 눈물이 나왔다.

"제발 도와주세요."

꼬마는 파워레인저에 대고 속삭였다.

"살려주세요. 무서워요."

"울지 마."

어둠 속에서 목소리가 들렸다.

'누구지?'

"누구세요?"

되물었지만 대답이 들리지 않아서 꼬마는 다른 소리를 착각했다고 생각했다. 그런데 다시 목소리가 들렸다.

"괜찮을 거야."

"누구 있어요? 누구세요?"

"성현아, 겁먹으면 안 된다. 다 괜찮아질 거야."

정말로 작고 힘없는 목소리였다.

"누구세요?"

대답이 없었다. 꼬마는 파워레인저에 대고 말했다.

"파워레인저 블루 네가 말했어?"

대답은 없었다.

"괜찮아질 거야……."

다시 목소리가 들렸다.

"누구세요?"

꼬마가 또 묻자, 어둠 속에서 대답이 돌아왔다.

"성현아, 무서워하지 말고……. 다 괜찮아질 거야…… 아빠가 곧 오실 거다……."

그러고는 조용해졌다. 꼬마가 아무리 말을 걸어도 아무런 대답도 돌아오지 않았다.

그리고 탕, 총소리가 났다. 꼬마가 놀라 고개를 들었을 때, 거친 발소리와 함께 지하실 문이 열렸다.

"성현아!"

"아빠!"

아빠와 다른 사람들이 지하실 입구에 있었다. 꼬마는 벌떡 일어났다. 지하실에 갑자기 환하게 불이 들어왔고 눈이 부셔서 꼬마는 눈을 가늘게 떴다. 잠시 눈앞이 보이지 않았다.

"불 켜면 안 돼!"

아빠의 다급한 목소리였다. 다급한 목소리만큼 서두르는 발소리와 함께 아빠가 계단을 내려와서 꼬마를 끌어안았다.

"성현아, 눈 뜨지 마. 이제 나 끝났어, 성현아. 아빠도 무사하고 엄마도 무사하다. 경찰이 도둑들 다 잡아갔어. 이제 안심해도 돼."

"아빠, 나 무서워."

"빨리 불 꺼요!"

여전히 불이 켜져 있자 아빠는 다시 외쳤다. 왜 지하실 불을 끄라는 건지 꼬마는 이해가 가지 않았다. 어둠이 무서웠다가 밝아져서 겨우 안심이 되던 참이었다. 빛에 익숙해진 꼬마는 눈을 크게 떴고, 이상한 광경을 보았다. 혼자만 있는 줄 알았던 지하실 바닥에 사람이 더 있었다. 어른 남자 둘이 얼굴을 바닥으로 향한 채 누워 있었다. 뒷모습을 보이고 엎드린 사람들을 꼬마는 금세 알아보았다.

"아빠, 경호원 아저씨들이 누워 있어."

아빠는 서둘러 꼬마의 눈을 가렸다. 왜 그러냐고, 어두운

130

건 무서워서 싫다고 말해도 아빠는 손을 치우지 않고 서둘러 계단을 올랐다.

"경호원 아저씨들은 왜 저기 누워 있어?"

"아저씨가 몸이 아파서 자는 거야."

대답하는 아빠의 목소리가 떨리고 있었다.

"이제 도둑 잡았으니까 아저씨 깨워야 하는 거 아니야?"

"그건 의사 선생님이 하실 거야."

아빠는 계단을 올라 지하실 문을 열었다. 그제야 꼬마의 눈을 가린 손을 치웠고, 거실에는 경찰들과 경호업체 사람들이 있었다. 꼬마는 누워 있는 경호원들이 걱정되어 고개를 돌려 지하실을 들여다보려 했으나 아빠가 재빨리 문을 닫아 볼 수 없었다.

"백화점 직원이 경찰에 신고했습니다. 그렇죠, 범인이 백화점에 아드님을 데리고 갔을 때요……. 산타 분장을 한 백화점 직원에게 아드님이 경찰을 불러 달라고 했죠. 다행히 회장님 집 경호를 맡은 경호업체와 연락망이 닿아서 이 집으로 올 수 있었습니다. 범행 동기요? 아니요, 돈이 전부가 아닙니다. 산업 스파이의 짓입니다. 그렇죠. 지하실에 회장님을 감금하고 서재에 있는 금고에서 회장님의 기밀을 빼내려고 한 것이죠. 회장님도 잘 아시겠지만, 금고 잠금장치가 이중으로 되어 있지요. 첫 번째 문을 열려면 회장님이 알고 있는 비밀번호와 이사회의 동의를 얻어야만 알 수 있는 비밀번호 두 개가 동시에 필요한데, 산업스파이들이 이걸 얻을 수가 없으니 기계로 잘라서 열었습니다. 문제는 이게 워낙 두꺼운 문이어서, 자르려면 최소한 24시간이 걸린다는 거죠. 그런데 경호업체는 12시간마다 확인을 하니까…… 그래서 산업 스파이가 사모님의 동생 그리고 회장님의 경호원과 접촉해서 같이 범행을 저지른 겁니다. 경호업체를 속여야 하니 사모님의 동생이 사모님으로 변장하고, 아드님까지 속여서 경호업체를 속여 넘긴 것이죠. 아드님을 더 철저히 속이려고 산타 옷을 입은 경호원도 동원해서 연극을 했고요…… 두 번째 문은 회장님의 홍채를 기계가 인식해서 여니까 첫 번째 문을 열 때까지 회장님을 지하실에 감금했던 거예요. 그동안 사모님의 동생은 사모님을 자신처럼 꾸며 놓고 자기 집에 데려다 놓은 거죠…… 그리고 가만히 있지 않으면 회장님과 아드님을 죽이겠다고 협박하고요. 자신은 사모님으로 위장하고 백화점으로 가서 알리바이를 만들었죠. 자신은 범죄에 가담한 적 없다는 알리바이를……. 그렇죠, 그래야 회장님을 비롯한 가족분들이 사망했을 경우 사모님 동생에게 재산이 상속되겠죠……. 허술해 보이지만 만약 회장님 가족이 다 사망했을 경우 확실한 알리바이가 됐을 겁니다. 이후 사모님 동생이 재산을 상속받으면 공범인 경호원 두 사람과는 나눠 가지려고 했고요……. 경호원들은 진술을 못 얻어내서 정확한 동기는 아직 모르겠지만 체포했을 당시 마약을 복용한 상태였습니다……. 동료까지 죽이다니 악질들이죠……. 네, 회장님과 같이 지하실에 감금됐던 경호원 두 분은 돌아가셨습니다……. 한 분은 즉사한 것으로 추정되고, 다른 한 분은 의식이 있었는데 병원으로 후송 중에 결국……. 회장님 아드님이 지하실에서 사람 목소리를 들었다고 했는데 아마 그분의 목소리였을 겁니다. 안타까운 일이죠……."

엄마가 꼬마의 새 잠옷을 가지고 돌아오면서 방문을 닫았고, 꼬마는 복도에서 들려오는 경찰과 아빠의 대화를 더 엿듣지 못했다. 꼬마는 부모님의 방에 딸린 욕실에서 목욕을 한 다음 엄마가 데워 준 우유를 침대에 앉아 천천히 마시던 중이었다.

엄마는 꼬마에게 새 잠옷을 꺼내어 입혀 주었다.

"엄마한테서 약 냄새 나."

"의사 선생님이 준 약 먹어서 그래."

엄마는 말했다. 엄마가 집에 돌아왔을 때쯤 급하게 주치의가 달려와 가족 모두를 진찰하고 엄마와 꼬마에게 알약을 몇 개 주고 간 것이다. 의사는 꼬마에게 가벼운 감기 기운이 있으니 약을 먹고 푹 자야 낫는다고 말했다.

경찰과 이야기를 마친 아빠가 방으로 돌아왔다.

"이제 성현이 자야지."

아빠는 말했다. 엄마도 아빠도 무척이나 피곤해 보였다. 꼬마는 뭔가 말을 꺼내려다가 잠시 머뭇거렸고, 꼬마의 표정을 보고 엄마와 아빠가 동시에 말했다.

"왜 그러니?"

꼬마는 다시 망설이다가 말했다.

"나 엄마 아빠랑 같이 자도 괜찮아?"

"그럼. 괜찮지."

엄마가 대답했다.

"오늘 하루만 같이 잘게."

꼬마가 말하자 아빠는 오늘만이 아니라 당분간 계속 같이 자도 된다고 말했다.

"정말?"

"그렇다니까."

엄마가 대답했다.

"파워레인저 가지고 자도 돼?"

엄마는 그것도 괜찮다고 대답해서, 꼬마는 기뻤다. 엄마는 꼬마를 안아 올려 침대에 눕혔고, 아빠는 욕실로 들어가 꼬마가 목욕할 때도 가지고 들어갔던 파워레인저를 들고 나왔다. 아빠는 파워레인저에 묻은 물기를 수건으로 닦은 다음 꼬마에게 주었다.

"엄마 아빠는 안 자?"

"곧 자야지."

아빠와 엄마는 누워 있는 꼬마에게 등을 돌리고 앉아 작은 목소리로 대화를 나눴는데, 꼬마가 듣기로는 아빠는 조금 더 경찰들과 이야기하고 몇 군데 전화도 한 다음 돌아오겠다는 말을 하는 것 같았다. 엄마에게 그동안 다른 걱정하지 말고 자라며 당부했다.

아빠가 방에서 나가자 엄마는 불을 끄고 침대에 누워 꼬마를 끌어안았다. 꼬마는 엄마와 같이 자서 기뻤지만, 엄마가 몹시 아픈 것 같아 걱정이 되기도 했다. 불을 끄기 전 엄마의 얼굴은 정말로 창백하고 피곤해 보였다.

꼬마는 말했다.

"엄마, 내일 크리스마스인데 엄마랑 아빠랑 다 같이 있을 거지?"

"당연히 그래야지."

"내일도 여기서 자는 거는 서시?"

"그래."

꼬마는 계속 엄마의 표정을 살폈다. 엄마는 쉽게 잠을 이루지 못하는 것 같았다. 이내 꼬마의 눈이 감겼고, 꼬마는 곧 잠이 들었다.

아틈의 상자

- 부르셨어요, 아버지?

- 그래, 아들아······.

- 무슨 일이세요?

- ······.

- ······무슨 일이세요?

- 너를 부른 이유는······.

- 집무실에서 보자고 하신 걸 보면 중요한 일인가 봐요.

- 그렇지. 아주 중요한 일이지.

- 무슨 일이세요? 평소에는 저와 말도 잘 하지 않으셨잖아요. 특히 최근 몇 개월은요.

- 그건…….

- 집안일인가요?

- 아니다.

- 어머니와 관련된 일인가요?

- 아니, 아니야.

- 아니면 아버지 선상 문제인가요?

- 그런 것과는 상관없다. 훨씬 더 큰 문제다. 국제정세와 관련된 일이야.

- 국제정세요?

- 그렇지. 너도 알고 있겠지만 요즘 우리나라가 이웃 나라들과 관계가 좋지 않지.

- 그거야 잘 알죠, 제가 아버지 아들인데요.

- 그리고 너도 알다시피, 내가 이 나라의 대통령이잖니?

- 그것 역시 잘 알죠. 저는 아버지 아들이잖아요. 여기는 대통령 집무실이고요. 아버지, 지금 저랑 농담하려고 저를 여기까지 부르신 건 아니죠?

- 나도 농담이었으면 좋겠다. 지금 일어나는 일들이 전부 농담이었으면 좋겠어. 아니면 꿈이었으면 좋겠고. 꿈이라고 해도 엄청난 악몽이구나. 하지만 현실에서 일어난 일이

야…… 일단, 거기 앉아 보렴.

 - 큰 문제라도 터졌나요? 뇌물 같은? 아버지에게 큰 타격을 입힐 만한 일인가요? 아니면 누가 죽기라도 했습니까?

 - 아니다. 그런 것보다도 훨씬 더 큰일이야. 이제 그 이야기를 너에게 들려주마.

 - 아버지 지금 서랍에서 꺼내신 게 뭔가요?

 - 이것 말이냐?

 - 네. 지금 아버지가 손에 들고 있는 게 칼이에요?

 - 이것? 그렇지. 칼이지.

 - 왜 칼을 갑자기 꺼내세요? 그렇게 날카로운 칼은 왜 가지고 계시는 거예요?

 - 이건 그냥…… 이유는 나중에 말해줄게. 내가 하고 싶은 말부터 하마. 너도 그렇고 나도 그렇고, 우리는 독실한 기독교 집안이지 않니?

 - 그렇죠.

 - 너는 성경도 잘 알지? 창세기 22장의 내용을 잘 알고 있겠지?

 - 당연히 잘 알죠. 아브라함이 아들을 제물로 바치는 내용이죠. 아들을 번제의 제물로 바치라는 하느님의 계시를 받

고, 산으로 올라가서 아브라함이 칼로 아들을 죽이려고 하
잖아요. 그 순간 하느님이 아브라함의 믿음을 시험하려고 했
음을 알리고, 풀숲에 있던 숫양을 대신 바치라고 하죠. 그래
서 결국 아들을 바치지 않아도 되었다, 그런 내용이잖아요.
그런데 그게 왜요? 아버지가 하시려는 말씀이 창세기 22장
과 국제정세와 그 날카로운 칼과 어떤 상관이 있나요? 저는
도저히 모르겠는데요.

　- 내가 하려는 건 아주 긴 이야기란다. 우선 성경 이야기
로 시작해서 그다음은 철학적 딜레마에 대해 하나 말해주
마. 하지만 일단 내 이야기를 듣기 전에 앞에 놓인 차부터
마셔라.

　- 차요?

　- 그래.

　- 이게 무슨 차예요? 이상한 냄새가 나요.

　- 이상해할 것 없다. 얼른 마셔라, 말해 줄 테니까.

　- 알았어요, 아버지.

　- 그래, 내가 하려는 건 어떤 과학자가 내게 들려준 이야
기란다.

　- 네…….

- 이런 딜레마야. 철로 위에 다섯 명의 사람이 있단다. 그리고 멀리서 기차가 달려오고 있지. 곧 기차는 사람들을 들이받을 것이고 다섯 명은 죽게 된다. 기차를 옆 차로로 돌릴 수 있지만 그 차로에는 사람이 한 명 있어. 기차를 돌리면 한 명은 죽겠지만 다섯 명을 살릴 수 있는 거야. 그리고 기차를 옆 선로로 돌리는 스위치가 바로 네 앞에 있단다. 너라면 어떻게 하겠니? 스위치를 눌러서 기차를 돌리겠냐, 아니면 그대로 두겠니?

- 글쎄요, 저라면……

- 답이 중요한 것이 아니다. 질문이 중요해. 두 번째는 이런 딜레마다. 다섯 명의 사람이 철로에 있고 기차가 달려오는 것은 같다. 그리고 이번에는 네 옆에 사람이 있어. 그를 밀어서 선로로 던지면 기차를 막을 수 있고 다섯 명은 죽지 않지. 그 대신 네가 민 사람은 기차에 치여 죽을 거다. 너라면 그 사람을 밀겠느냐, 밀지 않겠니?

- 끔찍한 문제네요.

- 끔찍하지, 그런데 두 문제는 사실 같은 문제란다. 두 문제 모두 다섯 사람을 살리기 위해 한 사람을 죽여야 해. 하지만 사람들은 이상하게도 다른 대답을 하고는 하지. 많은

사람이 스위치를 누르는 질문에서는 스위치를 누르겠다고
대답하지만, 사람을 미는 질문에서는 옆 사람을 차도 위로
밀기는 어려워해. 이상한 일이지? 한 명을 죽여서 다섯 사람
을 살리는 건 결국 똑같은데 말이다. 이 딜레마를 말해준 사
람은 과학자란다. 젊고 키도 크고 잘생긴 과학자였어. 그가
나에게 이 이야기를 들려줬단다.

　- 아버지가 무슨 이야기를 하시려는 건지 도저히 모르겠
어요. 칼에 성경에 기차 이야기까지. 그게 국제정세와 무슨
관련이 있어요? 그나저나 아버지가 주신 차를 마시고 나니
까 갑자기 졸려요.

　- 이제 더 자세한 이야기를 해주마. 아들아, 우리는 이웃
나라에 선전포고를 할 거란다.

　- 선전포고요?

　- 그래, 선전포고.

　- 맙소사……. 선전포고라니…….

　- 아직 국민들은 모른다. 하지만 곧 선전포고했음을 알릴
거야.

　- 결국, 전쟁이 벌어지는군요.

　- 그래. 전쟁이야. 전쟁이 시작될 거다. 우리나라가 시작한

전쟁이지. 우리나라는 이웃 나라들과 전쟁을 해야 한다.

– 전쟁이요……

– 그래, 전쟁.

– 많은 사람들이 전쟁의 위험을 경고했는데 결국 전쟁이
나는군요.

– 전쟁을 피할 방법도 고민했지. 하지만 이웃 나라와 관계
가 너무 악화되었어. 어차피 전쟁을 할 거라면 선제공격을
하는 편이 낫지. 우리나라는 선제공격을 할 거란다.

– 그래서 저를 부르셨어요?. 전쟁이 났으니 대통령의 아들
인 저는 가장 먼저 전쟁터로 나가겠네요. 제가 잘 싸울 수
있을지……. 저는 위험한 곳으로 가게 되겠죠?

– 그게…….

– 지금 당장 가야 하나요? 그래서 부르셨어요? 그러면 제
아내와 아이는 보고 갈 수 있겠죠?

– 차라리 그랬으면 좋겠구나.

– 그게 무슨 뜻인가요, 아버지?

– …….

– 아버지, 아버지 손이 떨리고 있어요.

– 내게 딜레마를 말해준 과학자는 아주 똑똑한 사람이었

단다. 키도 크고 잘생긴 그 과학자가 우리에게 핵무기를 만들어 주었지.

- 저는 아버지 아들이고 나라가 어떻게 돌아가는지는 저도 잘 알아요. 핵무기가 완성됐을 때 아버지는 무척 기뻐하셨죠. 이제 전쟁이 터졌으니 우리가 핵무기를 사용하나요?

- 그래, 핵무기를 쓸 거다. 그것도 곧……. 이런, 시간이 없구나.

- 핵무기를 쓴다면 아버지는 멀리 대피하셔야 하겠군요. 정치인과 군인들을 위해 마련된 지하 벙커로요. 그곳에 가족도, 어머니와 여동생과 제 아내와 아이도 가겠죠? 하지만 저는 전쟁터로 나가고요. 그렇죠?

- 내가 이야기하마. 시간이 없고 할 말은 많아. 이제 네가 3년 전에 받은 수술 이야기도 해야 한다.

- 3년 전에 받은 수술이라면, 그 심장 수술이요?

- 그렇지.

- 그것과 성경과 전쟁과 아버지의 칼이 저와 무슨 관계인가요? 그런데 아버지, 계속 졸려요. 아무래도 제가 마신 차

때문인 것 같은데요. 차에 수면제라도 들었나요?

　- 아들아, 내가 너를 얼마나 사랑하는 줄은 알지?

　- 그거야 잘 알죠.

　- 사람의 목숨은 아주 귀중한 것이어서 한번 끝나면 되살릴 수가 없단다.

　- 아버지, 사람이 죽으면 다시 살릴 수 없다는 것쯤은 저도 잘 알아요.

　- 반대로 사람은 언젠가 죽게 되어 있지. 아무리 소중하게 다루더라도 결국 수명을 다하고 부서지게 마련이다. 마찬가지로 사람도 언젠가는 죽게 되어 있어.

　- 아버지……

　- 왜 그러니, 아들아?

　- 혹시 제가 아주 위험한 곳으로 가나요? 그래서 창세기 22장 이야기를 하신 건가요? 아들을 희생한 아브라함의 이야기를요. 제가 아버지와 가족을 위해 희생해야 하나요?

　- 그것보다는……. 옳거니, 아직 수술 이야기를 안 했구나. 네가 받았던 그 심장 수술 말이다. 내가 대통령이 되어서 우리 가족이 이곳에 들어왔을 때 우리는 종합검진을 받았어. 너도 네 어머니도 그리고 네 여동생도 검진 결과 다 건강했

는데 너만 심장에서 이상이 발견됐지. 그래서 수술을 했지 않니?

- 당연히 잘 알고 있죠. 제가 수술을 받았잖아요.

- 나에게 딜레마를 말해준 과학자가, 네가 수술을 받아야 한다고 말했지. 그 사람은 아주 똑똑한 사람이었단다.

- 하지만 그 사람은 핵부기를 만드는 과학자이지 제 심상을 수술한 의사가 아니잖아요.

- 아니야 관계가 있단다, 들어보렴. 그 과학자는 정말 훌륭한 사람이야. 우리에게 핵무기를 만들어 주었고 핵무기를 사용할 효율적인 시스템을 만들었지. 우리는 다른 어느 나라보다도 강력한 무력을 지니게 되었어. 그리고 네 심장 수술도 해 주었단다.

- 과학자가 제 심장 수술도 했다고요? 생각해 보니, 저는 이곳에 들어오기 전까지도 심장에 별 이상을 느끼지 못했어요. 하지만 수술을 하고 나서 이상하게도 더 나빠진 것 같았죠.

- 그건 네 느낌이 맞을 거다. 다시 과학자 이야기로 돌아가 보자. 과학자는 핵무기를 만들어 주면서 나에게 딜레마 이야기를 해 줬어. 네가 방금 그랬던 것처럼 나에게도 기분

좋은 이야기는 아니었다. 이야기를 하고 난 후에 묻더구나, 사실상 두 질문은 같은 질문인데 사람들이 반응이 다른 이유가 뭔 것 같냐고. 스위치를 누르는 것보다 옆 사람을 밀어서 기차를 막는 걸 더 끔찍하게 느끼는 이유가 뭔지 알겠냐고 말이다. 그 이유는 바로 정서가 결합되어 있기 때문이라는 거다.

 - 감정이군요.

 - 그래, 감정. 스위치를 누르는 행위는 이성적이지만 사람을 미는 것은 정서적이기 때문이지. 사람을 도구로 쓴다는 건 마찬가지이면서도 감정이 들어가기 때문에 사람들의 대답이 달라진다는구나. 같은 이유로, 핵무기라는 끔찍한 무기를 사용할 때도 정서가 결합되어야 한다고 그는 주장했어. 스위치라는 건 누르기 쉽지 않니? 형광등을 켤 때도, 컴퓨터를 켤 때도 우리는 모두 버튼을 누르지. 그리고 핵무기를 발사할 때에도 말이야. 하지만 형광등을 켜는 것과 핵무기를 발사하는 건 완전히 다른 일이지. 그러니까 핵무기를 발사하는 버튼을 함부로 누르지 못하도록 버튼에도 정서를 결합해야 한다는 거야.

 - 희한한 발상이군요.

– 정말 똑똑한 사람이었어. 그 사람은 핵무기 기폭 장치를 최종 결정권자인 내가 가장 사랑하는 사람의 심장에 넣어야 한다고 주장했단다. 그러면 함부로 버튼을 누르지 않게 될 거라고. 자신이 만든 무기를 함부로 남용하지 않을 거라고.

– 사람 심장에요?

– 그래. 그래서 아들아, 핵무기 발사 버튼은 내 심장 속에 있단다.

– ……

– ……

– ……

– ……

– 아버지…… 지금 농담하시는 거죠?

– 아니다. 아들아, 농담이 아니야. 과학자는 버튼을 네 심장에 넣어야 내가 함부로 누르지 못할 거라고 말했어. 그래야 군인들도 함부로 핵무기를 발사하자고 주장하지 못할 거라고 했어. 그것이 그가 핵무기를 만들어 주는 조건이었단다. 그때 나는 과학자의 의견을 받아들였지. 그것이 너 합리적으로 보였거든. 그래서 우리 가족이 건강검진을 받을 때 너에게 심장이 이상이 있는 것처럼 조작한 다음, 수술로 네

심장에 기폭 장치를 넣었어. 과학자가 시키는 대로 했지.

- 그런데 아버지, 우리나라는 선전포고를 했잖아요.

- 그렇지.

- 핵무기를 써야 하겠죠?

- 그래. 지금 당장.

- 그러려면 제 심장 속의 버튼을 눌러야 하고요.

- 그래.

- 버튼은 어떻게 누르나요? 제가 가슴을 두들기면 되나요? 아니면 심장 수술을 다시 하면 되나요? 혹은 제 심장 속의 버튼을 누르는 또 다른 버튼이라도 있나요?

- 아니, 아니다.

- 아버지, 그러면……

- 이 칼로 해결해야 해.

- 아버지, 도대체 무슨 말씀이세요? 말도 안 돼요……

- 미안하다, 아들아.

- 미안하다뇨. 아버지, 저를 어쩌시려고요? 설마 저를 죽이실 겁니까? 칼로 제 심장을 찌르시려고요? 아버지 지금 제정신이세요? 미치지 않고서야 어떻게……

- 나는 미칠 것 같다! 아니 벌써 미쳤어! 그래, 나는 네 말

대로 미쳤다. 어느 아버지가 제 자식의 심장을 찔러야 하는데 미치지 않겠냐? 전부 농담이었으면 좋겠다! 이제 우리나라는 전쟁을 할 거야. 얼마나 많은 사람이 죽겠냐? 그리고 가장 먼저 너를 죽여야 해! 의사가 그랬어, 스위치를 누르려면 가슴을 갈라서 심장을 꺼내야 한다고. 그러니 앞으로 스위치를 사용할 일이 없기를 바란다고, 행운을 빈다고……. 그런데 일이 이렇게 됐어! 이제 너를 죽이고 심장 속의 스위치를 눌러야 해! 내가 왜 이런 일을 겪어야 하는지 모르겠다. 나는 미쳤어, 어느 아버지가 이런 상황에서 미치지 않을 수 있겠니…….

- 아버지는 미쳤어요. 분명 제정신이 아니에요. 요즘 나라가 어수선하니까 그것 때문에 스트레스를 받은 나머지 이상한 선택을 내리신 거죠. 저도 당하고 있지만은 않을 거예요.

- 아마 어려울 거다.

- 아니에요. 저는 아버지보다 훨씬 건강하고, 그리고 군인이었다고요. 아버지가 아무리 흉기를 가지고 있다고 해도 쉽게 제압할 수 있어요.

- 네가 방금 마신 그 물은 강력한 마취제란다.

- 그래서……. 내 몸이 점점…….

- 졸리고 무기력해지지. 곧 몸이 말을 듣지 않게 될 거야. 깊이 잠들 거고. 그러면 아무 고통도 느끼지 못할 거다. 어쩔 수 없었다. 나는 나이가 많고 넌 젊으니까. 그리고 네가 심장을 순순히 내주진 않을 거라고 사람들이 그래서……

- 벌써 몸이 말을 듣지 않아요. 일어나고 싶은데 다리가……

- 조금만 기다려 다오. 그러면 편하게 잠들 수 있을 테니.

- 아버지, 제발 저를 칼로 찌르지는 마세요. 아들에게 약을 먹이고 죽이려 하다니…… 아버지……

- 나도 그러고 싶진 않단다……. 울지 않으려고 했건만……. 눈물을 주체할 수 없구나……

- 왜 그 과학자의 말을 들으셨나요? 왜 제 몸에 칼을 대도록 놔두셨나요? 어느 누가 그런 미친 짓을 하도록 놔둬요? 도대체 어느 아버지가 아들의 심장에 기폭 장치를 달아 놓나요?

- 그 과학자는 너무나 똑똑한 사람이었어. 미안하다, 아들아……

- 아버지, 저를 죽이지 않아도 되는 방법이 있어요. 그냥 전쟁을 안 하면 되잖아요.

- 아니다, 해야 해.

- 선전포고를 취소하세요. 전쟁을 피해서 살아남을 수 있는 많은 사람을 생각하세요. 그들이 흘리지 않아도 될 피와 눈물을요. 받지 않아도 될 고통을요. 그것들을 생각하세요. 지금 아버지가 결정을 바꾸면 가능해요.

- 이미 늦었단다.

- 아버지 제발……. 저는 아무 죄가 없어요. 제 눈을 보고 대답하세요. 제발…….

- 전쟁 통에 죽는 사람 대부분이 아무 잘못이 없단다. 두 번의 세계대전, 수많은 내전, 그리고 테러들을 생각해 봐라. 그동안 죽은 사람들 대부분이 잘못 없는 선량한 사람들이었어.

- 아버지, 그러면 핵무기만은 제발 사용하지 마세요. 저와 핵무기 때문에 죽을 수많은 사람을 생각해서요.

- 우리가 전쟁에서 지지 않으려면 선제공격을 해야 해.

- 아버지, 차라리 어머니나 제 동생의 심장에 스위치를 넣지 그러셨어요. 아니면 아버지 자신의 심상에 넣으시넌가요 혹은 아버지에게 무조건 충성하는 사람들에게요. 국무총리나 경호원이나 국방부 장관이 있잖아요. 과학자는 아버지가

가장 사랑하는 사람이어야 한다고 했다면서요. 아버지는 저보다 어머니를 더 사랑하고 여동생을 더 아끼시잖아요. 저에게는 지난 몇 달 동안 말도 잘 걸지 않으셨잖아요.

— 너를 죽이지 않을 방법도 생각했다. 몇 달간 방법을 찾았지만 실패했어. 과학자는 어디론가 사라지고 없었고 다른 과학자들과 의사들은 방법을 찾지 못했지. 네 얼굴을 볼 용기가 없었다.

— 저는 아버지를 위해 모든 걸 희생했어요. 아버지는 당신이 대통령이 되려면 제가 군인이 되어야 한다면서 저를 입대시켰어요. 저는 결혼을 하고 싶지 않았지만 제가 완벽한 가정을 만들어야 대통령이 될 수 있다면서 결혼을 시켰어요. 저는 아이를 원하지 않았지만, 국민에게 모범을 보여야 한다면서 아이를 낳게 했어요. 저는 아버지의 모든 말을 어기지 않았는데 이제 저를 잔인하게 살해하려 하시는군요.

— 나라를 위해 죽는다고 생각해라.

— 아니에요, 저는 살해당하는 거예요. 그것도 아버지에게.

— 미안하다……. 미안해……. 차마 미안하다는 말도 하지 못 하겠구나……. 왜 이렇게 됐는지 모르겠어. 나는 대통령으로서 나라를 훌륭하게 이끌고 싶었어. 매 순간 최선을 다

했고 가장 훌륭한 결정이라고 생각하는 것들을 행동에 옮겼단다. 그런데 이렇게 전쟁을 하게 되었고, 핵폭탄을 쏘아야만 하게 되었구나. 그것도 내가 직접.

– 아버지……. 마지막으로 아내와 엄마를 불러주세요……. 아이 얼굴을…… 보고 싶어요…….

– 안 돼, 다른 가족들은 이 상황을 모르고 있어. 그리고 이미 벙커로 피신했을 거다. 그리고 나도 곧 떠나야 하고…….

– 아버지, 저는……. 입에서 말이……. 아버지……. 살려……. 제발…….

– 나도 너를 살리고 싶다. 기적을 바라고 있어. 과학자라도 찾을 수 있으면 좋으련만. 어쩌면 과학자가 이 전쟁을 일으켰을지도 몰라. 내가 너를 죽이는 꼴을 보고 싶어서 말이다. 나는 그가 우리를 구원할 구원자라고 생각했지만, 지금은 그가 악마라는 생각이 들어. 아니, 그가 만든 핵폭탄이 악마일지 모르지. 아니야, 그것을 만든 우리의 마음이……. 아니면 폭탄 제조를 명령한 내가……. 더 강해지고 싶었던 마음이……. 매 순간 판단을 잘못해서……. 우리를 지옥으로 끌고 가게 한……. 하지만 나는 국민의 뜻대로……. 모두의 뜻

이었어……. 전쟁도……. 모두의 뜻이야……. 인류는 역사를 통해 끔찍한 실수들을 겪어 왔지만……. 우리는 그 교훈을 배우지 못했어……. 그 대가를 치르는구나…….

 - …….

 - …….

 - …….

 - …….

 - …….

 아버지가 아들을 죽였을 때, 아들은 눈을 감지 않았다. 아버지가 아들의 가슴을 열고 심장에서 기폭 장치를 꺼내는 동안에도 아들의 눈꺼풀은 열려 있었다. 기폭 장치의 모양은 작고 하얀 선물 상자모양이었다. 그것은 정말 끔찍한 악취미로 보였다. 피 묻은 하얀 상자가 그의 손에서 빛났다. 아버지는 과학자에게 들은 대로 'OPEN'이라는 글자가 적힌 쪽을 윗면으로 해서 바닥에 놓고, 발로 힘껏 밟았다. 상자가 부서지자마자 국무총리가 집무실로 들어와 미사일이 성공적으로 발사되었음을 알렸다. 국무총리를 따라 한 무더기의 사람이 들어왔다. 그들은 죽은 아들의 시신을 수습할 예정이었으나 아버지가 죽은 아들을 끌어안은 채 놓아주지 않는 바람에 옆에 멀거니 서서 기다려야 했다. 아버지는 피투성이가 된 아들의 감지 못한 두 눈을 감겼다. 그리고 양이 결국 나타나지 않았어, 라는 영문 모를 말만 계속 중얼거렸다. 국무총리가 대통령의 어깨에 손을 얹자 그제야 그는 아들을 품에서 놓았다. 사람들이 아들의 시신을 옮겼고, 국무총리와 경호원들은 대통령을 부축해 같이 지하 벙커로 이동했다. 그동안 아버지는 끊임없이 눈물을 흘렸다.

그 눈물은 곧 수백만 명이 흘릴 눈물의 시작이었다.

엄마의 상자

"미연아, 나 기억나지?"

마트 채소 판매대에서 오이를 고르던 미연에게 동네 아주머니가 말을 걸어왔다. 미연의 가족은 한 동네에서 20년을 살아 이웃들을 잘 알았다. 그녀는 동네 사람들이 '형석이네'라고 부르는 아주머니에게 인사했다.

"그럼요, 형석 어머니. 안녕하세요."

작은 체구에 조용하고 말투도 조심스러운 아주머니였는데, 미연은 아주머니와 인사는 한 적 있지만 길게 이야기를 해보진 않았다. 게다가 아주머니의 표정이 좋지 않아서, 그녀는 무슨 말을 하려고 그러나 의아했다.

"요즘 어머니 잘 계시지?"

"어머니요? 잘 계시죠."

안 그래도 어머니 심부름으로 마트에 왔다. 미연의 엄마는 장을 항상 직접 보는데 오늘은 그녀에게 심부름을 시켜서 이상하다고 생각했다.

"어머니 요즘도 교회에 잘 나가셔?"

"잘 나가시죠."

"응. 그래⋯⋯. 근데 요즘 미연이 너희 어머니가⋯⋯. 갑자기 이상한 행동을 하셔서⋯⋯."

이상한 행동이라는 말에 미연은 놀랐다. 어머니가 다단계 라도 빠지셨나? 아니면 사이비 종교?

"저희 어머니가 왜요?"

"어머니가, 짓궂어지셨어."

"짓궂다니요?"

"요즘 어머니가 동네 다니면서 장난을 자꾸 쳐."

"장난요? 어머니가 장난을 쳤다고요? 형석 어머님께요?"

형석 어머니는 가방을 뒤져 핸드폰을 꺼내어 문자 하나를 찾아서 그녀에게 건넸다.

'설악산 관광객이 흔들바위를 너무 세게 흔들어서 흔들바위가 절벽에서 떨어졌대요. 지금 뉴스에 나와요. 빨리 집에 들어가서 텔레비전 틀어 보세요.'

"어머니가 이런 문자를 보냈다고요?"

어이가 없었다. 이런 말도 안 되는 장난을, 애들이나 할 장난을 했다고?

"그것도 온 동네 사람에게 다 보냈어. 그래서 급히 집에 가서 텔레비전을 틀어 봤는데 그런 뉴스는 안 나오더라. 흔들바위는 떨어진 적이 없대. 이것뿐만이 아니야……."

형석 어머니가 다른 문자를 찾는 동안 이번에는 다른 아주머니가 말을 걸었다.

"미연이구나."

'민지네'라고 알고 있는 아주머니는 덩치도 목소리도 크고 쾌활한 아주머니였다. 그녀에게 말을 걸 때면 항상 웃으며 대화했는데 오늘은 형석 어머니처럼 조심스러운 표정이었다.

형석 어머니는 말했다.

"민지 엄마, 안 그래도 그 이야기 하고 있었어."

"요즘 지환 엄마가 농이 심해지셨어. 알고 있었어? 집에서는 몰랐을까?"

미연은 오이를 들고 엉거주춤 서서 두 아주머니의 이야기를 들었고, 그동안 또 다른 아주머니가 다가와 미연에게 말을 걸었다. 아주머니들은 모여서 이야기를 시작하더니 이내 흥분해서는 그간의 일을 정신도 없이 쏟아냈다. 미연은 어안이 벙벙해 입만 벌리고 그 이야기를 들었다.

"정말 어머니가 그러셨다고요? 진짜요? 그러실 분이 아닌데, 믿어지질 않아요."

"근데 미연아……. 너 등에……."

형석 어머니가 그녀의 등을 가리키더니 등 뒤에 손을 댔다. 형석 어머니가 미연의 등에서 떼어낸 포스트잇에는 이런 글자가 있었다.

'바보'

"엄마!"

그녀는 장바구니를 부엌에 던지다시피 내려놓고, 포스트 잇을 손에 꼭 쥔 채로 엄마를 찾았다. 현관에 엄마의 신발은 있는데 대답은 없었고 안방에도 거실에도 화장실에도 엄마는 보이지 않았다.

"엄마! 엄마! 어디 있어?"

다른 신발을 신고 나갔나 살펴보는데 이번에는 아빠가 집에 들어와 대뜸 소리부터 질렀다.

"여보!"

미연의 아빠는 손에 들고 있던 양말을 냅다 거실에 내팽개쳤다.

"이것 봐라, 네 엄마가 한 장난 좀 봐. 네 엄마가 구두 안에 연필심 가루를 넣어 놨지 뭐야? 회사에서 슬리퍼로 갈아 신는데 양말이 새카맣게 돼 있더라. 기가 막혀서 원……."

"엄마!"

아버지의 고함이 끝나기도 전에 이번에는 학교에서 돌아온 남동생이 들어와 가방을 거실에 내려놓았다.

"엄마가 내 가방에 뱀 넣어 놨어!"

동생이 가방에서 뱀을 꺼내자, 파충류를 무서워하는 미연은 꽥 비명을 질렀다. 진짜 뱀은 아니고 고무로 만든 모형 뱀이었다. 거실에 시커먼 양말과 모형 뱀이 굴러다니는 가운데, 그녀는 아빠와 동생에게 마트에서 만난 아주머니와 등에 붙어 있던 포스트잇 이야기를 했다. 그러자 동생이 웃기 시작했다.

"너는 웃음이 나오니?"

"웃기잖아, 누나. 등에 바보라고 붙이고 마트를 돌아다닌 거야? 진짜 웃겼겠다."

"시끄러워!"

미연이 아빠에게 엄마의 신발은 집에 있는데 엄마가 보이지 않는다는 말을 하고 있을 때였다. 미연의 핸드폰이 울렸다.

"엄마 번호인데……. 여보세요? 엄마? 엄마 지금 어디 있어?"

"나 숨어 있으니까 찾아봐!"

엄마의 한 마디 대답으로 통화는 끝이었다. 미연은 어이가 없어서 말이 나오지 않았다. 아빠가 미연에게 물었다.

"엄마가 뭐라고 그러니?"

"……숨어 있으니까 찾아보래요."

미연과 아빠가 멍하니 있는 사이 동생이 움직였다. 그는 바로 안방으로 들어가더니 장롱 문을 열고 외쳤다.

"여기 있다!"

방으로 들어간 미연과 아빠는 장롱 속 이불 위에 앉아 있는 엄마를 보고 할 말을 잊었다.

"너희들도 숨어 봐. 재미있어. 이번에는 내가 찾을 테니까 한번 숨어 볼래?

장롱 안에서 깔깔 웃어대는 엄마를 보며 세 사람은 어이가 없어서 아무 말도 할 수 없었다.

"심심해서 그랬지."

요즘 왜 이상한 장난을 치고 다니느냐는 질문에 엄마는 아무렇지도 않다는 듯 대답했다. 당연히도 가족들은 어이가 없었고, 아빠가 가장 크게 화를 냈다.

"당신 미쳤어? 나이 먹어서 장난은 무슨 애들이나 칠 장난이야? 앞으로도 계속 장난쳤다간 집 뒤집힐 줄 알아!"

"나 배고픈데 밥부터 먹으면 안 돼? 학원도 가야 하는데."

동생이 몸을 비틀면서 툴툴거리자 엄마는 짜증으로 답했다.

"너는 왜 내가 챙겨 주면 제때 안 먹고 이제야 배고프다고 그래? 알아서 먹어. 나는 몰라."

"지환이 학교 갔다가 방금 왔는데 제때 안 챙겨 먹는다니 무슨 소리야."

미연은 놀라서 말했다. 그동안 엄마는 밥 차려 달라고 하

면 언제든 차려 주었고, 특히 동생에게는 공부 잘 하려면 많
이 먹어야 한다고 늘 성화였다. 아무리 번잡한 시간이어도
밥 못 차린다고 잘라 말한 적이 없었다.

엄마는 말했다.

"지환이 너는 손이 없니, 발이 없니? 밥통에 밥 있고 냉장
고에 반찬 다 해 놨는데 그걸 왜 못 꺼내 먹어? 그리고 미연
이, 지환이. 너희 앞으로 집안일 같이해. 당신도 양말은 알아
서 챙겨서 신어. 물도 가져다 마시고 나보고 리모컨 달라고
하지도 말고."

"그거랑 이거랑 무슨 상관이야?"

아빠는 버럭 화를 냈다.

"장난치지 말라니까 왜 자기 귀찮은 일 말하면서 말을 돌
려? 똑바로 대답해, 장난칠 거야 안 칠 거야? 동네 부끄러워
서 내가 밖에 나갈 수가 없어."

"말 나와서 말인데, 리모컨은 아빠가 좀 찾아. 왜 만날 다
른 사람한테 찾아 달라고 그래?"

동생이 주책없이 말을 늘어놓사 아빠는 얼굴이 벌겋게 돼
서 소리를 질렀다. 아빠가 혈압이 올라 쓰러지지는 않을까
미연이 걱정될 정도였다.

168

"너 이 자식 조용히 안 있어? 지금 그 이야기를 하는 게 아니잖아! 그리고 당신, 동네 돌아다니면서 장난친 지 얼마나 됐어? 그것부터 말해!"

"장난 좀 쳤다고 죽을죄라도 지은 사람처럼 앉혀 놓고 이러기야? 됐어. 나는 할 말 없어."

엄마는 안방으로 들어가 버렸고 그것으로 대화는 끝이었다. 화가 머리끝까지 치솟은 아빠가 방으로 따라 들어가면서 몇 년 만에 부부싸움이 벌어졌다. 싸움은 둘째치고 미연은 엄마의 낯선 태도가 이해가 가지 않아 어리둥절했다.

"엄마가 저러는 건 처음 보네……."

"나 배고파."

동생이 미연에게 투정을 부리자, 미연은 짜증이 났다.

"어쩌라고! 네가 알아서 차려 먹어!"

그날 저녁, 결국 엄마는 이모 집에서 자겠다며 집을 나갔다. 부부싸움 끝에 가출을 감행한 것이다. 이전에도 엄마는 부부싸움 후에 이모 집으로 가 버린 적이 있지만 그건 오래전 미연이 어렸을 때, 아빠도 엄마도 젊었을 때의 일이었다.

"이게 무슨 날벼락이람."

학교에서 강의를 들으면서도 미연은 전혀 집중이 되지 않았다. 학기 초라서 바쁘고 빨리 아르바이트도 구해야 하는데 집에서 느닷없는 사고가 터진 것이다.

"장난에 부부싸움이라니……."

생각하면 할수록 한숨만 나왔다. 그러나 그것으로 끝이 아니었다. 그날 오후, 수업 도중에 아버지에게 전화가 왔다. 미연은 불길한 느낌이 들어 강의실을 뛰쳐나가 전화를 받았다. 미연의 예감은 들어맞았다.

"뭐? 경찰서에서 연락이 왔어?"

미연은 수업이고 뭐고 내팽개치고 집으로 달려갔다.

거실에는 아버지가 박카스 상자를 하나 끌어안고는 넋이 나간 얼굴로 소파에 앉아 있었다. 소파 주변에는 박카스 상자가 여러 개 더 있었다.

"경찰서에서 뭐래? 엄마 잡아간대?"

"경찰은 별일 아닌 것 같으니 주의하라고 그냥 전화만 하고 말았다. 문제는 마을버스 회사인데……."

아버지는 말했다. 어머니가 마을버스 좌식에 버스 회사를 험담하는 욕을 마커로 낙서하다가 들켜서 회사가 경찰서에 신고한 것이다. 미연은 오늘 아침 마을버스를 탔을 때 좌석 여기저기에 낙서가 있던 게 기억났다.

"그 낙서를 엄마가 한 거야?"

기가 막혀서 웃음이 다 나올 일이었다. 그녀의 어머니가 어린아이처럼 버스에서 사람들 눈치를 보며 몰래 낙서를 했을 생각을 하니 더 그랬다.

"그거 다 지우려면 돈이 꽤 든다는구나. 고소당하지 않으려면 박카스 들고 버스 회사 가서 사과부터 해야지."

"박카스가 왜 이렇게 많아? 이걸 버스 회사에 다 갖다 줄 거야?"

"아니, 버스 회사 말고도 앞으로 사과하러 찾아갈 곳이 많을 것 같아서 기왕 사는 거 많이 사 뒀다."

아빠는 엄마가 저지르고 다닌 장난이 얼마나 더 되는지 모르겠다며 한숨을 쉬었다. 그녀는 소파에 앉아 있는 아빠가 며칠 사이 갑자기 늙어 보인다는 생각을 했다.

"아빠, 나도 같이 갈까요?"

"너 바쁠 텐데 그만둬라. 지환이도 공부해야 하는데 신경 안 쓰이도록 조심하고……. 아휴, 지환이 이놈의 자식 어차피 공부도 못 하는 거, 하든가 말든가. 나는 모르겠다."

아빠가 나가고, 혼자 남은 집에서 미연은 문득 의문이 들었다.

엄마는 어젯밤 이모 집으로 떠났다. 그런데 미연이 낙서를 본 것은 오늘 아침이다. 그렇다면 어느 틈에 낙서를 한 것일까? 전에 해 놓은 낙서를 지금 와서 문제 삼지는 않았을 것이다. 엄마가 지난밤과 오늘 아침 사이에 낙서한 거라면, 엄마는 이모네 집에 가지 않은 건가?

그러면 엄마는 이모 집이 아니라 동네 어딘가에 숨어 있을까?

"미연아, 여긴 어떻게 알고 왔어?"

교회 집사가 말했다.

그녀는 엄마가 교회에 있을까 싶어 들러 보았고, 교회 사랑방이라고 부르는 교회 한쪽에 딸린 휴게실에서 엄마를 만났다. 엄마는 집사와 한창 이야기를 나누다 그녀를 돌아보았다. 그녀는 놀라서 외쳤다.

"엄마, 여기서 뭐 해?"

"어, 마침 니 이야기 하고 있었디. 그래서 집시님, 우리 딸이 대학 들어가서 뭐지? 오티? 그때 완전 술에 취해서는 자다가 오줌을 싸서 집안 망신을 다 시켰어요."

엄마가 늘어놓는 말에 미연은 기겁했다.

"나 아파서 신입생 오리엔테이션 못 갔어요. 술도 못 마시고요. 내가 무슨 술에 취해서 오줌을…… 엄마 진짜 왜 그래?"

미연이 화를 내고 엄마가 웃는 동안, 맞은편에 앉은 집사는 뭐라고 해야 좋을지 몰라 난처한 표정이었다.

"엄마는 이모네 집 간다면서 여기서 뭐 해? 밤새 여기 있었어?"

"내가 어디 있든 무슨 상관이니? 너는 늦게 오면 늦는다고 생전 전화라도 하니? 너, 친구들이랑 놀러 간다고 해 놓고 남자 친구하고 여행 간 거 내가 모를 줄 알아?"

"엄마 미쳤어? 내가 누구랑 여행을 갔다고 그래? 그리고 그런 말을 왜 사람들 다 듣는 데서 해?"

집사가 헛기침하면서 딴청을 하는 동안, 아까부터 휴게실 안을 들여다보며 기웃거리던 할머니가 집사에게 말을 걸었다.

"집사님, 누가 전해 달라고 하던데요. 뭣이냐, 저쪽에 고장이……."

"또 변기가 막혔어요?"

집사는 할머니의 말을 다 듣지도 않고 벌컥 짜증을 냈다.

"누가 자꾸 변기에 비닐봉지를 넣어서 막혀요. 이게 벌써 몇 번째야."

"그게, 변기가 아니라 자판기가 고장이 났어."

휴게실로 들어오는 할머니의 손에는 씹다 버린 껌을 싼 종이가 있었다.

"자판기 입구를 누가 껌으로 다 막아 놨더라고. 자판기 고치는 아저씨 불러서 다 고쳤다고 전해 달라고 해서 집사님께 말씀드리는 거예요."

"어떤 못된 놈이 장난을 치는 거지……."

할머니가 떠나자, 집사는 지난 며칠간 교회에 일어난 이상한 소동들을, 변기가 막히고 주보가 없어지고 곳곳의 문이 갑자기 잠겨 있는 등 이상한 일들이 있었다며 한숨을 쉬었다.

"도대체 누가 교회에서 이런 짓을 하지?"

"저는 이만 가 볼게요."

화를 내는 집사님을 뒤로하고, 엄마가 일어나서 미연의 팔짱을 끼었다. 미연은 천연덕스러운 엄마의 표정을 보고 역시 엄마의 장난이군, 하고 짐작했다.

교회에서 나오자 엄마는 팔짱을 풀더니 고소하다는 듯 말했다.

"아유, 재미있다. 저놈의 교회 한번 당해 봐야 해. 우리 집 십일조 안 낸다고 너희 아빠 집사 안 시켜 준 거 알아? 이제 일요일에는 교회 가지 말고 등산이나 다녀야지. 애, 등산복 보러 매장 한번 가 보자. 요즘 세일 한다더라."

"갑자기 무슨 등산이야. 등산복 엄청 비싼데. 그리고 지금 집에 가서 아빠하고 얘기 좀 해. 엄마 때문에 난리 났어."

"누가 너한테 사 달래? 같이 가서 봐 달라는 거지."

"집으로 가자니까 무슨 등산복 타령이야. 그리고 엄마가 돈이 어디 있어서 등산복을 사?"

"됐어, 가기 싫으면 나 혼자 가지 뭐."

엄마의 태도가 너무나 완강해서 할 수 없이 미연은 등산복 판매장으로 향했다. 매장 직원과 수다를 떨면서 이 옷 저 옷 입어 보는 엄마는 꼭 철없는 어린아이 같았다. 그녀는 엄마가 도대체 왜 그러는지, 어떻게 물어봐야 이유를 들을 수 있을지, 이유를 듣더라도 이해는 할 수 있을지 고민하면서 엄마가 옷을 고르길 기다렸다.

도중에 아빠에게 전화가 왔고, 엄마가 들어서는 안 될 내용일 것 같은 예감이 들어 매장 밖으로 나와 전화를 받았다.

아니나 다를까 이번에도 예감이 맞았다.

"집에 경찰이 왔다고? 아까는 말로 잘 해결했다면서? 경찰이 뭐래? 알았어요, 지금 엄마하고 같이 있어. 바로 데리고 갈게."

매장으로 들어가서 그만 집으로 가자고 엄마에게 말하려는데, 엄마가 보이지 않았다. 아니, 그 잠깐 사이에 어디로 사라졌지?

"어머님 방금 나가셨는데요."

직원의 말을 듣고 그녀가 도로 나가려고 하자 직원이 조심스럽게 말을 걸었다.

"저, 손님. 어머님께서 따님이 대신 결제한다고 하셨는데요."

직원에게 등산복 가격을 들은 그녀는 정신이 아득해졌다.

"오십만 원이요?"

"경찰서에 장난 전화하는 건 그렇게 큰 죄는 아니에요. 하지만 저희가 신고 전화도 받아야 하고 전화 업무가 많은 곳인데 자꾸 장난 전화가 오니까 방해가 돼서 이렇게 찾아왔어요."

거실에서, 아빠가 건넨 박카스 한 상자를 품에 안은 경찰

두 명이 아빠와 미연에게 말했다. 그러니까 버스 회사 일 때문이 아니라 엄마가 경찰서에 자꾸 장난 전화를 해서 경찰이 찾아온 것이다. 자꾸 감옥에서는 정말 콩밥만 먹느냐, 포돌이가 있으면 포돌이를 바꿔달라는 등 말도 안 되는 유치한 질문을 한다고 경찰은 설명했다.

"발신자 번호가 다 추적되는데 왜 지환 어머님이 자꾸 장난 전화를 하시는지 모르겠네요."

경찰은 엄마의 행방을 물었지만, 미연은 방금까지 같이 있었는데 갑자기 어디로 갔는지 모르겠다고 시무룩하게 대답할 수밖에 없었다. 경찰은 말했다.

"장난 전화뿐 아니라 요즘 동네에서 장난을 많이 치고 다니신다고 민원이 계속 들어옵니다. 집에서 좋게 해결하세요. 일이 커지기 전에요."

아빠는 힘이 빠진 목소리로 대답했다.

"저희 집사람이 요즘 제정신이 아닙니다. 왜 그러는지 이유도 모르겠고……"

"혹시 이게 도움이 될까 해서 가져왔어요."

"웬 전단요?"

경찰은 상담 전화번호가 적힌 전단을 건넸다. 우울증 및

정신 질환 고민 상담 전화였다. 엄마의 장난이 나아지지 않으면 이곳에 전화해 보라는 것이었다.

"상담을 받아보는 것도 나쁘진 않으실 거예요."

"정신적 문제 때문에 장난을 칠 수도 있나요?"

미연이 묻자, 경찰은 조울증 증상일 수도 있다고 조심스럽게 대답했다.

"혹시 갱년기 영향일 수도 있을까요?"

아빠의 질문에 미연은 식겁을 했는데, 경찰은 웃었다.

"전화해서 그걸 물어보시면 되겠네요."

그들은 엄마의 장난을 얼른 해결하라고 한 번 더 당부한 뒤 박카스 상자를 들고 떠났다. 거실에는 더 이상 남은 박카스 상자가 없었다.

"네 엄마는 아마 동네 어디에 있을 테니 내가 찾아 볼게. 박카스도 몇 상자 더 사 놓아야 할 것 같으니 나갔다 오마. 그리고 지환이가 컴퓨터가 뭐 어쨌다고 하던데, 한번 봐줘라."

"컴퓨터는 나도 잘 모르는데……."

동생 방에 가 보니 동생이 넋을 잃은 표정으로 의자에 앉아, 한창 부팅 중인 컴퓨터를 바라보고 있었다.

"엄마가 내 컴퓨터 포맷 해놨어."

동생은 컴퓨터 모니터에 붙어 있던 포스트잇을 그녀에게 건넸다.

대학 갈 때까지 게임, 애니 금지

엄마의 글씨였다.

"애니가……. 다 날아갔어……. 나의 컬렉션들이 전부……. 장르, 연도, 퀄리티 별로 구분해 놓고 자막도 다 맞춰 놓은 애니들이……."

"컴퓨터 복원해도 게임하고 애니는 받지 마라. 이 녀석아, 네가 얼마나 컴퓨터만 하고 있으면 엄마가 컴퓨터를 포맷 했겠니?"

"작년에 성적 오르면 컴퓨터 내 방에 두기로 했잖아. 그렇게 합의했었고 나는 내 권리대로 행동한 거라고. 이야기는 그때 끝난 거야."

"너 참 쿨해서 좋겠다."

"엄마가 컴퓨터 포맷하는 방법은 어떻게 알았지? 내 컴퓨터에는 언제 접근한 거야? 미스터리가 너무 많아. 정말 어제부터 엄마 때문에 공부에 집중이 안 돼."

"공부하기 싫다는 말에 별 핑계를 다 대는구나."

"엄마 지금 어디 있는지 누나는 알아?"

그녀는 교회에서 엄마를 만났다가 등산복 판매장에서 잃어버린 이야기, 오십만 원 쓴 이야기를 털어놓았다. 엄마의 장난을 듣고 킬킬 웃는 동생을 한번 흘겨와 준 나음 그녀는 방으로 돌아왔다.

엄마는 어디로 갔을까? 이러다가 정말 무슨 큰일이라도 저지르는 건 아닌지 걱정이 태산이었다.

"정말 동에 번쩍 서에 번쩍 홍길동이라도 상대하는 기분이네."

그녀는 중얼거렸다.

미연은 집에서 엄마가 돌아오길 기다렸으나 엄마는 저녁 늦게까지 소식이 없었다. 그녀는 엄마의 핸드폰으로 전화를 걸었다.

"왜 안 받지……"

그녀의 겁이 부풀 대로 부풀었을 즈음 누군가 초인종을 눌렀다. 서둘러 문을 열어보니 중국집 배달원이었다.

"배달 안 시켰는데요."

"451-99번지로 배달 왔는데요……."

"거긴 우리 집이 아니라 길 건너 동네일걸요."

"그 집으로 가니까요, 음식 주문한 적 없다고 아마 이 집 아주머니가 그랬을 거라고 하던데 그게 무슨 말인지……."

"저야말로 무슨 말인지……."

미연은 어리둥절해졌고, 둘의 대화가 끝나기도 전에 요란한 오토바이 소리와 함께 피자 배달부가 도착했다.

"피자 왔습니다!"

"피자 안 시켰는데요……."

"아, 배달을 갔더니 자기 집에서 시킨 적 없다고 이 집에서 장난 전화했을 거라고 해서 이리로 왔습니다."

"그래요, 저도 비슷한 말 들었어요."

두 배달원이 말하는 동안 또 다른 오토바이 소리가 골목에 울렸다.

"통닭 저 앞 가게로 배달 갔는데 장난 전화는 이 집으로 가보라고……."

장난 전화는 무조건 우리 집으로 돌리는구나. 하지만 장난 전화라고 꼭 엄마가 했으리라는 법 없잖아, 라고 생각했다가 이런 장난을 칠 사람이 또 누가 있을까 싶었다. 세 배달원이 서로의 얼굴을 쳐다보는 동안 미연은 지갑을 뒤져보고는 힘없이 말했다.

"카드 결제도 돼요?"

"이 집 아줌마 어디 있어? 당장 나오라고 해!"

이번에는 화가 잔뜩 난 아주머니 목소리가 골목에 울렸다.

"왜, 왜 그러세요? 뭐 배달 왔는데요? 카드 결제 되나요?"

미연은 얼굴이 벌겋게 달아오른 아주머니를 보고 덜컥 겁부터 먹었다. 아주머니는 웬 초등학생 아이의 손을 잡고 있었는데, 다짜고짜 미연을 밀치고 집 안으로 들어왔다.

그리고 뒤따라 형석 어머니가 나타났다.

"형석 어머니……"

"이 집 깡패 아줌마 어디 있어!"

아이 손을 잡은 아주머니가 소리를 지르자 형석 어머니가 말했다.

"영철이 엄마, 진정하고 말해."

영철 엄마라는 사람은 화가 단단히 난 얼굴이었다.

"저기, 도대체 왜 그러세요?"

미연의 물음에 형석 어머니가 설명했다.

"미연아, 네 어머니가 길을 막고서 아이들을 못 지나가게 했대. 통행료 안 내면 못 지나간다면서 아이들을 골목에서 막고 천 원씩 받았대. 영철이가 돈이 없었는데, 돈 안 내면 골목도 못 지나가고 집으로도 못 간다고 너희 어머니가 그래서 영철이가 골목에 붙잡혀 있는 바람에 오후에 학원을 못 갔어."

"왜 동네 깡패나 하는 짓을 했는지 나와서 말해 보라고 해!"

영철 엄마의 목소리가 점점 커졌고, 미연은 자기도 엄마가 어디 있는지 모른다고 벌벌 떨면서 말했다. 영철 엄마는 미연 엄마가 돌아올 때까지 집에서 안 나가겠다며 소리를 질렀다. 그 옆에서 영철이는 시무룩한 표정으로 서 있었다. 형석 엄마는 조용히 미연에게 말했다.

"오늘 저녁에 우리 집에서 반상회 할 건데 아버님 모시고 이따가 같이 올 수 있을까?"

"오늘 반상회에서는 지환 엄마에 대한 말을 하려고 해요."

미연은 반상회에 처음 와봤고 동네 아주머니들을 한 자리에서 보는 것도 처음이었다. 형석 어머니가 동네 반장인 줄도 몰랐다. 사람들이 이렇게 많이 모인 반상회는 처음이라는 말도 형석 어머니로부터 들었다. 그녀와 아버지는 마치 죄인 같은 심정으로 풀이 죽은 채 구석에 앉아 있었다. 아버지가 가져온 박카스와 비타오백의 뚜껑을 사람들이 따서 마시는 소리만 조용히 들었다.

형석 어머니가 말했다.

"삼 주 전부터 누가 자꾸 집 벨을 누르고 도망가더라고요. 아이들 장난인 줄 알고 신경 쓰지 않았는데, 우리 집은 골목에 감시 카메라가 있거든요. 어느 날 카메라를 보니까 지환 엄마가 벨을 누르더니 도망치고 있었어요. 왜 애들이나 하는 장난을 칠까 적잖이 놀랐어요. 지환 엄마랑은 원래 잘 알던 사이였는데 그런 사람은 아니었으니까요. 그게 지환 엄마 장난의 시작이었죠."

다른 아주머니가 신경질적인 목소리로 끼어들었다.

"그 집 아줌마가 우리 집 유리창도 깼어요. 야구공으로요. 유리창 바꾸는 데 5만 원이나 들었다고요."

"유리창은 제가 다 변상을 해 드렸고 사과도 했잖습니까."

아빠가 다급히 말했는데, 그 사실을 몰랐던 미연은 깜짝 놀랐다. 그리고 그 아주머니를 시작으로 다른 사람들의 불평이 쏟아져 나왔다.

"우리 집 애가 여자아이들 놀고 있는 걸 방해했다고 따라
와서는 머리에 껌을 붙여 놓고 도망가서 그거 떼느라 얼마
나 힘들었는데요."

"누가 집 마당에 자꾸 쓰레기를 던져서 얼마나 짜증이 났
는지 몰라요. 나중에 골목에 숨어서 누가 던지나 지켜보는
데 그 아줌마랑 딱 마주쳤어요."

"부동산 집 할아버지 다리 걸어서 넘어뜨린 건 어떻고요."

"장난 전화 좀 그만하라고 해요. 통닭집에 통닭 있어요, 하
고 물어보고는 예, 통닭 있습니다, 그러면 바꿔주세요, 라고
하는 거. 그 유치한 짓 좀 그만하라고 하세요. 바쁜데 자꾸
전화가 오니까 짜증이 나서, 원. 도대체 왜 그러는 겁니까?
그 이유나 알고 당합시다. 사장님, 아주머니가 뭐라고 그래
요?"

미연은 아빠가 바짝 마른 입술을 천천히 떼는 모습을 지
켜보았다.

"심심해서……. 그랬다고……."

"심심해서? 이 바쁜 세상에 혼자 심심해서 참 좋겠네."

영철 엄마가 얼굴을 붉히며 소리쳤다.

"남의 애들에게 돈이나 뺏고 다니고. 혹시 정신병이라도 난 거 아니에요?"

"정신병이라니요, 말조심하세요. 우리 엄마가 죽을죄 지은 것도 아니잖아요."

미연이 항의하자 반상회 분위기가 싸늘하게 굳었다.

"이렇게 털어놓으니 속이 후련하긴 하네요."

형석 어머니가 중재에 나섰다.

"지환 엄마가 장난을 많이 치긴 했지만, 저는 점잖게 넘어갈 수 있다고 봐요. 솔직히 몇몇 장난은 재미있었잖아요? 오늘 이 자리에 안 나왔으니까 하는 말인데 부동산 할아버지는 저도 싫어해요. 못됐잖아요."

"그 양반이 심술궂긴 하지."

누군가 말하자 몇 사람이 품 하고 웃었는데, 미연은 그 이유가 궁금했으나 왜 웃느냐고 물어볼 분위기가 아니었다.

"미연이 아버님이나 미연이를 불편한 자리에 불러서 미안하기는 한데, 두 사람을 혼내려고 부른 건 아니에요. 장난은 가족들이 살 알아서 해결했으면 하고, 저번 사건 이후로 장난을 안 칠 줄 알았는데 오늘 또 쳤다니까 앞으로 다시 주의 주시라고 불렀어요. 앞으로 문제가 더 커지면 안 되겠지만 지금 같은 사소한 장난들은 그때그때 해결할 수 있다고 생각해요."

"형석 어머니, 상황을 너무 좋게만 보려고 하시는 거 아니에요?"

영철 엄마의 말에 형석 어머니는 말했다.

"영철 엄마 말도 맞을 수 있어요. 근데 영철 엄마는 모르겠지만, 제가 지환 엄마를 잘 아는데 나쁜 사람은 아니거든요. 지환 엄마가 치고 다니는 장난도 생각해 보면 나쁜 장난은 아니에요. 굳이 반상회에서 가족들을 앉혀 놓고 호통칠 내용도 아니고요. 오늘 모인 건 그보다 더 큰 문제 때문인데요……."

그때 반상회에 몇 사람이 더 도착했고, 새로 온 사람들과 인사를 주고받고 하면서 딱딱하던 분위기가 잠시 누그러졌다. 새로 도착한 사람들이 형석 어머니에게 말을 걸었다.

"형석 엄마, 텔레비전에서 아드님 잘 보고 있어요."

맞다, 이 집에 아이돌 가수가 있다고 했었지. 그제야 미연의 눈에 가족사진이 들어왔다. 소파 위에 걸린 사진 속 형석이네 세 아들 중에, 아이돌 해도 좋겠다 싶은 예쁜 아이가 하나 있었다. 사람들이 드라마에 어떻게 출연하게 됐느냐,

돈은 많이 버느냐, 다른 연예인 만나본 적 있느냐, 아이돌 생활을 힘들어하진 않느냐, 어떻게 하면 아이돌이 될 수 있느냐 등등의 질문을 쏟아 내자 형석 어머니가 대답했다.

"뭐, 그냥 성실히 하면 되나 봐요."

그녀는 마치 이미 수없이 많이 받아 본 질문인 듯 여유로운 태도로 대답한 나음, 말을 이었나.

"아무튼 다시 지환 엄마 이야기로 돌아가면, 내가 지금 진짜 걱정인 건 그날이 다가오고 있다는 거예요. 다른 날이라면 몰라도 그날 만큼은 보통이 아닌 장난을 칠 것 같거든요. 그 날을 대비하자는 의논을 하려고 모였습니다."

"그날요?"

다들 긴장된 얼굴로 입을 다물었는데, 미연은 그날이 어떤 날인지 아무리 생각해 봐도 떠오르지 않았다. 미연의 아빠가 달력을 가리키며 말했다.

"다음 주 목요일 말이야."

"다음 주 목요일……. 4월 1일요? 그날이 왜요……. 헉!"

미연은 저도 모르게 소리를 지르고 말았다.

"만우절!"

4월 1일.

동이 트기 전, 아직 새벽이었지만 지환 엄마는 잠든 남편 몰래 일어나 거실로 나가 소파 밑에 미리 챙겨 둔 옷을 입고 집을 나섰다. 등산을 갔다가 오후에 돌아오겠다는 쪽지를 식탁에 남겨 두었지만, 등산하러 가겠다며 나와서는 동네를 돌아다니며 장난쳤던 과거의 행적 때문에 가족들이 믿지는 않을 것 같았다.

이번 장난을 친 다음에는 정말로 친정에 피신을 가야 할 것이다. 그러나 여기서 멈출 수는 없었다.

'내가 다리 한 번 건 것으로 만족할 것 같으냐.'

마음에 안 들었던 사람에게 장난으로 복수를 한 지도 어언 두 달, 웬만큼은 다 복수를 했지만 동네에서 심술궂기로 소문난 할아버지를 골탕 먹이는 일이 남아 있었다.

'부동산에 죽치고 앉아서 나쁜 소문이란 소문은 다 내고 말이지. 나이도 먹을 만큼 먹은 사람이 아줌마들 흉이나 보고, 무시하고, 그러면 못쓴다고. 나이 먹었으면 좀 점잖게 살 것이지. 어디 한번 당해 봐.'

골목에 사람이 있는지 확인하며 조심조심 걷는 동안 그녀는 부동산 할아버지네 집 앞에 도착했다. 집 앞에 주차된 할아버지의 자동차를 확인하고, 등산 가방에서 공구를 꺼냈다. 그리고 대문 앞에 서서 누군가를 기다렸다. 그녀가 핸드폰으로 문자를 보내자 잠시 후 발소리가 났고 대문이 살짝 열렸다. 문틈으로 천천히 손이 하나 빠져 나와서는 손바닥을 펼쳤다. 그녀가 손바닥에 만 원짜리 지폐를 한 장 올려 주자, 그 손은 지폐를 꽉 쥐더니 다시 대문 너머로 사라졌다.

'이제 타이어만 빼면 된다.'

그녀는 자동차 앞바퀴를 잽싸게 빼기 시작했다. 그녀의 계획은 네 개의 타이어를 전부 빼서 부동산 할아버지 집 마당에 쌓아 두는 것이었다. 할아버지는 매일 가족들 중에서 가장 먼저 일어나 동네를 한 바퀴 산책하기 위해 집을 나선다. 오늘 그는 마당으로 나왔다가 쌓여 있는 타이어를 보고 놀라고, 그다음 골목에 주차해 두었던 자신의 자동차 바퀴가 모두 빠져 있는 모습을 보고 기가 막히게 될 것이다. 생각만 해도 통쾌했다.

이 장난을 위해서는 자동차 바퀴를 뺀 다음, 바퀴를 마당에 넣어야 한다. 그러려면 대문을 열어야 해서 그녀는 할아버지의 손자와 미리 접촉을 해 두었다. 새벽에 대문을 잠깐 열어 둘 수 있느냐는 제안을 했더니 손자도 할아버지를 별로 좋아하지 않는다면서 쉽게 승낙했다. 그녀는 선금으로 만

원, 그리고 문을 열면 만 원을 더 지급하는 조건으로 손자를 매수했다.

이제 대문도 열렸으니 타이어만 빼서 마당에 놓으면 된다. 타이어를 보는 할아버지의 얼빠진 얼굴을 상상하니 지환 엄마는 절로 웃음이 나왔다.

'생각보다 힘드네.'

자동차 타이어 빼는 동영상을 핸드폰으로 검색해 여러 차례 봤는데도, 막상 직접 하려니 쉽지 않았다. 하지만 만약 네 개를 다 못 빼고 앞바퀴 두 개만 빼 놓더라도 충분히 해 볼 만한 장난이었다.

'이 장난은 내 인생 최고의 걸작이 될 거야.'

그녀는 가족들의 눈을 피해 숨어 있던 일부터 새벽에 일어나 가족 몰래 집을 빠져나오고, 부동산 할아버지의 손자를 꼬드기는 등 지금까지 있었던 힘든 일을 다 잊었다. 그동안 했던 장난들, 잘난 척하는 아주머니들, 못된 동네 아이들, 돈 밝히는 교회, 불친절한 관공서와 상점들 등등에 골탕을 먹이던 순간들이 눈앞을 스쳤다. 그녀는 오늘 마지막 장난을 성공적으로 완수한 다음 한동안 쉴 계획이었다.

'이번 장난을 끝으로 당분간 은퇴해야지. 그리고 다시 시

작할 기회를 기다리는 거야.'

그때였다.

"새벽부터 가려면 힘들지 않겠어?"

"그래도 빨리 가는 게 낫지."

"잘 갔다 와."

"응."

한 개의 바퀴도 제대로 빼지 못하고 그녀의 장난은 중단되었다. 마당에서 말소리가 들린 것이다. 그녀는 얼른 자동차에서 떨어져 골목 모퉁이 뒤에 숨었고, 부동산 할아버지의 아들과 며느리가 집 밖으로 나오는 광경을 엿보았다.

"문이 원래 열려 있었나?"

아들은 어리둥절하더니 바로 자동차에 올라탔다. 지환 엄마는 당황했다. 왜 부동산 할아버지는 일어나지도 않았는데 아들이 새벽부터 집에서 나오지? 게다가 자기 자동차를 두고 왜 아버지의 차를 타는 건지 낭패도 이런 낭패가 없었다. 바퀴 나사를 일부분 빼놓았으니까 지금 차가 움직이면 달려가다가 타이어가 빠지는 건가? 그러면 큰일이다. 사고라도 났다간 어떻게 될지 모른다.

온갖 생각이 머리를 스치는 동안, 부동산 할아버지 아들은 순식간에 시동을 걸더니 차를 움직였다.

"이봐요!"

그녀가 골목에서 나와 달려갔으나 이미 차는 출발한 다음이었다. 자동차는 거침없이 속도를 내고는 골목을 돌아서 사라졌다. 끼익, 브레이크를 급하게 밟는 소리가 나고 자동차 부딪히는 소리와 사람 비명이 들린 건 그다음이었다.

"장난 전화요? 골목에서 방송 촬영하다가 교통사고가 나서 연예인이 다쳤다는데 그게 왜 장난 전화처럼 들려요? 여보세요? 여보세요!"

조감독이라는 사람이 전화를 끊더니 화를 내며 말했다.

"119에서 못 오겠다는데요?"

지환 엄마도 전혀 생각 못 한 일이었다. 골목에서 새벽에 방송 촬영을 하고 있을 줄은, 그래서 부동산 할아버지네 차가 촬영 중이던 아이돌을 들이받을 줄은 몰랐다.

쓰러진 아이돌은 정신을 차리지 못한 채 바닥에 누워 끙끙 소리를 냈다. 그룹의 다른 멤버들이 옆에서 하얗게 질린 얼굴로 그를 내려다보는 동안, 스태프들은 당장 병원에 가야 하는데 119에서는 앰뷸런스를 못 보내겠다고 하니 어쩌면 좋으냐고 웅성대고 있었다.

"지금 이 앞에서 교통사고가…… 정말 장난 전화 아니에요. 만우절인 건 아는데 진짜 아니라니까요…… 여보세요? 어라? 병원도 전화를 끊어 버리네."

다른 스태프가 가까운 종합병원에 전화했는데도 같은 반응이었다. 이 상태로 차에 싣고 병원으로 가도 되는지, 아니면 들쳐서 업고 병원으로 달려가야 하는 거 아니냐며 사람들은 난처해 했다.

"누가 바퀴를 빼났어요."

자동차를 운전한 부동산 집 아들이 말했다.

"차를 몰고 가는데 핸들이 이상하게 기우는 거야. 나중에는 바퀴에서 소리가 나더니 차가 덜컹거려서 브레이크를 밟았는데 제대로 안 멈추고 차가 한쪽으로 휘면서 이렇게 됐어요. 도대체 어떤 미친놈이 차바퀴를 빼났지?"

사람들 사이에서 지켜보던 미연 엄마는 누워 있던 연예인이 형석이 막내 동생 영석이라는 것을 알아보았다. 그녀는 사람들 사이로 비집고 들어가 사람들에게 직접 말을 걸었다.

"저기, 영석이 집이 가까우니까 어머니에게 직접 전화를 하면 병원에서도 와 줄 것 같은데요."

"지환 어머님은 이 시간에 여기는 무슨 일이세요?"

부동산 집 아들이 물었고 지환 어머니는 대답을 얼버무렸다. 집이 가깝다는 지환 엄마의 말을 듣고 사람들은 매니저를 찾았고, 매니저가 집에 전화했다.

"……네, 영석 어머님……. 앰뷸런스야 불렀죠……. 만우절이라서 장난 전화하면 벌금 낸다는 이야기만 반복해요. 많이 다친 건 아닌데 뒤로 넘어져서 약간 뇌진탕을……. 네 병원에 대신 신고해 주셔도 되고요……. 근방입니다. 사고 낸차도 이 근처 사시는 분이라는데 아세요?"

부동산 집 아들이 옆에서 얼굴이 창백해진 채로 같은 말을 반복했다.

"영석 어머님이라면 저도 잘 압니다. 누가 바퀴를 빼놨다고좀 전해주세요. 제 실수가 아니라고요."

그때, 누군가 밝은 목소리로 외쳤다.

"경찰이 오겠답니다. 만우절 장난 아니라는 말을 열 번도넘게 했네. 사고 현장은 있는 그대로 두라는데요."

그러자 부동산 집 아들이 외쳤다.

"빨리 이 바퀴를 보여 줘야 하는데. 아무도 여기 떠나지 마시고 본 대로 말해 주세요. 지환 어머님도 어디 가시면 안 돼요. 본 대로 증언을……. 지환 어머님? 어디 가셨지?"

부동산 집 아들의 말을 듣고 사람들은 주변을 둘러보았으나 그녀는 보이지 않았다.

"계십니까? 경찰서에서 왔습니다."

낯선 남자의 목소리가 문밖에서 들렸다.

'한발 늦었구나.'

도망갈 준비를 하고 있던 지환 엄마는 아차 싶었다. 경찰이라니, 올 것이 왔다. 그녀는 안방으로 들어갔고 더 생각할 겨를도 없이 장롱에 숨었다. 이전에도 몇 번 장롱에 숨어 봐서 오랫동안 있는 건 어렵지 않았지만, 장롱 문을 열면 그대로 들키는 게 문제였다. 그녀는 몸을 움직여 이불을 뒤집어 썼고 귀만 내밀어 밖에서 나는 소리를 들었다.

지난번에 장롱에 숨었을 때만 해도 재미있었다. 자식들에게 전화를 해 찾아 보라고 할 땐 웃음을 참느라 힘들었다. 하지만 이번에는 웃기지 않았다. 웃을 일이 아니었다.

"누구세요?"

미연의 목소리가 들렸다. 지환 엄마가 집에 들어왔을 때,

남편은 출근했고 지환이는 학교에 가서 집에 없었다. 오전 수업이 없는 미연은 여전히 자고 있었다.

"무슨 일인데 그러세요?"

미연의 목소리였다.

"경찰서에서 왔습니다. 어머님 계십니까?"

"어머니는 등산 간다고 나가서 아직 안 들어오셨어요. 무슨 일로 오셨어요?"

경찰은 새벽에 일어난 교통사고부터 시작해서, 영석이 다쳐 지금 병원에 입원해 있으며 생각보다 부상이 큰 것, 그리고 지환 엄마가 고의로 바퀴를 빼서 사고를 낸 일을 설명했다. 그리고 지환 엄마의 죄가 크다는 말도 덧붙였다.

"어머님이 현장에 있었는데 갑자기 사라져서 이곳으로 찾으러 왔습니다만, 안 계신가 봐요? 어디 있는지는 모르십니까?"

"어머니가 바퀴를 뺀 건 어떻게 확신하세요? 다른 사람 짓일 수도 있잖아요."

"골목에 감시 카메라가 있습니다."

카메라라니, 동네 골목의 감시 카메라 위치는 다 아는데 골목에 카메라를 언제 설치해놨지? 지환 엄마는 생각했다.

"댁의 어머님이 요즘 장난을 심하게 쳐서 집집마다 카메라를 새로 설치했답니다."

"못 믿겠는데요. 엄마가 장난이 심하긴 했지만, 앞으로는 안 그러겠다고 약속했고 멀쩡한 바퀴를 빼놓고 그러실 분이 아니에요."

"심미연 씨, 서의가 좋게 말할 때 어머니가 어디 있는지 솔직히 말하세요."

"등산 갔다니까요. 돌아오면 경찰서로 연락할게요."

"등산 갔다는 사람이 남의 집 자동차 바퀴는 왜 빼요? 혹시 어머니를 집에 숨기고 계신 거 아닙니까? 미연 씨, 범인 은닉죄라는 게 있어요. 이러시면 미연 씨도 같이 처벌받습니다."

"범인이라니요? 수색 영장이라도 가지고 오셨어요? 엄마가 어디 있는지는 내가 알아서 해결할 일이니까 신경 쓰지 마세요."

"저기 현관에 있는 신발 어머니 신발 아닙니까?"

"몰라요."

"맞잖아요. 신발이 집에 있으니 사람도 집에 있는 것 맞죠?"

경찰의 목소리가 점점 커졌다. 처음에는 한 명의 목소리만 들렸는데 이제는 두 명이 말을 하더니 세 명으로 늘어났다. 집으로 경찰이 몇 명이나 찾아온 거야? 지금 붙잡히면 감옥에 가는 것일까? 큰일이었다. 이대로 집을 뒤지게 되면 바로 붙잡히고 만다.

"그렇게 찾고 싶으면 찾아 보세요."

미연의 말에 미연 엄마는 입에서 저절로 신음이 나왔다. 안 돼! 뒤지면 안 돼! 숨이 턱 막히는 기분이었다. 저들을 집 밖으로 내보내 달라고 미연에게 문자를 보낼까? 하지만 이미 늦었다.

"만약 어머니가 집 안에 계시면 미연 씨도 같이 경찰서에 가셔야 합니다."

"마음대로 해요. 이 쪽지 보세요. 엄마는 등산 갔다고 했고, 집에 없어요."

"아무래도 어머님을 감추고 있는 듯한데, 일단 미연 씨부터 경찰서에 가시죠. 이봐, 김순경, 수갑 준비해."

"이거 왜 이러세요! 어머나! 놔요, 놓으라니까!"

"우리 딸은 안 돼!"

지환 엄마는 장롱에서 뛰쳐나가 꽥 소리 질렀다. 미연이 말했다.

"엄마, 여기서 뭐 해?"

"잘못했어요! 잡아가지만 마세요! 앞으로 장난 안 칠 테니까 감옥에는 보내지 마세요."

경찰에게 비는 엄마를 보고 미연은 울음을 터트렸다.

"또 장난쳤어? 안 그런다고 약속했잖아! 노대체 왜 그랬어!"

미연 엄마는 손발이 닳도록 경찰에게 빌기 시작했다.

"심심해서 그랬어요. 정말 심심해서 장난친 것뿐이에요. 부동산 할아버지가 얼마나 못됐는지 아세요? 동네 아주머니들도 다 못됐어요. 교회 사람도 그렇고 동네 아이들도 그렇고 버스 운전사도 그렇고……. 나는 잘난 것도 없고, 자식들도 자기들 생각만 하고 남편도 나한테는 신경도 안 쓰고, 집도 부자도 아니고 내세울 게 없는 아줌마라고 다들 얼마나 무시했는데요. 사는 데 낙이 없었어요. 맨날 집에서 집안일하고 교회 나가고 가끔 동네 아줌마랑 이야기하고 텔레비전보는 게 전부였어요. 장난은 나쁘지만……. 장난치면서부터는 정말 사는 게 사는 것 같았어요. 요즘처럼 하루하루가 재밌었던 적이 없어요. 정말 정신병이나 그런 거 아니고 나쁜 마음이 들어서 그런 것도 아니고 그냥 심심해서 그랬어요. 제발 한 번만 봐 주세요. 절대로 안 그럴게요."

"이번에는 안 됩니다. 교통사고 피해자가 부상이 커요. 큰 수술을 해야 한답니다. 게다가 아이돌 가수이고 방송 촬영 중이라서 손해도 큽니다. 그냥 훈방조치가 안 되고 재판해야 해요. 저희와 함께 조용히 가시죠."

"제발 한 번만 봐 주세요······."

"지금까지도 여러 번 거짓말 하셨다면서요. 오늘도 등산 간다면서 장난친 거고요. 이번에는 거짓말 안 통합니다. 경찰서에 가서 말하시죠."

"안 돼요, 감옥은 못 가요."

"조용히 안 따라오실 거면 힘으로 하는 수밖에 없습니다. 이봐 김 순경, 수갑하고 포승줄 가져왔지? 차에 시동 걸어놔."

"아이고, 정말 한 번만 봐 주세요."

"엄마, 진짜 내가 엄마 때문에 미치겠어!"

미연은 소리를 질렀고, 지환 엄마는 더 간절히 경찰에게 빌었다.

"다시는 안 그럴게요. 한 번만 봐 주세요. 이번 한 번만요."

"앞으로 안 그러실 겁니까?"

"네, 정말이에요."

"정말 장난 안 칠 거죠?"

"네."

"만약 다시 장난을 치면 그때는 경찰이 잡아가도 되죠?"

"네. 제발 한 번만 봐 주세요."

"알았어. 그러면 안 그러겠다고 여기 각서를 써."

뒤에 있던 경찰이 다가와서 종이를 내밀었다. 순간, 경찰의 목소리가 낯익어서 지환 엄마는 경찰의 얼굴을 빤히 올려다보았다.

"뭐 해, 사인 안 하고? 이제는 남편도 못 알아 보겠어?"

각서를 내민 사람은 경찰복을 입은 남편이었다. 그 뒤에는 역시 경찰복을 입은 영석이 있었다.

"장난이었어요. 지환 어머님."

아이돌 가수인 영석이 말했다.

"수고하셨습니다. 여러분의 도움으로 장난을 무사히 마쳤어요."

거실에 앉아서 미연이 모두에게 말했고, 사람들은 모두 박수를 쳤다.

"우리도 나름대로 열심히 준비했어. 부동산 집 할아버지가 구청장이랑 아는 사이라서 경찰에 연락해서 허가받고 협조하겠다는 약속도 받았어. 형석 어머니도 영석이한테 도와 달라고 하고, 영석이 기획사에 연락해서 카메라에 스태프까지 동원하고, 힘들었어."

"이게 다 장난이었단 말이야?"

지환 엄마는 놀라서 되물었다.

"저번 반상회 때 부동산 집 손자가 엄마한테 만 원 받았다면서 엄마가 치려는 장난 계획을 들려주더라고. 그래서 동네 사람들이 반상회에 모인 김에 엄마에게 장난을 치는 계획을 세웠어."

미연은 말했다.

"경찰복 입었다고 못 알아보실 줄은 몰랐어요."

부동산집 아들이 말했다. 경찰들도 다 경찰이 아니라 옷을 빌려 입은 동네 아저씨들과 청년들이고 개중에는 부동산 집 아들도 있었다. 왜 못 알아봤는지 지환 엄마 스스로도 답답했다. 곰곰이 생각해 보니 경찰들의 말투가 어설펐던 것 같기도 하고, 상황이 억지스러웠던 것도 같았다. 하지만 그녀는 장롱에 숨어서 겁에 질린 채 목소리만 들었으니 제대로 판단할 여유가 없었다.

미연은 말했다.

"그래서 엄마가 자동차 타이어 빼고 있을 때 부동산 집 손자가 나에게 연락을 했어. 그다음에는……."

영식이 말을 이었다.

"제가 기획사 사람들하고 대기하고 있었죠. 그리고……."

부동산 집 아들이 말했다.

"제가 차를 몰고 나가서 사고가 난 척한 거죠."

그리고 미연이 말했다.

"엄마가 집으로 도망 오면 내가 연락해서 사람들을 집으로 모았어. 온 동네가 다 합심을 했고 보기 좋게 성공했지. 다른 분들도 지금 집으로 오고 있을 거야. 어때, 엄마만 장난칠 줄 아는 거 아니야. 이제 알았어?"

부동산 집 아들이 말을 이었다.

"정말 저희 아들이 만 원 받고 어머님 말씀대로 할 줄 알았어요? 서희 아이는 겁이 많아서 그런 장난은 못 쳐요."

그러자 지환 엄마는 되물었다.

"그럼 만 원은 돌려주는 거니?"

그 말에 아빠가 버럭 소리쳤다.

"돌려주긴 뭘 돌려줘! 아직도 정신 못 차렸구먼! 앞으로 장난칠 거야, 안 칠 거야?"

"솔직히 별로 재밌는 장난도 아니었어."

지환 엄마가 투덜대자, 미연은 말했다.

"엄마는 재미없었겠지만 나는 재밌었어. 반상회에서 처음 들었을 때는 반대했는데 계속 듣다 보니까 재밌겠더라고. 그래서 나도 참여하기로 했어. 내가 작전을 총지휘했지. 이제 당한 사람들 기분 이해하겠어? 하는 사람이야 재미있지만 당한 사람은 속이 터진다고. 알겠어?"

"좀 있다가 사람들 오면 그동안 장난쳐서 죄송했다고 사과해. 그리고 이 각서 사람들에게 보여주고. 알았지?"

아빠가 말하자 지환 엄마는 시큰둥한 표정이었다.

"공개 사과하라고? 내가 죽을죄라도 지었어? 내가 왜 쪽팔리게 그런 짓까지 해?"

"아까 벌벌 떨 때는 언제고 다시 큰소리야? 죽을죄 아니면 사과도 못 해? 내가 약국에서 산 박카스가 몇 상자인 줄 알아? 그 사과 내가 다 했어! 앞으로 절대 장난치지 마. 인생의 재미 찾고 싶으면 다른 방식으로 찾아."

"알았어."

이윽고 동네 사람들이 찾아왔고, 지환 엄마는 반성하는 마음 절반, 삐친 마음 절반으로 모두 앞에서 다시는 장난을 안 하겠다고 선언했다. 사람들은 지환 엄마에게 짓궂은 장난을 해서 미안하고 앞으로 다시는 장난을 안 쳤으면 좋겠다고 대답했다. 동네 사람들은 지환 엄마를 위해 박수를 쳤고 분위기는 부드럽게 흘러갔다.

미연은 그녀의 뜻대로 돼서 다행이라고 생각했다.

'역시 하길 잘했어. 동네 사람들 화를 풀려면 원하는 대로 행동하는 수밖에 없지. 차라리 내가 앞장서서 일이 더 커지지 않게 막는 편이 나았어. 내가 나서지 않았다면 동네 사람들이 엄마에게 진짜 무서운 장난을 쳤을지도 몰라.'

반상회에서 사람들이 지환 엄마에게 복수해야겠다고 말하면서 분위기가 살벌해질 때 재빨리 판단을 내린 것이 옳았다고, 그녀는 결론 내렸다.

동네 사람들이 집으로 돌아가고, 이제 미연의 가족도 일상으로 돌아갈 시간이었다. 아빠는 서둘러 출근했고 미연도 학교 수업 때문에 준비를 서둘렀다.

"나 학교 갔다 올게."

미연이 말했다. 미연 엄마는 심심한 얼굴로 거실 소파에 앉아서 텔레비전 채널을 돌리다가 무성의하게 고개를 끄덕였다.

모두가 나가고 집에 혼자 남은 그녀는 계속 텔레비전만 보았다. 딱히 다른 일을 하고 싶지 않았다. 만화 채널에서는 애니메이션 〈톰과 제리〉가 방영 중이었다. 늘 그렇듯 만화 속 톰은 제리를 잡으려 열심히 뛰었고 제리는 꾀를 부려 톰을 물리쳤다. 마침 텔레비전에서 제리가 바닥에 버린 바나나 껍질을 밟고 톰이 보기 좋게 미끄러지는 장면이 나왔다.

"저 장난을 쳤어야 했는데."

그녀는 중얼거렸다. 하지만 이제는 장난치지 않기로 약속했으니까. 문득, 톰이 불쌍하게 느껴졌다. 앞으로는 만우절에도 장난을 치지 못하게 되다니, 생각해보니 그것도 웃기는 일이었다.

그녀는 소파에서 일어나 집을 천천히 정돈했다. 한동안 집 안일에 신경을 쓰지 않아서 집은 어수선했다. 그녀는 지환이 테이블에 놓은 장난감 뱀을 발견하고는 안방으로 돌아가 뱀이 포장되어 있던 상자를 바라보았다. 장난감 뱀을 포장하고 있던 흰색 종이 상자는 화장대 한구석에 놓여 있었다. 그녀는 뱀을 상자 속에 돌려놓았다.

그녀는 한동안 흰색의 작은 상자를 물끄러미 보다가 상자를 열었다. 장난감 뱀은 용수철처럼 튀어나와 허공으로 날아갔다. 그녀의 얼굴에 잠시 미소가 번졌다. 그녀는 바닥에 떨어진 뱀을 다시 상자에 넣었다가 열어 보고 다시 상자에 넣기를 몇 번 반복했다.

하지만 그 장난도 지겨워져서 그녀는 뱀이 들어 있는 상자를 내려놓았고, 길게 한숨을 쉬었다.

"어휴, 심심해."

노인의 상자

"노인네가 늙으면 죽어야지."

"아버지, 그런 말 좀 하지 마세요."

그가 습관적으로 되뇌는 말에 딸은 똑같이 되풀이해서 화를 냈다.

"이 나이 먹도록 왜 살아 있는지. 빨리 네 엄마 있는 곳으로 가고 싶다."

"아빠 보고 빨리 가라는 사람 하나도 없으니까 걱정하지 마세요."

그는 심장이 좋지 않아 병원에 입원해 검사를 받았고 이제 퇴원 절차만 남겨 놓고 있었다. 입원해 있는 동안 딸이 집안일도 포기하고 병실로 찾아와 계속 그를 돌봤기 때문에, 그는 자신의 건강보다도 내일 있을 손녀의 돌잔치가 신경이 쓰였다.

"돌잔치 걱정하지 말고 아버지 건강 생각만 하세요. 집안 일은 뭐 어떻게든 되겠죠. 돌잔치는 집에서 조용히 하고 싶은데. 요즘 크게 하는 사람 별로 없거든요. 하지만 남편도 그렇고……."

시부모님이 크게 하자고 하니까, 라며 딸은 말을 흐렸다.

"사위는 어째 눈치가 없냐?"

"그러게 말이에요. 엄마 말이 맞았어. 효자가 마누라 고생시킨다고. 부모님 마음은 잘 알면서 내 눈치는 죽어도 몰라. 엄마 말을 새겨들었어야 했는데."

딸의 말이 옳은가 싶다가도, 생각해 보니 그 자신이야말로 부모와 자식을 먼저 신경 쓰느라 아내를 고생시키지는 않았는지 후회가 되었다.

'이제 와서 후회하면 뭐 하나, 아내는 이미 저세상 사람인데……'

사위가 병실로 돌아오더니, 아들은 차가 막혀서 늦는다며 전화가 왔다는 말을 전했다. 딸은 신경질을 냈다.

"이 시간에 차가 막히긴 뭐가 막혀. 아무튼, 시간 지킬 줄을 몰라. 우리 오빠지만 정말 답답해 미치겠어."

"바쁘시잖아."

사위가 두둔했지만, 딸은 여전히 신경질이었다.

"자기 혼자 바빠? 돌쟁이 애엄마보다 바쁘대?"

딸이 집안일 때문에 어지간히 스트레스를 받는 모양이라고 그는 생각했다. 사위는 그를 침대에서 일어나도록 부축하면서 말했다.

"조심하세요, 장인어른. 돌잔치도 오셔야죠."

"내 몸이야 내가 제일 잘 아니까 걱정하지 말게."

그는 며칠 전 심장 마비 증세가 나타나서 입원했다. 그리고 의사로부터 가벼운 발작이지만 앞으로 주의해야 한다는 진단을 받았다. 사실 그는 고통도 느끼지 못했다. 잠시 가슴이 아프고 어지럽다가 정신을 놓쳤다고 생각한 순간, 이미 바닥에 누워 있었을 뿐이다.

"저기, 그런데……."

사위가 말을 꺼내자 딸이 돈 이야기는 하지 말라고 입 모양으로 말을 하는 것이 보였다. 그는 사위가 무슨 말을 하려는지 잘 알았다.

"유산 말이냐?"

"아, 은행 예금 때문에요, 세금 피하려면 절차가 필요해서요. 그리고 나머지 돈들도……."

"그건 내가 기부하고 싶은 곳이 있어서 그런다."

"그거야 저희도 잘 알죠."

그와 자식들은 얼마 전까지 그의 유산과 상속세 때문에 의논 중이었다. 그는 재산 일부를 몇몇 단체에 기부할 예정이라는 말을 일찍부터 아들과 딸에게 해 왔다. 자식들이 이해하지 못할 줄 알았는데 선뜻 괜찮다고 동의해서 마음이 놓였다.

"다 엄마 좋으라고 하는 일이니까."

딸이 말했다. 그리고 큰아들이 병원에 도착했다는 전화가 사위의 핸드폰으로 걸려와서 사위는 그의 아들을 만나러, 딸은 퇴원 절차를 마무리하러 병실을 떠났다.

그가 병실에 혼자 남아 있을 때였다. 문득 시선이 느껴져서 문 쪽으로 고개를 돌리니 문밖에 낯선 사람 둘이 있었다.

"누구요?"

그는 순간, 겁에 질렸다. 한 명은 남자였는데, 검은 양복을 차려입고 손에 흰색 작은 선물 상자를 들고 있었다. 키도 크고 잘생긴 남자였으나 그를 냉정한 눈빛으로 내려다보는 게 기분 나쁘기도 하고 섬뜩하기도 했다. 그 옆에 있는 사람은 더 무서웠다. 검은 옷을 입은 남자보다 작은 체구를 가진 또 한 명의 사람은 검은 후드 티에 검은 바지를 입고 있었는데, 후드 안으로 얼핏 보이는 얼굴은 모두 흰 천으로 감겨 있어 이목구비가 전혀 보이지 않았다.

"당신들 여기서 뭐 하는 거요?"

그가 말했다. 검은 옷을 입은 남자는 고개를 돌려 병실 문패를 확인하더니 말했다.

"잘못 찾아왔군요. 죄송합니다. 여기가 아니라 옆 병실이었어요."

그는 몸을 돌려 걸음을 돌렸고, 검은 후드 티를 입은 사람은 한동안 서서 그를 바라보는 듯 가만히 있다가 잠시 후에 남자를 따라갔다. 기분 나쁘게 뭐 하는 사람들이지, 그는 그들이 떠나고 나서도 한동안 이상하게 심장이 두근거리고 기분도 좋지 않았다.

이윽고 복도에서 고함이 들리더니 사람들이 뛰어나오고 간호사들과 의사가 달려오면서 소란이 더해졌다. 그는 복도로 나와, 지나가는 간호사에게 물었다.

"옆 병실에 무슨 일이 있소?"

"환자분이⋯⋯."

간호사는 말을 흐렸고 그는 간호사의 표정을 보고 누가 죽었나 보다 하고 직감했다. 그는 침대에 돌아와 앉아 중얼거렸다.

"서능사사라노 봤나 샀나."

"차 빼는 데 왜 이렇게 오래 걸려? 답답하게. 시부모님이 기다릴 텐데."

큰아들이 차를 빼러 갔는데 오지 않자 사위가 갔지만, 사위마저도 오지 않아 딸은 한숨을 쉬었다. 딸은 양쪽 사람에게 번갈아 전화를 걸었다.

그동안 그는 집으로 돌아가면 어떤 일부터 할지 해야 할 일들을 곱씹어 보았다. 요즈음 아들 집에 머물렀지만, 이번 주 안으로 내 집으로 돌아가자. 그리고 기부하기로 한 유산을 구체적으로 어떻게 할지 결정하자, 그런 계획들이었다. 몇 년 전, 그의 아내는 자궁암으로 세상을 떠났다. 아내가 죽기 전, 삶의 마지막 고통스러웠던 몇 달 동안 아내는 종교 단체를 통해서 무료로 호스피스를 지원 받았다. 그래서 그는 아내가 죽고 나서 그 단체에 재산의 일부를 기부하기로 마음 먹었던 것이다. 딸과 아들에게 이런 생각을 말하니, 기부를 하면 세금 혜택을 받을 수 있다며 기왕 기부할 거라면 같이 의논해보자고 했다.

'자식들이 반대할까 걱정이었는데, 다행이지.'

그는 병원 입구에서 휠체어에 앉아 오가는 사람을 지켜보다가 몸을 일으켰다. 몸을 못 가누는 것도 아닌데 왠지 앉아만 있고 싶지가 않았다. 그가 잠시 현기증을 느껴 눈을 감았다가 다시 떠 보니, 시선이 닿는 곳에 검은 양복을 입은 남자와 후드 티를 입은 사람이 있었다.

왜 저들이 다시 나타났을까.

남자가 그를 향해 다가오자 현기증이 다시 몰려오더니 심장이 빠르게 뛰었다. 머리가 어지럽다가 어느 순간 딸이 사위와 통화하는 목소리도 멀어져 들리지 않았다. 그런데 이상하게도 그를 향해 다가오는 발소리만은 또렷이 들렸다. 검은 양복을 입은 남자가 다가와 그의 앞에 멈췄다. 남자는 여전히 손에 흰 상자를 쥐고 있었다.

"이주현 씨 맞으십니까?"

"그렇습니다만······."

"당신을 데리러 왔습니다."

검은 옷을 입은 남자는 말했다. 떨리는 목소리로, 그는 남자에게 물었다.

"아까는 병실을 잘못 찾았다고 하지 않았소?"

"그렇죠. 그 사람은 찾았습니다. 그리고 가야 할 곳으로 보냈습니다. 이번에는 당신을 찾아왔습니다. 이주현 씨, 이제 떠날 시간입니다."

"떠난다니 그게 무슨 말이오?"

"굳이 이해하려 할 필요 없이 그냥 저를 조용히 따라서 가시면 됩니다."

"지금 당장 가야 합니까?"

심장에 뻐근한 고통을 느끼면서, 그는 간신히 물었다.

"그렇습니다. 당신은 죽었습니다. 지금 당장 이곳을 떠나야 합니다."

남자는 대답했고, 동시에 그의 심장에 충격이 도달했다. 심장 마비다. 저번에는 이렇게 고통스럽지 않았는데, 이번에는 확실한 고통이 느껴졌다. '안 돼'라고 말을 꺼내려고 했지만 입에서 소리가 나오지 않았다. 허리를 숙이자 딸의 비명이 잠시 들리다가, 소리가 다시 멀어졌다. 시야로 검은 장막이 천천히 내려오더니 세상을 완전히 덮었다.

눈을 떠 보니 그는 응급실에 와 있었다. 처음 쓰러졌을 때와 보았던 응급실 천장이 익숙했다. 쓰러져서 입원했다가 퇴원하는 날 병원을 나오자마자 다시 응급실로 돌아오다니. 이런 결말의 삶이라면 끔찍했다. 가족들이 그의 주변에 모여 울고 있었고, 그 뒤에는 검은 옷을 입은 남자와 검은 후드 티를 입은 사람이 서 있었다.

"누구나 이뤄졌으면 하는 소원이 하나씩 있죠, 그렇죠?"

양복을 입은 남자가 말을 걸었다. 이상하게도 주변에 있는 가족들은 그에게 말을 거는 남자를 보지 못하는 것 같았다. 소원이라고? 대체 무슨 말을 하는 거지? 아까 그가 나에게 죽었다고 하지 않았나?

"이주현 씨, 당신의 삶은 끝났습니다."

남자가 말했다. 아, 안 돼. 아직 해야 할 일도 많고 하고 싶은 일도 많은데. 좀 더 시간을 줘, 정리할 시간을.

"더 살고 싶으십니까? 원한다면 삶을 연장해 드릴 수 있습니다."

'살려줘…….'

그는 머릿속에 살고 싶다는 생각밖에 떠오르지 않았다. 점점 다른 생각은 떠오르지 않고 단지 살려 달라, 그 말만 되뇔 뿐이었다.

"하지만 삶을 연장하는 대신 대가를 치러야 합니다."

'빌고 싶이. 대가라면 얼마든지 낼 수 있어. 세발.'

"얼마나 더 살기를 원하십니까?"

'하루만⋯⋯. 단 하루만 더⋯⋯.'

"하루면, 천만 원입니다. 천만 원을 주셔야 합니다."

'알았어. 달라는 대로 줄 테니 제발⋯⋯.'

"대가를 치르셨으니 소원을 이뤄드리겠습니다. 행운을 빕니다."

그것이 결론이었다. 남자는 누구이고 왜 삶을 하루 더 늘려 주겠다는 건지, 그리고 돈은 왜 받아 가는지 이유도 모르고 그는 그렇게 단지 천만 원을 주겠다는 약속을 한 채 잠이 들었다.

그가 눈을 떴을 때, 마치 마치 깊이 잠들었다가 기분 좋게 깬 것처럼 상쾌함을 느꼈다. 오히려 평상시보다도 더 기분이 좋았다. 팔과 가슴에 느껴지던 무거운 느낌도 없었다.

"큰 고비 넘기셨습니다."

얼굴이 하얗게 질린 가족들을 돌아보며 의사가 말했다. 아들과 딸, 사위는 그가 누워 있는 침대 주위에 모여 있었다. 그가 몸을 일으켜 앉으려 하자 아들이 그를 부축했다.

"나는 멀쩡한데."

그는 말했으나 의사는 절대로 무리하면 안 된다, 두 번이나 쓰러졌으니 안정을 취해야 한다는 말을 반복했다. 그는 의사 뒤에 서 있는 검은 후드 티를 입은 사람을 가리켰다.

"저 사람은 왜 아직 저기 있냐?"

얼굴을 가린 사람을 가족들은 보지 못하는 것 같았다. 그가 쓰러졌을 때도 그랬듯이 말이다. 다들 당혹스러워하는 분위기 속에서 딸이 말했다.

"아버지가 아직 피곤하신가 봐요."

"이놈들이 벌써 나를 노망난 늙은이 취급하나. 저 사람 안 보여?"

"아버지, 알겠어요. 일단 쉬세요."

의사는 절대 안정을 취해야 한다고 말했고, 모두 병실을 떠났다. 간호사가 남아서 이것저것 물어 보고 그가 다시 잘

눕도록 자리를 봐준 다음 병실에서 나갔다. 그는 홀로 남았다.

아니, 혼자가 아니다. 구석에서 그를 바라보고 있는 후드 티를 입은 사람이 있었다.

"이봐요, 같이 다니는 남자는 어디 갔소?"

그는 대답이 없었다. 대신 나가와 손을 내밀었다.

왜 손을 내미는가 싶었다가, 그는 돈을 내면 삶을 연장할 수 있다는 남자의 말을 떠올렸다.

"그러니까 살려줬으니 돈을 내라 이거요? 그러면 하루를 더 살 수 있고?"

그는 고개를 끄덕였다.

시계를 보니 오후 11시였다. 대략 이 시간부터 하루 정도라면 돌잔치 다녀올 시간은 충분할 것이다.

"천만 원이라, 이 근방에 은행이 어디 있더라. 아침 일찍 은행부터 가야겠군. 그때까지 기다려줄 수 있소?"

후드 티를 입은 사람은 고개를 끄덕였고 그렇게 밤이 흘렀다.

다음 날 아침 그는 병실에서 몰래 나와 근처 은행으로 향했다. 사람들은 환자복을 입은 그를 이상하다는 눈빛으로 흘낏 보았다. 아침인데도 은행에는 사람이 많이 붐볐고, 그는 빨리 돈을 찾아야 하는데 어떻게 안 되겠느냐고 경비원에게 사정해서 대기표도 뽑지 않고 창구로 갔다. 다른 때라면 염치 없는 늙은이로 보이고 싶지 않았겠지만, 살 시간이 얼마 안 남았다고 생각하니 눈치고 뭐고 신경 쓸 상황이 아니었다.

'하루도 채 안 남았으니.'

막상 수표를 받아 들고 은행에서 나오려니 허탈해져서 그는 선뜻 병원으로 돌아가지 못하고 길에 멀거니 서서 한숨만 쉬었다. 가장 큰 걱정은 은행에서 돈이 사라진 걸 자식들이 알고 나서의 반응이었다.

'어차피 내일이면 떠나는데……'

그는 될 대로 돼라 하는 심정으로 병실로 돌아왔고, 지난밤 내내 서서 기다리고 있던 얼굴을 가린 사람에게 수표를 주었다. 그는 수표를 받고서는 병실 밖으로 사라졌다.

"오늘 밤에 데리러 오는 거요?"

그가 외쳤지만, 대답은 없었다.

그는 그길로 옷과 물건을 챙겨 집으로 돌아왔다. 집에 와

보니 전화벨이 미친 듯이 울리고 있었다. 수화기를 들자 딸이 왜 말도 없이 퇴원했냐며, 퇴원을 했으면 오빠네 집으로 가거나 우리 집으로 올 것이지 왜 아버지 집으로 갔느냐며 요란을 떨었다.

"괜찮다니까……. 괜찮으니까 집까지 무사히 온 거 아니냐……. 나 신경 쓰지 마……. 돌잔치는 몇 시냐? 거기나 가자."

집으로 돌아오니 지난 며칠간의 일이 꿈같기만 하고 믿어지지 않았다.

'요즘 돌상에는 청진기도 올려 놓는군.'

아이가 돌잡이로 어떤 물건을 집을지 고르는지 사람들이 지켜보는 동안 손녀는 마냥 몸을 흔들며 웃기만 했다. 사람들이 청진기를 집으라고 외치는 동안 그는 손녀가 연필을 집었으면 좋겠다고 생각했다. 아이는 실을 집었고, 돌잔치 사회자는 아이가 건강하게 오래 살 거라는 축하의 말을 했다. 그러자 손님들은 손뼉 쳤다.

일가친척들이 그에게 다가와 몸은 괜찮은지 건강은 어떠냐고 백 번도 넘게 캐물었다. 심장 마비로 두 번이나 쓰러진 사람치고는 혈색이 좋다며 다들 신기해했다. 그는 길게 말하고 싶지 않아서 되도록 입을 다물었다.

잔치가 끝나고 아들과 며느리가 그를 차로 바래다줘서 집으로 돌아왔다. 그의 건강을 살피는 아들 부부에게 그는 혼자 조용히 있고 싶으니 일찍 돌아가라고 일렀다.

"그리고 내일 만약……."

그는 밤이 되면 세상을 떠날 테니, 내일 아침에 집에 와서 자신이 죽어 있는 것을 보게 되더라도 놀라지 말라는 말을 어떻게 해야 좋을지 몰라 망설이다가, 결국 말을 꺼내지 못했다.

아들 부부가 떠나고 이내 딸에게서 걸려 온 안부 전화를 받고 나자 집에는 정적만이 남았다. 이제 11시까지 기다리는 일만 남았다. 그는 소파에 앉아 시계만 보고 있었다. 초침이 움직이는 모습이 그토록 두렵기는 처음이었다. 해가 지고 집에 어둠이 밀려오자 두려움은 더욱 커졌다. 그는 집에 있는 모든 전등을 켰지만 공포는 물러가지 않았다. 11시까지 마냥 앉아서 기다릴 수밖에 없다고 생각하니 숨이 턱턱 막혔다.

"이러다가 11시 되기도 전에 말라 죽겠군."

차라리 동네라도 한 바퀴 돌고 올까 하는데, 인기척이 들렸다. 고개를 돌려 보니, 검은 옷을 입은 남자와 후드 티를 입은 사람이 있었다.

"떠날 준비는 되셨습니까?"

"벌써? 11시쯤 올 줄 알았는데."

"하고 싶은 일은 다 하셨습니까? 다른 일이 남았다면 새벽 1시까지는 기다려 드릴 수 있습니다. 아니면 지금 떠나셔도 됩니다."

정확히 시간 맞춰서 데려갈 줄 알았는데 나름대로 융통성은 있군, 그는 생각했다.

그가 남자에게 물었다.

"당신은 정체가 뭐요? 정말 저승사자라도 되오?"

"그런 이야기는 저와 함께 가면서 물어보셔도 됩니다."

남자는 냉정하게 대답했다. 그는 잠시 망설이다가, 오늘 온종일 고민한 질문을 더듬더듬 꺼냈다.

"이봐, 저승사자 양반……. 혹시, 혹시 말이지……. 하루 더 있을 수도 있소?"

"돈을 더 내시면 상자를 빌려드리겠습니다."

"천만 원 더 주면 되는 거요?"

"하루 더 있으려면 이천만 원입니다."

"이천만 원? 어제는 천만 원이었잖아. 왜 가격을 올리는 거야?"

"싫으면 지금 같이 가시면 됩니다."

남자의 말투는 여전히 차가웠다. 조른다고 가격을 깎아 줄 것 같지도 않았다. 그는 주머니에서 수표를 꺼냈다. 실은, 오늘 아침 혹시나 하는 마음에 돈을 더 찾아 놓았다.

'자식들이 알면 뭐라고 할지.'

하지만 어차피 내일 하루만 지나면 다 끝이다. 그가 수표를 건네자 검은 양복을 입은 남자는 이상한 인사를 남기고 떠났다. 마치 그를 놀리려는 뜻인지 진심인지 모를.

"즐거운 하루 보내세요."

그는 새벽부터 집을 나섰다. 산에 올라 떠오르는 아침 해를 보고 싶은 마음 때문이었다. 그러나 새벽하늘은 많이 흐렸고 산에 오르기도 전에 비가 한두 방울씩 떨어졌다. 그는 산어귀에서 멍하니 서 있다가, 계속 거칠어지는 비를 맞고 산에 올라가기는 도저히 어렵다고 판단하고 발을 돌렸다. 허무하게 집으로 돌아와, 젖은 옷을 갈아입고 멍하니 거실에 앉아 있었다.

그리고 고민 끝에 아들에게 전화를 걸었다.

"여행이요?"

해외여행을 다녀오고 싶다고 말하자, 아들은 대놓고 난처한 목소리였다.

"어디로요? 얼마나요?"

"동남아면 좋겠는데. 무엇보다 중요한 건 오늘 안에 출발해야 한다는 거다."

아들은 어이가 없다는 듯 웃었다.

"아니, 아버지 어떻게 당장 오늘 저녁에 여행을 가요. 동남아면 요즘 우기라서 돌아다니기도 힘들어요. 저도 아내도 일정이 있고요."

"누가 너하고 같이 가고 싶대? 나 혼자 갈 건데 무슨 상관이냐?"

"혼자요? 퇴원하신 지 얼마나 됐다고요. 한 달 정도 쉬었다가 가시죠. 아버지 건강 회복되면요. 비행기 여행은 아직 무리예요."

"됐다! 너는 어떻게 도움이 되는 적이 없냐?"

그는 화를 내고 전화를 끊었으나 아들의 말이 맞는 건 잘 알고 있었다. 가진 돈을 다 모은다고 해도 며칠이나 더 살 날을 얻을 수 있을까? 설령 그렇게 시간을 얻더라도 혼자 여행을 가서 뭘 하나?

"마누라하고 같이 간다면 모를까……."

아내가 그렇게 여행을 가고 싶다고 할 때 진작 같이 다닐 걸. 그는 일하느라 바쁘고 피곤하다며 여행은커녕 외출도 거의 하지 않았던 자신을 원망했다.

그는 점심도 거른 채, 깨끗한 옷을 꺼내 입고는 집을 나섰다. 꽃집에 들러서 국화를 한 다발 사서 택시를 탔다. 그가 마지막 날, 마지막으로 가려고 했던 그곳에 도착하면 기분이 어떨까 심란했는데 막상 도착하니 마음이 편안해졌다.

납골당에는 주말이면 꽤 사람이 많지만, 평일 오후인 지금은 그의 발소리만 들릴 만큼 조용했다.

유리판 너머 안치된 유골함과 아내의 사진을 보면서 그는 중얼거렸다.

"나도 이제 몇 시간 안 남았어."

그는 그동안 납골당에 올 때마다 아내의 사진을 향해 같은 말을 했다. 고생만 시키고 먼저 보내서 미안하다, 아들딸 모두 잘 지내고 손자들도 건강하다, 나도 잘 지내고 있으니 그곳에서 편하게 지내라. 하지만 오늘은 평소와 다른 말이 입 밖으로 나왔다.

아내가 암 선고를 받았을 때부터 세상을 뜨기까지의 일이 자꾸 떠올라 견딜 수가 없었다. 그녀가 몸이 안 좋다고 했을 때 일찍 병원에서 검진을 받았더라면, 더 일찍 병원에 입원했더라면, 더 좋은 의사를 만나거나 돈을 더 들였더라면 결과가 다르진 않았을지 후회가 됐다. 지금 그는 하루하루가 얼마나 소중한지 체험하고 있었다. 내가 조금만 더 잘해줬더라면, 아내가 1년만 더 살았더라면 아내의 삶은 완전히 달랐으리라 생각하니 마음이 아팠다.

아내는 세상을 떠나기 직전까지 살림하고 그와 자식들을 돌보려 애썼다. 그도 죽을 날이 얼마 안 남으면 아내처럼 조용히 정리하고 떠날 줄 알았는데 전혀 그렇지 않았다. 쓰지 않아도 될 돈을 쓰면서 구차하게 하루를 늘리고 있는 자신이 부끄럽다 못해 혐오스러웠다.

"한두 푼도 아니고 몇천만 원을……."

실은 아들에게 해외여행을 가겠다 말했던 것도 아내 생각이 나서였다. 우연히 텔레비전에 나오는 동남아 풍경을 보더니 꼭 천국 같다고 말하던 아내가 떠올랐다. 그때 무리를 해서라도 같이 여행을 갔다면 좋았으련만, 그는 마냥 후회되었다.

그때 문득 아내가 떠나기 전 마지막 한 달 동안 옆에서 같이 있었던 호스피스를 떠올렸다.

"그래……. 아내가 어딘가 가고 싶다고 했던 곳이 있는데 기억이 안 나는군. 진작 호스피스에게 연락을 한번 해 볼 것을……. 집에 가면 당장 전화부터……. 맙소사!"

그는 중얼거리다 말고 꽥 소리를 질렀고, 가슴을 움켜쥐고 숨을 몰아쉬었다.

"내가 이러다가 말라 죽고 말지! 당신은 왜 여기 있소?"

후드 티를 입고 얼굴을 가린 사람이 어느새 나타나 옆에서 그를 보고 있었다. 얼굴을 천으로 가려서 표정을 알 수도 없고, 여전히 말도 없었다. 그래, 떠날 시간이 다가오고 있긴 하다. 그래도 인기척이라도 낼 것이지. 그는 화가 났다. 하지만 이 사람이 내 마음을 헤아려 줄 이유가 없겠지.

"양복 입은 남자는 어디 있소?"

대답은 없었다. 그가 꽃다발을 유골함 옆에 걸어 놓고 아내의 사진을 보며 마지막 인사를 한 다음 걸음을 옮기자, 얼굴을 가린 사람도 그를 따라왔다.

"같이 갈 거요? 택시 기사가 귀신도 요금을 받는지 모르겠네."

납골당을 나오는데 문득 얼굴을 가린 사람의 무덤도 어디엔가 있을까 하는 생각이 들었다. 죽기 전에는 살아 있는 사람이었지 않을까, 살아 있을 때는 어떤 사람이었을까, 그런 생각이 들었다. 물어볼까 싶었지만, 어차피 대답하지 않을 것 같아 그만두었다.

검은 양복을 입은 남자는 그의 말을 듣고 고개를 갸웃했다.

"한 달이요? 한 달은 흠……. 75억 정도 있습니까? 75억 원을 내면 연장 가능합니다."

"75억이라니, 어이가 없군. 그러면 두 달, 석 달 연장하면 도대체 얼마가 되는 거야? 세계 최고 부자라도 일 년은 살 수 없겠군."

"삶은 그만큼 귀중한 겁니다."

"그럼 1억이면 얼마나 더 있을 수 있소?"

"사흘입니다."

"사흘? 이봐, 왜 갈수록 돈이 말도 안 되게 늘어나나? 벌써 몇천만 원을 줬는데 좀 깎아 주면 안 돼? 1억으로 일주일은 안 되나?"

"돈을 내지 않으실 거면 저를 따라오시면 됩니다."

남자는 말하더니, 대문 쪽을 바라보며 말을 이었다.

"누군가 오고 있군요."

때마침 초인종 소리가 나고, 남자는 어디론가 사라져 버렸다. 검은 후드티를 입은 사람은 그대로 남아 있었다.

그가 문을 열자 딸 부부가 집으로 들어왔다. 안 그래도 계속 집 전화와 핸드폰 전화가 울리고 있었는데 그가 받지 않자 또 쓰러진 줄 알았다며 집으로 찾아온 모양이었다. 급하게 찾아와서는 정작 그와 마주 앉자 딸도 사위도 우물대면서 말은 꺼내지 못했다.

"장인어른……. 저……. 혹시 대출 상담 받으셨어요?"

마침내 사위가 말했고, 그가 대답하지 않자 얼른 말을 이었다.

"대출 상담을 받았는지 아는 방법이 있어요. 제가 알려고 안 건 아니고요……. 어쩌다가 보니 알게 돼서……. 그러니까, 전화로 대출 상담 받으신 건 맞죠?"

그리고 딸이 다급하게 말했다.

"아버지, 저축은 어떻게 했어요? 예금에서 큰돈이 비는데, 어디다가 쓰셨어요?"

"내가 알아서 썼다."

"그러니까 어디에요?"

"왜 캐물어? 내가 내 돈 좀 쓰겠다는데 그게 문제가 되냐?"

"대출 상담은 왜 받으신 건데요?"

"내가 전화한 게 아니라 스팸 전화가 와서 그냥 이것저것 대답하다가 잠깐 물어보고 그렇게 된 거야.

사위가 물었다.

"개인 정보를 다 넘기진 않으셨죠? 혹시 보이스 피싱 당하신 건 아니에요? 그러면 경찰에 신고해야죠."

"아니야, 내가 썼다. 사기당하고 그런 거 아니야."

차라리 사기를 당했다고 할 걸 그랬나, 그는 후회했다. 사실 사기를 당했다고 볼 수도 있다. 귀신에게 당한 사기도 사기라고 친다면.

딸이 말했다.

"아까 오빠에게 전화해서 여행 가고 싶다고 그랬다면서요,

혹시 여행 가려고 쓰셨어요? 내가 시간을 낼 테니까 혼자 가지 말고 같이 가요. 심장 발작으로 두 번 쓰러진 사람을 어떻게 혼자 여행을 보내요. 그리고 왜 갑자기 여행 타령이에요? 엄마 살아 있을 때는 돈 아깝다고 가지도 않았으면서."

그는 딸에게 화를 내려다가 갑자기 거실 구석에 있는 얼굴을 가린 사람이 신경이 쓰였다. 저 사람은 왜 우리 이야기를 다 듣고 있는 거야? 집안 부끄럽게.

초인종이 다시 울렸을 때, 딸이 중얼거렸다.

"누가 왔지? 오빠가 온 건가?"

"아니야, 내가 손님을 좀 불렀다."

집에 찾아온 유 간호사를 보고 딸은 처음에는 놀라다가 곧 반갑게 맞았다.

"유 간호사님 오랜만에 뵙네요. 그동안 어떻게 지내셨어요? 오늘은 아버지가 부르셨어요?"

딸이 먼저 인사했고, 딸은 사위에게 유 간호사가 호스피스라고 설명했다. 유 간호사는 대답했다.

"사장님이 보자고 하셔서 왔어요. 사장님 요즘 건강은 어떠세요? 심장 때문에 고생하셨다고 들었어요."

유 간호사는 그의 아내가 세상을 떠나기 두 달 전부터 간호를 맡았다. 종교 단체의 지원을 받는 호스피스 단체 소속이고 지금은 간호사가 아닌데도 유 간호사라는 호칭으로 다들 그녀를 불렀다. 딸이 과일을 내오고 사위와 유 간호사, 그가 어색하게 둘러앉은 가운데 나중에는 아들까지 집에 찾아왔다가 앉는 바람에 분위기는 더 어색해졌다.

이윽고 그는 친친히 말을 꺼냈다.

"내가 물어보려고 했던 게 있는데, 우리 안사람이 살아 있을 때 꼭 가보고 싶다고 했던 데가 있었는데 기억이 안 나서 말이야. 혹시 기억나요, 유 간호사님?"

"여행이라면 발리, 몰디브, 태국 이런 곳에 가보고 싶다고 그러셨죠."

"아니, 해외 말고 우리나라에 가고 싶다고 한 곳이 있었어요. 지나가는 말로 했었는데. 너희들도 기억 안 나니?"

"국내 여행은 말씀하신 적 없는데……."

"여행이 아니고 어딜 한번 가보고 싶다고 했어. 경치 좋은 곳에 가보고 싶다고 했는데 늙어서 그런지 기억이 안 난다."

다섯 사람이 머리를 모아 골몰했지만 아무도 기억해 내지 못했다.

그리고 아들과 딸이 그가 저축을 어디에 썼는지 다시 물어 보려고 해서, 그는 내일 말하겠다고 못 박은 다음 유 간호사와 아들과 딸 부부를 모두 돌려보냈다.

'내일이 온다면 말이지.'

그는 생각했다.

그렇게 다시 홀로 남았다. 아니, 여전히 그의 대답을 기다리고 있는 후드 티를 입은 사람이 남아 있었다. 얼굴을 가린 사람은 그의 대답을 기다리며 거실 구석 자리를 지켰고, 그렇게 오후가 지나고 저녁이 다가왔다. 지난 이틀 동안 그를 괴롭힌 그 초조함이 다시 속에서 치밀어 올라 그를 흔들었다. 이거야 원 사는 게 사는 것이 아니군, 그는 생각했다.

그는 얼굴을 가린 사람에게 말했다.

"당신 생각에는 내가 어쩌면 좋겠소?"

얼굴을 가린 사람은 여전히 아무 말이 없었다. 그때, 전화벨이 울렸고, 그가 수화기를 들자 유 간호사의 목소리가 들렸다.

"사장님, 사모님이 생전에 가보고 싶다고 하신 곳이 기억났어요."

저녁 시간, 버스에는 하교 중인 고등학생들이 버스에 가득했다. 아이들은 즐거워 보이기도 하고 웬만한 어른 못지않게 입이 거칠어서 위협적으로 보이기도 했지만 어쨌든 생기발랄했다. 그가 버스에 타자 한 학생이 좌석에 앉아 있던 친구를 일으켜 세우면서 "할아버지에게 양보해야지"라고 타일렀고, 앉아 있던 학생은 친구에게 "나쁜 년!"이라고 소리 질렀다가 버스 승객들이 모두 돌아보는 것이 부끄러웠는지 웃으면서 뒤쪽 좌석으로 도망가 버렸다.

"젊은 애들은 얼마나 좋을까?

학생들이 내리고 나서 그는 중얼거렸다. 목적지에 도착해 버스에서 내렸더니, 검은 양복을 입은 남자와 후드 티를 입은 사람이 정류장에서 그를 기다리고 있었다.

"내가 여기 오는 줄은 어떻게 알았소?"

"떠날 준비는 되셨습니까?"

"혼자 조용히 있으려고 했더니 귀찮게 구는군."

"7시가 다가오고 있습니다. 물론 한두 시간은 기다려드릴 수 있습니다만, 그 이상은 안 됩니다."

"여기서 손녀 돌잔치를 했어."

그는 목적지인 호텔을 가리켰다.

"저번에 왔을 때 전망이 좋기에 레스토랑에서 식사나 하려고 왔지. 아내가 가고 싶어 했던 곳을 유 간호사가 기억해냈거든. 아내가 병원에 입원했을 때 같이 텔레비전을 보는데 여행 정보 프로그램이 나온 적 있어. 텔레비전에서 몰디브에 있는 레스토랑을 보여주는데 우리 둘 다 한번 가보고 싶다고 말했지. 하지만 이유는 달랐어. 아내는 몰디브에 가고 싶다고 했고, 나는 전망 좋은 레스토랑에 가보고 싶다고 했어. 전망 좋은 식당이야 서울에도 많잖아. 몰디브는 내가 돈이 아까워서 싫다고 했고, 레스토랑은 아내가 돈이 아까워서 싫다고 했거든. 결국, 둘 다 못 갔지."

그는 레스토랑으로 들어가서 자리를 안내받은 뒤 앉았고, 검은 양복을 입은 남자와 얼굴을 가린 사람은 그의 옆에 섰다.

남자는 말했다.

"이제 어쩌실 겁니까? 마냥 기다려 드릴 수 없습니다. 저는 한가한 사람이 아닙니다."

"협박할 필요까지 있소?"

"협박이 아닙니다. 이틀의 시간을 바꿔 드렸고 이제 시간이 다 되었습니다."

왜 하필 나한테 찾아와서 이러는 건지……. 차라리 이런 기회가 없었으면 더 좋았겠다고 생각하며 그는 말했다.

"여기서 식사하다 쓰러져 죽으면 남들 보기 흉하겠지?"

남자도 얼굴을 가린 사람도 대답이 없었고, 혼자 중얼거리는 그가 이상했는지 다른 테이블에 앉은 손님들이 그를 돌아보았다. 그는 안주머니에서 봉투를 꺼내 테이블에 놓았다.

"이 돈이면 며칠 더 있을 수 있소?"

"열흘 드리겠습니다."

봉투를 만져보지도 않고 남자는 대답했다.

"그냥 봉투를 쳐다보기만 해도 금액을 아나?"

"네. 큰 금액이군요. 열흘을 드리겠습니다."

"열흘이면 몰디브로 갈 수는 있군……."

살아서 돌아올지 모르겠지만 말이야. 그는 중얼거렸다. 종업원이 다가와 어떤 메뉴를 주문하겠느냐고 물었고, 그가 아무거나 달라고 말하려는데 갑자기 얼굴을 가린 사람이 손으로 메뉴 하나를 턱 하니 짚어 보였다. 그는 당황했지만, 얼른 침착하게 종업원에게 그 메뉴를 주문했다.

"이걸로 주시오."

종업원이 돌아가고 테이블에는 다시 세 사람만 남았다. 그는 창밖 경치를 물끄러미 보았다. 구름과 노을이 멋지게 어우러진 저녁이었다. 곧 해와 노을이 사라지고 밤이 오면 도시의 건물에는 불이 켜질 것이다. 그러면 오늘이 지나고…… 내일이 온다. 그가 엄청난 금액으로 사들인 새로운 시간이. 그런 생각을 하고 있으니 사춘기 소년처럼 슬퍼지더니 눈에서 눈물이 흘렀다.

"노인네가 늙으면 죽어야지……. 내가 잘못 생각했어. 이러면 안 되는데……. 저승사자 양반, 돈 돌려줄 수 없소? 내가 잘못 생각한 것 같아. 너무 큰돈을 써 버렸어 아니, 가진 돈을 다 썼지. 고작 열흘 더 살겠다고……. 그 돈이 어떤 돈인데……. 자식들은 나처럼 고생 안 시키려고 평생을 모은 돈인데……. 다 써 버리다니……."

"이미 시간을 연장했습니다."

"조용히 당신 따라갈 테니까 돈은 돌려주시오. 나 때문에 자식들은 유산을 한 푼도 못 받게 된다고. 게다가 내가 돕기로 한 호스피스들은 어쩌고……. 제발, 어떻게 안 되나?"

"후회하지 않을 자신 있습니까?"

검은 옷을 입은 남자는 그를 다그쳤다.

"조금 있으면 종업원이 멋진 요리를 내올 텐데요. 방금 본 아름다운 노을을 열 번 더 볼 수 있습니다. 산에 가서 뜨는

해를 볼 수도 있고요. 자식들과 여행을 갈 수도 있죠. 마지막으로 주어진 멋진 휴가를 즐길 수 있습니다. 그것들을 포기할 수 있습니까? 지금도 돈을 주고서는 다시 달라고 하고 있는데, 돌려드렸을 때 또 후회하지 않을 자신이 있습니까?"

"아니, 나도 내 마음을 모르겠어."

그는 토해내듯이 한숨을 쉬었다.

"정말 모르겠어. 인생을 정리하고 싶은 건지, 더 살고 싶은 건지. 모르겠어, 이러다가는 그냥 미쳐서 죽을 것 같아. 하루하루가 값진 걸 알면서도 정작 어떻게 써야 할지 모르겠어. 나는 이런데 죽은 아내는 어떻겠어. 미안해서 견딜 수 없어. 몰디브 가고 싶다고 할 때 억지로라도 끌고 갈 것을. 어영부영하다가 결국 못 간 게 미안해……. 당신, 죽은 사람을 많이 봤겠지? 내 아내가 죽을 때 말이지……. 눈물을 계속 흘리더라고. 아무 말도 안 하고 울기만 하는 거야. 유 간호사가 원래 죽기 전에는 다들 눈물을 흘린다고, 신경 쓰지 말라고 그랬는데 나는 계속 마음에 걸렸어. 암 걸렸을 때부터 임종 직전까지 아내는 흐트러진 모습을 보인 적이 없어. 하지만 죽는 순간에는 계속 울더라고. 그때는 왜 우는지 몰랐지만 지금 내가 아내 입장이 되어보니 알겠어. 누가 죽고 싶겠어? 늙으면 죽어야지, 라고 말하지만 그게 거짓말이라는 건 다들 잘 알잖아. 살고 싶지 않은 사람이 어디 있어."

그는 남자가 자신을 비웃거나 혼낼 것이라 예상했으나 남자는 조용히 그의 말을 경청했다.

"매초가 소중한 시간인 걸 알았으면 진작 잘해줬을 텐데. 지금 이렇게 레스토랑 와서 앉아 있어봤자 뭐 해. 소 잃고 외양간 고치는 것도 아니고……. 내가 미쳤지, 뭔가에 홀렸나 봐. 전 재산 다 털어서……. 그 돈 없으면 자식들은 뭐 먹고 사나? 아이들은 어떻게 키우고. 저승사자 양반, 제발 돈을 돌려주시오. 아직 7시도 안 됐잖아."

남자의 굳은 얼굴이 펴지더니, 이윽고 말했다.

"네, 전부 돌려드리겠습니다. 봉투 뿐만 아니라 지난 이틀 동안 받은 돈도요. 모두 돌려드리겠습니다."

"정말요? 지난 이틀 치까지 전부?"

"떠날 준비가 된 것 같으니 돌려드리겠습니다. 그 대신 보여 드릴 것이 있습니다."

보여 줄 것이라니, 설마 사람 속 터지게 할 뭔가를 또 제안하는 건 아니겠지, 그가 걱정하는데 얼굴을 가린 사람이 후드를 벗었다. 그리고 얼굴에 감긴 천을 천천히 풀기 시작했다. 얼굴이 드러나자, 그는 다른 사람에게는 혼자 테이블에 앉아 있는 모습만 보인다는 사실도 잊고 크게 외쳤다.

"당신이었어?"

"못 알아보다니 섭섭하네."

아내였다. 아무리 얼굴을 가리고 있다고 해도 왜 못 알아봤을까? 그와 가까운 사람이라는 상상은 선뜻 못 했나.

"당신 여기서 뭐 해?"

"왜 이상한 남자가 찾아와서 당신에게 며칠 더 살 수 있게 해 주겠다고 제안했는지 궁금했던 적은 없어? 나처럼 당신도 잘 정리하고 떠나게 해주고 싶어서 내가 특별히 부탁한 거야."

그렇다, 왜 그 생각을 미처 못 했을까. 다른 돈 많은 사람은 놔두고 왜 하필 그에게 찾아와서 쓸데없는 제안을 했단 말인가? 그 이유는 가까운 곳에 있었다. 아내는 그의 앞에 앉았다. 돌아보니 검은 옷을 입은 남자는 어느새 테이블 옆에서 사라진 후였다. 그는 중얼거리듯 말했다.

"귀신 곡할 노릇이라는 말이 이럴 때 쓰라고 있나 보군……."

"이제 그 남자도 할 일을 다 했으니, 우리도 이제 가야 할

곳으로 가자고."

그녀가 말했다.

"눈을 꼭 감았다가, 떠 봐."

"결국, 여기로 돌아왔군."

눈을 떠 보니, 병원 응급실이었다. 그는 자식들이 울고 의사와 간호사가 바쁘게 움직이는 광경 뒤편에 서서 그들을 바라보았다. 침대에는 눈을 감고 누운 자신이 있었다. 며칠 전 그는 아득해지는 정신 속에서 더 살고 싶으냐는 남자의 목소리를 들었고, 남자에게 살려달라고 말했다. 지난 이틀 동안의 일은 다 꿈이었을까?

"사실 아무 일도 없었던 거야."

그는 중얼거렸다. 죽은 자신의 모습과 울고 있는 자식들을 내려다보고 있자니 뭐라 설명할 수 없는 복잡한 심경이 들었다. 침대에서 눈을 떼지 못하는 그를 콕 찌르면서 아내가 말했다.

"늙으면 죽어야지, 라고 말할 때는 언제고, 아쉬워? 아이들에게 손이나 한 번씩 흔들어 주고 그만 떠납시다."

그는 아내의 말에 허허 웃다가, 문득 깨달았다. 그녀는 이미 한번 겪은 일이라는 것을. 그리고 그도 이제야 떠날 준비가 됐다는 것을 말이다. 그는 마지막으로 자식들을 돌아보았고, 눈을 감은 채 침대에 누운 자신의 모습이 벌써 낯설게 보인다고 생각했다.

"이제 우리는 어디로 가나?"

"내가 네려나 줄게."

그가 묻자 아내는 대답했다. 그리고 두 사람은 가족들을 뒤로 하고 천천히 걷기 시작했다.

두 사람의 상자

'저걸 주워, 말아.'

출근길, 성준은 지하철역으로 열심히 걸어가던 차에 길에 떨어진 선물 상자를 보았다. 그는 길에 놓인 상자를 보며 망설이고 있었다. 흰색 종이 상자인데, 신기하게도 표면에 대리석이나 플라스틱 같은 기묘한 광택이 돌고 있었다.

'고급 종이를 쓰면 저렇게 보이는 걸까.'

그는 출근하는 것도 잊어 버리고 상자를 내려다 보며 생각에 잠겼다.

'귀중품 넣는 선물 상자 같은데, 주워 볼까? 안에 반지 같은 거라도 들었으면 대박이겠다. 하지만 남의 물건인데 함부로 손대면 안 되지……. 주울까, 말까……. 결정을 못 하겠네. 난 우유부단해서 문제야……. 아니, '유유부단'이던가? 우유부단이던가, 유유부단인가? 맞춤법이 어떻게 되지? 핸드폰으로 검색해 볼까? 꺼내기 귀찮은데. 그래도 이런 사자성어쯤은 제대로 알아야 어디서 무식하다는 소리 안 듣지. 핸드폰을 꺼내, 밀아……. 아니, 지금은 그게 중요한 게 아니지. 저 상자를 주울까, 말까…….'

생각에 잠겨 있는데, 누군가가 불쑥 나타나 상자를 집어 들었다.

"어디로 여는 거지? 열리는 부분이 없잖아……. 아, 여기로군."

그리고 그는 상자를 열어보더니 말했다.

"아무것도 없네."

성준은 상자를 주운 사람과 눈이 마주치고 깜짝 놀랐다. 상대방도 놀라기는 마찬가지였다.

"당신 누구야?"

두 사람은 동시에 물었고,

"그러는 너는 누군데?"

동시에 대답했다.

그가 말했다.

"나? 송성준이지."

"무슨 소리야, 내가 송성준인데."

그와 똑같이 생긴 사람이 자신을 쳐다보고 있었다. 꼭 거울을 보는 기분이었다. 두 사람은 빤히 서로의 얼굴을 보다가 손을 내밀어 볼을 꼬집고 꿈이 아닌 것까지 확인했다. 둘은 볼을 문지르며 똑같이 중얼거렸다.

"진짜 피곤해 보인다."

아침에 화장실에서 거울을 볼 때는 나름 괜찮았는데 아침 햇살 밑에서 보니까 어디 아픈 사람 같았다. 성준은 자신과 똑같이 생긴 그에게 말했다.

"그 상자는 내가 먼저 주우려고 그랬어."

"하지만 안 주웠잖아."

"그렇지. 댁이 주웠지."

"댁이라니, 다른 사람 말하듯 말하지 마. 나는 성준이라니까."

하지만 내가 성준인데…… 라고 생각하다가 말했다.

"우리 둘 다 성준인가?"

그들은 똑같은 옷의 주머니에서 똑같은 지갑을 꺼내 똑같은 주민등록증을 펼쳐 비교해 보았다.

"어떻게 한 사람이 두 명이 될 수 있지?"

"상자 때문일까? 줍기 전만 해도 한 사람이었다가 줍고 나서 두 사람이 됐잖아. 상자를 주울까 말까 고민하다가, 상자를 주운 나와 줍지 않은 나, 두 사람으로 갈라졌나 봐."

또 다른 성준의 말에 성준은 고개를 서었다.

"그게 말이 돼?"

"말이 되고 말고가 문제가 아니라 이미 일어난 일인걸."

둘은 황당한 표정으로 상자를 내려다보았고, 상자를 다시 열어보았으나 역시 안에는 아무것도 없었다.

"그럼 다시 한 사람이 되려면 어떻게 해야 하지?"

이 무슨 황당한 일인가 싶었는데, 가만 생각해 보니 잘된 것 같았다. 상자를 성준은 다른 성준에게 말했다.

"꼭 그럴 필요 있어? 오늘 회사 가기 싫었는데 잘됐다. 네가 가라. 둘 다 회사 갈 순 없잖아. 동시에 회사로 들어가면 사람들이 얼마나 놀라겠어. 그러니까 너는 회사로 가, 나는 집에서 놀 테니까."

"회사 안 간다고? 오늘은 회의도 있는데. 회의에서 대표가 무슨 폭탄 터트릴지 모르잖아. 안 가면 후회할걸."

"도대체 무슨 소리를 하는 거냐! 설마 회사원이 회사를 안 가서 후회하는 일이 일어날 리가 없잖아!"

성준의 말에 다른 성준은 고개를 끄덕였다.

"알았어, 내가 갈게. 여기서 꾸물대다간 지각하겠다. 너는 집에서 놀지만 말고 청소하고 빨래 좀 해. 나는 간다!"

그는 상자를 주머니에 넣더니 지하철역을 향해 걸음을 서둘렀다. 뒤에 남은 성준은 중얼거렸다.

"청소는 무슨. 피시방 가서 게임 해야지."

아니나 다를까, 성준이 피시방에서 빈둥대고 있는 사이 핸드폰으로 문자가 왔다.

– 오후만이라도 네가 일하면 안 되냐?

성준은 문자를 보며 낄낄 웃다가 문득 주운 다른 성준이 어떻게 문자를 보냈는지 궁금했다. 같은 핸드폰이 둘이니까 내가 나에게 문자를 보내면 어떻게 수신되는 걸까? 성준은 '거봐, 후회한다고 했지'라고 그 자신에게 문자를 보냈고, 그 자신에게서 답장이 돌아왔다.

– 나도 내가 후회할 줄은 몰랐어.

– 바보냐! 회사에 안 간 걸 후회하는 직장인은 없어!

- 오후에라도 놀고 싶은데 나랑 좀 바꿔 줘라. 점심 먹을 때 바꾸면 안 돼?

- 그래, 그러면 만나서 점심 같이 먹고 너는 집으로 가고 나는 회사로 가는 걸로 하자.

성준은 자기 자신에게 점심 약속 문자를 보내고는 참 신기한 일도 다 겪는다고 생각하며 피시방에서 나왔다.

성준은 메뉴판을 보며 중얼거렸다.

"짬뽕을 먹을까, 짜장면을 먹을까……. 고민되네. 결정을 못 하겠어. 짜장면도 맛있을 것 같고 짬뽕도 먹고 싶고……. 점심 메뉴 결정하는 게 세상에서 제일 어려워."

"여기 20년 된 중국집이잖아. 다 맛있어서 둘 중에 아무거나 먹어도 만족할걸."

그의 말에, 성준은 대답했다.

"나도 알아. 네가 나고 내가 너니까 네가 아는 건 나도 알잖아."

"아, 그렇지. 아무튼, 고민할 필요 없이 너는 짜장면 먹고 나는 짬뽕 먹으면 되겠다."

"그렇군, 두 명이니까 둘 중에 뭐로 할까 고민할 필요가 없

군. 편해서 좋네. 앞으로는 사소한 일로 고민할 필요가 없겠
어.

그런데 누가 우리에게 무슨 관계냐고 물어 보면 뭐라고 설
명하지? 우리 헷갈리니까 서로 번호라도 붙이자. 내가 1번
할게 너가 2번 해."

"그런 걸 왜 걱정해? 그리고 왜 내가 2번이야? 내가 1번 하
고 싶은데."

"이러다 정말 서로 누가 누군지 잊어 버릴 지도 몰라. 아무
튼 앞으로 내가 성준1이야. 내가 먼저 성준1이라고 찜했으니
까 네가 2번 해야지."

어느새 다가온 주인아저씨가 그들을 빤히 바라보며 말했
다.

"쌍둥이인가 봐요?"

성준1과 성준2는 서로를 손가락으로 가리키며 동시에 대
답했다.

"얘가 동생이에요."

주인은 껄껄 웃고는 가 버렸다. 그들은 잠시 후 나온 짬뽕
과 짜장면을 번갈아 맛보았다.

"오늘은 짬뽕 맛이 이상한데, 짜장면이 낫다."

"오늘은 내가 맞는 날인가 보다."

성준1은 의기양양해져서 말했다.

"회사 안 가기도 잘했고 말이야, 오전에 피시방에서 게임하고 있으니까 그렇게 좋을 수가 없더라. 너도 차라리 오늘 일하고 내일 놀아라. 그게 더 좋지 않냐?"

"싫어. 오후에 놀고 싶어.

"친구가 소개팅 시켜준대! 신난다!"

퇴근하고 집으로 돌아온 성준1은 성준2에게 회사에서 있었던 일을 말해 주었다. 퇴근 직전, 우연히 친구와 통화하던 성준1에게 소개팅 자리가 비었다며 대신 나가볼 생각이 없는지 친구가 물어봤다는 것이다. 성준1은 신이 나서 승낙했다고 했다.

성준2는 꽥 소리를 질렀다.

"뭐? 진짜? 친구 놈이? 이놈들 생전 연락 없더니 오늘은 갑자기 웬 소개팅을! 너 소개팅 나갈 거야? 나도 나가고 싶은데⋯⋯."

"내가 통화했으니까 당연히 내가 나가야지."

"으, 문자로 연락했으면 나도 봤을 텐데. 아우, 배 아파."

"오늘은 내가 잘 풀리는 날이라니까. 너는 집에서 청소하고 빨래하고 있어라. 나는 즐겁게 놀고 올 테니."

성준1이 소개팅 준비를 하는 동안 성준2는 소파에서 축 늘어진 채 한숨을 쉬었다.

"나는 뭐 하지."

그는 괜히 리모컨으로 텔레비전 채널만 이리저리 돌리며 중얼거렸다.

"운동하러 갈까 말까 망설이고 있었는데…… 하러 갈까?…… 말까…… 갈까, 말까…… 결정하기 어렵네."

"표정이 왜 그래? 소개팅 별로였어?"

그날 밤, 성준2는 터덜터덜 힘없이 집으로 들어오는 성준1에게 말했다. 어째 일찍 들어온다 싶어 물어본 질문에 성준1은 고개를 끄덕였다.

"묻지도 마. 완전 엉망이었어, 엉망. 하여튼 친구 놈을 믿은 내가 잘못이다."

"그 정도야? 나는 좋은 일 있었는데."

"무슨 좋은 일?"

성준1은 성준2의 설명을 듣고 펄쩍 뛰었다. 그는 헬스장에

다니면서 마음에 둔 여자가 있었다. 벌써 몇 개월 넘게 같은 시간에 마주쳐서 언제 한번 말을 걸어볼까 늘 고민했지만, 괜히 기가 죽어서 그러지 못했다. 그런데 성준2가 그녀에게 말을 붙였다는 것이다.

"진짜? 진짜로 말 걸었어? 너 말 잘했냐? 잘했어, 못했어? 너 그 여자한테 이상하게 찍혔으면 나한테 죽을 줄 알아!"

"왜 흥분해서 소리를 지르고 그래. 말 잘했고, 좋은 인상 남겼고, 나이하고 이름도 알았다. 내일도 같은 시간에 온다더라. 내일은 내가 늦잠 자는 날이야. 알지? 오늘은 오전에 내가 출근했으니까 네가 오전에 가야 해. 그리고 저녁에는 내가 운동하러 갈 거야. 내가 말 걸었으니까 내가 간다."

"아우, 배 아파. 오늘은 내가 옳은 줄 알았는데, 막판에 꼬이는구나."

성준2는 괴로워하는 성준1을 약 올렸다.

"뭐 해, 빨리 안 자고. 일찍 자고 내일 아침 일찍 일어나서 회사 가야지."

"시끄러워!"

다음 날 저녁, 회사에서 돌아온 성준1은 성준2를 향해 꽥 소리 질렀다.

"야! 너 왜 전화 안 받아? 진짜 치사하다. 오후에 일하기로 했으면서 핸드폰 끄고 잠수 타면 어떡하냐? 내가 온종일 일 했잖아."

성준2는 큭큭 소리 내어 웃었다.

"일어나니까 벌써 12시더라고. 그래서 전화기 끄고 그냥 잤어. 대신 내일은 내가 출근하면 되잖아."

"내일 주말인데 출근은 무슨 출근! 이게 진짜 사람 바보로 아나. 어휴, 내가 저렇게 못된 놈인가, 분명 아닌데. 적어도 약속은 지키는 인간이었는데, 내가 나에게 배신을 당하다니 이런 어이없는 일이……."

"알았어, 알았다고. 월요일에 내가 출근하면 되잖아."

성준2는 말했다.

"나는 운동하러 간다. 갔다 올 동안 컴퓨터 고쳐라. 낮에 켜봤는데 갑자기 꺼지더니 이제는 아예 부팅이 안 돼."

"컴퓨터 고장 났어? 켜지지 않을 정도면 못 쓸 것 같은데. 이 기회에 하나 살까. 시간이 없어서 컴퓨터를 알아보질 못 했는데 살까 말까 어쩔까. 고민되네."

"어차피 저녁 내내 할 일도 없을 테니 그동안 컴퓨터 살지 말지 결정해 놓고 있어."

생각에 잠긴 성준1을 뒤로 하고 성준2는 신이 나서 집을 나섰다. 집에 남은 성준1은 고민을 거듭했다.

"컴퓨터 살까, 말까."

"에이씨, 괜히 고민했네."

성준1은 결제 취소 버튼을 누르며 짜증을 냈다. 한 시간 동안 애쓴 끝에 컴퓨터 부팅에 성공하고 이것저것 만져서 쓸 수 있게는 되살려 놓았다. 하지만 컴퓨터 수명 자체가 얼마 안 남아서 이 기회에 차라리 새것을 사자고 결정했다. 그는 한 시간 넘게 마음에 드는 가격과 성능의 컴퓨터를 찾아 인터넷을 뒤졌다.

마침 생각보다 많이 싸게 나온 컴퓨터가 있어 주문 버튼을 눌렀더니 바로 판매처에서 전화가 왔다. 물품이 다 떨어졌으니 돈을 더 보태서 다른 상품을 살 수 없냐는 전화였다. 그는 화를 내고 전화를 끊었다. 원래부터 물건은 없었을 것이나. 없는 물건을 판매 중인 것처럼 만들어 놓고 주문이 들어오면 더 비싼 물건을 사게 만드는 수법이었다.

"내가 이따위 낚시에 걸리다니."

그는 지금까지 살펴본 컴퓨터들을 다시 훑어보며 고민에 잠겼다.

"도대체 뭘 고른담. 사지 말까, 어차피 게임밖에 안 하는데. 아니, 그래도 게임은 해야지. 살까, 말까……"

거실에서 인기척이 들렸다. 어느새 집으로 돌아온 성준2가 거실에서 텔레비전을 보고 있었다. 성준1은 거실로 나가 물었다.

"갔다 왔다는 말도 안 하고 불쑥 들어왔냐?"

"헬스장 그 여자 안 왔어. 한참 기다렸는데 안 오더라고. 그래서 집에 가려고 하니까 그때쯤 들어오더라. 내가 보기 싫어서 운동 시간을 옮긴 거 같았어."

성준1은 설마 그럴 리가, 라고 대답하려다가 가만히 생각해보니 당연한 결과다 싶었다.

'내가 여자에게 화술로 접근해서 성공할 리가 없지.'

"심심하다. 주말인데 할 일도 없고. 둘이 같이 심야 영화나 보러 갈까?"

성준2는 말했다. 하지만 컴퓨터도 사지 못하고, 마음에 들었던 그녀와의 만남에도 실패해 의욕이 없어진 두 사람은 결론을 내리지 못했다.

영화 볼까, 말까······.

"친구들한테 전화나 해 볼까?"

전화해 볼까, 말까······.

"친구하고 약속 잡아도 우리 둘 다는 못 나가잖아."

"아, 그렇지. 깜박 잊고 있었다."

차라리 청소할까?

청소를 할까 말까······.

"어째 둘이 사는데 집은 더 지저분하냐?"

"둘이 늘어 놓으니까 그렇지."

"그렇구나."

"우리 돈도 두 배로 나가. 아껴서 써야 해."

"뭐? 진짜 그러네. 그 생각을 못 했다······. 두 명이라서 좋을 줄 알았더니 다 장단점이 있군. 돈 아껴야 하면 컴퓨터도 사지 말까?"

컴퓨터 살까, 말까······.

"한 명은 친구한테 전화해서 약속 잡고 한 명은 집에 남아서 청소할까."

"싫어, 청소하는 사람이 손해 보는 거잖아."

"그럼 뭐 하지."

"나 배고픈데 우리 뭐 사 먹을까?"

뭘 먹을까, 말까······.

"치킨에 맥주나 할까?"

"그럴까? 치킨 시키면 무슨 치킨 시킬까?"

그리고 성준1과 성준2는 동시에 외쳤다.

"반반 무 많이!"

"야, 처음으로 의견 일치했구나. 그럼 내가 전화 걸 테니까 너는 편의점에서 맥주 네 캔에 만 원 하는 거 그것 좀 사다 줘."

"오케이!"

성준1이 핸드폰으로 전화를 거는 동안 성준2는 기운을 내서 편의점으로 달려갔다.

지난밤 너무 많이 먹어서 더부룩해진 배를 붙잡고, 넋 놓고 텔레비전만 보았다. 늦게 자고 늦게 일어나 머리가 멍했다. 청소는 할지 말지 결론을 내리지 못해서 집은 여전히 지저분했다. 성준1이 벌떡 일어나 말했다.

"안 되겠어. 우리 너무 한심하다. 이렇게 늘어져 있으면 안 돼. 나는 운동하러 갈 거야. 너는 뭐 할래?"

"토요일에도 운동하러 간다고? 누가 보면 운동 중독자라도 되는 줄 알겠다."

"시끄러워. 네가 헬스장 가야 한다고 그래서 나는 계속 운동 못 했잖아. 너는 집에서 뭐 할 거야?"

"나는 독서를……."

"웃기고 있네. 그냥 텔레비전 볼 거면서. 그럴 거면 집 청소라도 해."

"귀찮은데, 내일 해도 되잖아."

"그럼 나 운동하고 와서 같이 하거나 그러자. 이렇게 늘어져 있으면 끝도 없어."

성준1이 부지런히 움직이는 동안 성준2는 거실 바닥에 누워서 계속 뒹굴거렸다. 그 와중에 성준2가 언제 꺼냈는지 손에 상자를 들고 있어서, 성준1이 물었다.

"너 그거 아직도 가지고 다녀?"

성준2는 당연하다는 듯 대답했다.

"이대로 그냥 1번, 2번 하고 살다 보면 누가 상자를 주운 성준이고 그렇지 않은 성준인지 모르게 돼. 알겠냐? 그래서 항상 가지고 다니는 거야. 안 그러면 헷갈리잖아."

"그렇구나."

"다 생각해서 하는 행동이야."

성준1이 떠나고, 집에 남은 성준2는 정말 청소를 할까 고민에 빠졌다. 배가 고프니 일단 라면이나 끓여 먹자는 생각에 라면을 끓여서 식탁에 앉았는데 핸드폰이 울렸다. 친구의 전화였다. 오늘 저녁에 동창들과 약속을 잡았는데 술 마시러 나올 수 있느냐고 친구가 물었다.

"물론 나갈 수 있지."

라면을 다 먹고 외출 준비를 하던 성준2는 거울을 보면서 중얼거렸다.

"얼굴이 퉁퉁 부었네. 아이고, 더부룩해. 여기에 술을 또 마시면 속 뒤집히겠구나."

성준2는 술에 잔뜩 취해서 집으로 돌아왔다. 집에 와 보니 성준1이 빨래며 설거지, 청소를 다 해 놓았다. 성준2는 친구들과 만난 이야기를 성준1에게 늘어 놓았다. 성준2가 컴퓨터 고장 났다고 하자 친구 녀석이 노트북을 싸게 팔고 싶은데 사겠냐고 제안해서 성준2는 승낙했다고 설명했다.

"그거 잘됐네."

성준1은 짧게 대답하고는 고개를 끄덕였다. 뭔가 이상하다 싶어 성준2가 찬찬히 살펴보니 성준1은 양심에 찔리는 구석이 있는 얼굴을 하고 있었다. 무슨 일 있냐고 슬쩍 묻자 성준2는 말을 얼버무렸다.

"나는 그냥…… 별일 없었어……."

"너 뭐 감추고 있는 거 아니야? 야, 진짜 우리 사이에 이런 거 없기다. 네가 나고 내가 너인데 서로 거짓말하고 감추기 시작하면 어쩌냐?"

"사실은……."

성준1이 털어 놓은 말에 성준2는 정신이 아득했다.

"뭐? 전화번호 받았다고?"

성준1은 핸드폰을 보여주었다. 성준1의 핸드폰에는 헬스장에서 만난 그녀의 이름과 전화번호, 그리고 손가락으로 브이 자를 하고 같이 찍은 사진까지 저장되어 있었다. 성준2는 믿기지 않았다.

"내가 어제 봤을 때는 분명 싫어하는 티를 냈어. 엄청 싸했는데. 왜, 위아래로 훑어보더니 고개를 홱 돌리는 거 있잖아, 그렇게 날 봤다니까."

"그럼 너보다 내가 더 마음에 들었나 보지."

"무슨 헛소리야. 네가 나고 내가 너인데. 너 그 여자 만날

거야? 내가 만나면 안 되냐? 한 번만이라도 좋으니까 만나게
해 주라."

"사내대장부로 태어나서 여자는 양보할 수 없어! 절대로!"

"용기 내서 말 걸었던 건 나였는데 이렇게 뺏기고 말다니."

성준2는 울상이 되었다.

성준2는 회의에 일에, 월요일부터 야근에 치여 밤늦게 우
울한 얼굴로 집에 돌아왔다. 성준1은 반대로, 천국에라도 다
녀온 것처럼 행복한 얼굴을 하고 있었다.

"헬스장 그분이랑 수요일에 만나서 영화 보기로 했다!"

운동하러 갔다가 그녀와 더 길게 이야기할 기회가 생긴 그
는 그녀에게 정식으로 같이 영화를 보러 가자고 이야기했고,
그녀가 받아들였다고 했다.

"그 사람, 살 엄청나게 뺀 거래. 8킬로나 뺐다더라. 어떻게
뺐냐고 물어봤더니 신이 나서는 살 뺀 사연을 20분 동안이
나 말하더라고. 사실 그렇게까지 궁금하지는 않았는데 끝까
지 잘 들어줬지. 그리고 같이 영화 보러 가자고 해서 성공했
어."

"아우, 짜증 나. 나는 오늘 진짜 힘들었는데. 내가 더 잘난

놈인데. 내가 상자도 주웠다고. 나는 너의 진취적인 버전이야. 그런데 이토록 불행하다니."

"상자 하나 주웠다고 유세는."

"야, 영화 볼 때 따라 나가서 잠깐 구경이라도 하면 안 되나? 멀리서 조용히 보고만 있을게. 안 돼?"

성준2는 간곡히 애원했다.

"변태도 아니고 뭘 멀리서 지켜봐. 그러다 들키면 어쩌려고."

"쌍둥이 동생이라고 하면 되지. 응? 한 번만."

성준1은 성준2의 부탁을 고민 끝에 승낙했다.

"알았어. 그러면 잠깐만 보는 거다. 동생 있다는 말은 안 했는데, 만약 들키면 동생이 하도 못난 놈이라서 말을 못 했다고 하면 되겠다."

"이게 진짜!"

"이야, 부럽다."

두 사람은 약속 장소 옆 편의점에 숨어서 그녀를 기다리고 있었다. 시간보다 일찍 왔는데 그녀가 도착해 있어서 둘 다 조금 놀라긴 했다. 성준1이 나가서 그녀와 이야기하는 동안 성준2는 두 사람을 부러운 얼굴로 지켜보고 있었다.

하지만 여자의 표정이 왜인지 모르게 어딘가 쌀쌀맞아 보여서 이상하다고 생각했다. 그때, 성준1이 그녀와 헤어져서 편의점으로 돌아왔다. 성준2는 놀라 물었다.

"왜 돌아와?"

"이따가 다시 만나자는데?"

"그게 무슨 소리야?"

"나도 모르겠어."

그녀는 오늘 입은 옷이 마음에 안 든다며 집에 돌아가서 옷을 갈아입고 다시 올 테니까, 잠시 후에 다시 만나자고 했다는 것이다.

"그게 무슨 말이야. 그러면 좀 늦더라도 아예 마음에 드는 옷 입고 나올 것이지 왜 일찍 나와서 기다리고 있어? 이상한데……."

"내 말이."

둘은 편의점에 숨어 있다가 그녀와 똑같이 생긴 또 다른 여자가 나타나자 놀라서 눈이 동그래져 서로를 바라보았다. 똑같이 생겼는데 옷만 다르게 입은 두 여자가 한동안 이야기하더니, 먼저 온 쪽은 떠나고 나중에 온 쪽이 남아서 성준1을 기다리는 듯했다.

"쌍둥이인가 보다!"

편의점에 있는 손님들이 그들을 이상하게 보건 말건, 둘은 호들갑스럽게 떠들었다.

"그런데 왜 한 사람인 척해?"

"오늘 약속에 늦을까 봐 한쪽이 먼저 나와서 기다리다가 바꿔치기하나 보지."

"그런가? 쌍둥이라는 얘기는 한 적이 없는데."

"글쎄…… 아, 그래! 헬스장 회비 아끼느라 둘이서 한 사람인 척했나 보다!"

"설마 그 몇 만 원 아끼려고 그랬을까."

"우리도 둘이 번갈아서 가지 새로 등록은 안 하잖아."

"우리는 원래 한 사람이니까 주민등록증도 같고 새로운 사람으로 아예 등록이 안 되지만 쌍둥이는 다르잖아. 왜 말을 안 했을까? 그러면 나에게 호감 있는 쪽은 누구지? 나는 도대체 둘 중에 누구를 만나는 거야?"

"지금 기다리는 쪽이 호감 있는 거겠지. 뭘 그리 고민해?"

"뭐야, 짜증 나게. 그냥 집에 갈까……."

"그래도 너에게 호감이 있으니까 나온 거겠지. 약속에 늦을 것 같으니까 대신 나가 있으라고 한 거 아닐까? 자세한 사정은 대화하다가 넌지시 물어봐."

"그래도 기분 나쁘다."

성준1은 투덜대며 나갔지만, 그것도 잠시였다. 화장도 더 신경 써서 하고 예쁜 옷을 입은 두 번째 그녀와 인사하고 대화한 성준1은 금세 환한 표정으로 그녀와 나란히 걷고 있었다.

"어휴, 저 단순한 자식."

성준2는 고개를 흔들었다.

그는 편의점에서 나와 집으로 들어가는 길에 친구에게서 전화를 받았다. 노트북을 팔고 싶다는 친구가 근방에 올 일이 생겼다고 했다. 지금 노트북을 받아갈 수 있냐는 친구의 말에, 그는 할 일도 없는데 노트북 들고 집에 들어가서 게임이나 하자 싶어 승낙했다.

그러다 지하철역에서 노트북을 받고 집으로 들어오는 길에, 한 사람과 마주쳤다. 생각도 못 했던 사람이었다.

'헬스장 쌍둥이!'

옷차림으로 봐서 쌍둥이 중 먼저 온 쪽이었다. 그녀와 눈이 마주치자 그는 놀라서 획 돌아서 반대 방향으로 걸었다.

그리고 이내 후회했다.

'아차, 내가 왜 피했지? 그냥 당당하게 걸어가도 됐잖아. 쌍둥이라고 말하면 될 거 아니야. 오히려 그 여자가 놀랐으면 놀랐지 내가 놀랄 필요는 없는데.'

하지만 돌아섰을 때 그녀는 사라지고 없었다.

집으로 돌아온 성준1에게 성준2는 그가 겪은 일을 말했다.

"뭐라고 설명하면 좋지?"

"너는 내 쌍둥이 동생인데 헬스장에서 본 얼굴이라 놀라서 그랬다고 해야지……. 그렇게 대수로운 일 아니잖아. 그냥 사정이 있어서 동생이 있다는 말을 못 했다고 하면 되지. 그 이유를 만들어야 할 텐데. 뭐라고 하나."

"헬스장 회비 아끼려고……."

"그 방법밖에 없을까? 그런 쪼잔한 인간으로 보이게 되다니 싫다 정말."

"하지만 우리만 감춘 것도 아니고 그쪽도 감췄으니까 이해해주지 않을까?"

"그럴까. 영화 보면서 언니나 동생 있는지 물어봤는데, 아무 말도 안 하더라. 쌍둥이라는 말도 없고. 왜 그랬을까?"

"잠깐, 그러면 우리 변명이 전부가 아니야. 그쪽도 쌍둥이인 걸 들킨 거니까 그것도 고려해야지. 그쪽은 우리가 그쪽이 쌍둥이인 걸 몰랐다고 알고 있으니까, 내가 그쪽을 봤을 때 왜 도망쳤는지를 설명해야 해."

"상황이 복잡하네. 우리가 쌍둥이인 걸 감추고 있는데 들켰으니까 말이야. 네가 피하는 걸 봤으니까 왜 피했는지도 변명을 해야 하고. 그쪽도 쌍둥이 아니냐고 물어봐야 하나? 아니, 물어 보면 안 되는 건가? 우리가 아는 걸 상대방도 아니까 확인은 해야 하는데."

머리를 맞대고 의논하던 성준1과 성준2는 동시에 짜증을 냈다.

"아, 복잡해. 애초에 왜 두 사람이 되어서는!"

그녀는 성준1의 전화도 문자도 받지 않았다. 헬스장에서도 한동안 보이지 않았다. 성준1은 자신의 착잡한 심정을 성준2에게 고백했다.

"이렇게 끝나는 거 같다. 우리의 운명은 여기까지인가 봐. 진짜 아깝다."

"운명 같은 소리 하네."

성준2가 비웃자 성준1은 화를 냈다.

"네가 뭘 알아?"

"내가 너니까 아주 잘 알지."

둘은 서로를 노려보다가 같이 한숨을 쉬었다.

"노내세 년닥은 왜 안 받는 실까? 그녀가 뭔가 오해하고 있는 거 아니야?"

"어쩌겠어, 그 사람이 싫다면 싫은 거지."

둘은 다시 한숨을 쉬었다.

"앞으로 헬스장도 못 가는 건가?"

"시간을 바꿔서 가면 되겠지. 좀 늦게 가면 되겠네. 아니면 새벽에 일어나서 가거나, 아니면 회사 안 가는 쪽이 낮에 운동하러 가거나."

며칠 후, 성준2는 그녀를 우연히 지하철에서 마주쳤다.

'만나려고 노력할 땐 못 보다가 피하려고 애쓰니까 딱 마주치다니 황낭하네.'

어떻게 행동할까 고민하다가 혹시나 해서 인사를 해 봤지만, 그녀는 인사를 받지 않았다. 전혀 모르는 사람처럼 얼굴을 돌리고는 그를 지나친 것이다. 처음엔 그러려니 했으나 가만히 생각해 보니 기분이 나빠서, 성준2는 그녀를 쫓아가서 물었다.

"혹시 쌍둥이예요??"

"쌍둥이라뇨?"

"쌍둥이인데 회비 아끼려고 한 명으로 등록하고 번갈아서 오시는 거 아닌가요?"

"아닌데요."

그녀는 딱 잘라서 말했다.

"정말 아닌가요?"

"네, 아니라고요. 그쪽이야말로 쌍둥이 아니에요?"

그녀가 따지기 시작해서 성준2는 어이가 없었다.

"쌍둥이 아니거든요."

"길 가다가 댁하고 똑같이 생긴 사람 봤는데요."

"언제요?"

그녀가 대답하지 못하자 성준2는 따지듯 물었다.

"언제 봤는데요? 어디서 봤어요? 묻는데 왜 대답 못 합니까?"

그녀는 그를 흘겨보더니 고개를 돌렸다. 그리고 지하철이 도착하자, 그녀는 빈자리에 앉았다.

'몸매 좋고 예쁘면 뭐 해. 쌍둥이면 쌍둥이라고 하면 되지, 거짓말하고 뭐가 뭔지 알 수도 없고 말이야.'

지하철이 막 출발하고, 그가 그녀의 시선을 피해서 다른 칸으로 가려고 발걸음을 돌렸을 때였다. 누가 갑자기 그를 툭 치더니 말을 걸었다.

"저기요, 이거 떨어뜨리셨는데요."

검은 옷을 입은 키 큰 남자가 선물 상자를 들고 있었다. 그럴 리가 없는데요, 라고 대답하려다가 성준2는 주머니에 손을 넣어보았다. 상자가 없었다. 언제 떨어뜨렸지? 내가 주머니에 손을 넣었다가 뺄 때 상자가 같이 떨어졌나? 그는 검은 옷을 입은 남자에게 고맙다고 하고 다시 상자를 주머니에 넣었다.

그리고 이상한 시선이 느껴져서 돌아보니 여자가 놀란 표정으로 자신을 보고 있었다.

'저 여자는 또 왜 저래?'

여자가 이내 가방에서 꺼내 그에게 보여준 물건을 보고, 성준2는 지하철 안에서 주책없이 그만 소리를 질렀다. 그녀가 가방에서 꺼낸 물건은 흰 상자였다.

네 사람은 삼겹살에 소주를 마시며 그동안의 일을 이야기하고 오해도 풀었다.

"우리는 출근길에 상자를 봤어요."

혜영이 말했다. 그녀의 말에 놀라 성준1도 회사 출근하다가 상자를 주웠다고 대답했다. 하지만 이야기를 들어보니 그와는 날짜도 달랐고 장소도 많이 떨어져 있었다. 최혜영1은 회사 앞에서 상자를 주웠다고 했다.

"성준 씨를 마음에 들어 한 건 저고요, 싫어한 건 넘버 투예요. 아, 우리는 상자를 안 주운 혜영을 넘버 원이라고 주운 혜영을 넘버 투라고 불러요. 성준 씨는 서로 어떻게 부르셨어요?"

"우리도 1번, 2번…… 뭐 그렇게……."

"그렇군요. 실은 저와 투가 의견이 달라서 오해가 생긴 거였어요. 성준 씨하고 영화 보기로 한 날에 제가 나가야 하는데, 투가 카드하고 지갑을 다 가지고 있었어요. 그걸 받아서 성준 씨를 만나야 하니까 약속 장소에 먼저 도착해서 받기로 했거든요. 그런데 제가 그날 일이 늦게 끝나서 시간에 늦

는 바람에 투를 성준 씨가 먼저 만난 거죠. 그래서 조금 이

따가 다시 오시라고 한 거고요."

"그렇게 된 거였군요."

"그런데 나중에 투한테 들으니까 성준 씨가 두 명이라는

거예요. 우리는 쌍둥이인 줄로만 알았죠. 그런데 왜 숨겼을

까, 내가 만난 성순 씨는 노대체 누굴까, 의심이 느니까 너

만나기 그렇더라고요. 그래서 연락을 받지 않았어요."

"이제라도 알게 돼서 다행입니다."

이런저런 대화를 나누던 네 사람은, 어느 순간 조용해졌

다. 만나면 할 이야기가 많을 줄 알았는데 오해를 풀고 났더

니 오히려 할 이야기가 없어진 것이다. 어색하게 침묵을 견디

며 삼겹살만 뒤집고 있는데, 성준2와 혜영 넘버 투가 눈빛을

주고받더니 테이블에 놓아 두었던 각자의 상자를 챙겨 일어

났다.

"이제 먹을 만큼 먹었으니까 찢어집시다."

"가려고?"

안 주운 성준과 혜영 넘버 원이 동시에 묻자, 수운 성순2

가 대답했다.

"우리는 상자를 주운 적극적인 사람이니까 적극적인 사람

들끼리 먼저 가 보죠."

혜영 넘버 투도 말했다.

"둘이서 잘 해 봐요."

인사인지 뭔지 모를 말을 남기고는 쌩하니 가버려서, 그렇게 상자를 줍지 않은 사람들만 남았다.

"상자 하나 주웠다고 유세 떨기는."

혜영은 투덜대며 말하더니 성준에게 물었다.

"내가 나 자신을 험담하는 게 이상한 일일까요?"

"지극히 정상적인 일입니다."

안 그래도 비슷한 생각을 하고 있던 성준은 얼른 대답했다.

"우리는 이거 다 먹고 어디로 갈까요?"

"글쎄요."

성준의 질문에 혜영은 고기를 뒤집으면서 말을 흐렸다.

'그렇지, 우리는 이런 걸 쉽게 결정 못 하는 사람들이었지.'

성준은 생각했다.

'이럴 때 결정을 잘해야 점수를 딸 텐데. 어디로 가자고 할지 결정하려니 어렵네. 커피를 마시러 가자고 할까? 시간이 너무 늦었나? 영화 보러 갈까? 아, 진짜 나는 우유부단해서

탈이야. 아니, 유유부단이 맞나?'

"제가 좀 우유부단해요."

생각에 잠겨 있는데 혜영이 말을 꺼냈다.

"넘버 투가 만날 나보고 우유부단하다고 놀렸어요. 이렇게
맨날 고민만 하다가는 한 명 더 늘어서 넘버 쓰리까지 생기
겠다고 자주 놀렸어요."

'우유부단이 맞구나.'

하고 성준은 생각한 뒤에 말했다.

"으, 두 명도 정신없는데 한 명 더 생긴다니 악몽도 그런
악몽이 없네요."

성준은 자신이 보기에도 별로 재미없는 말이라고 생각했
는데, 혜영은 그의 농담이 마음에 들었는지 크게 웃었다.

한결 편안해진 분위기를 틈타, 성준이 물었다.

"영화 보러 가실래요?"

"영화 좋죠. 뭐 볼까요?"

성준은 뭘 볼까 망설이다가, 이러면 안 되지 싶어 재빨리
그리고 적극적으로 결정했다.

"일단 극장에 가서 혜영 씨 보고 싶은 걸로 보죠. 저는 다
괜찮습니다. 너무 무섭지만 않으면 괜찮아요."

"공포 영화 못 보시나 봐요? 나는 잘 보는데."

"진짜요?"

둘은 짐을 챙겨서 나가려다가, 상자를 주운 성준과 혜영이 돈을 내지 않고 갔다는 걸 깨달았다. 그들은 계산대 앞에서 두 사람의 흉을 보고 계산을 한 다음, 음식점에서 나와 나란히 걷기 시작했다.

"날씨가 참 좋네요, 그렇죠?"

다른 사람의 상자

- 이것 보세요.

- ......

- 이것 보세요, 형사 양반.

- ......

- 내가 왜 경찰서에 잡혀 왔는지 이유 좀 말해 줘요.

- ......

- 이것 봐요, 서류만 읽지 말고 내 말에 대답하라니까요?
사람이 말을 걸면 대답은 못 하더라도 쳐다보기라도 해야
할 거 아뇨. 사람 무시하는 것도 아니고.

- 무시하는 거 아닙니다. 잠시만요. 중요한 거라서…….

- 허허, 이제야 입을 여시네. 그렇게 중요하면 읽고 들어올 것이지 왜 사람 잡아 놓고 서류만 읽고 있어요?

- 잡아 온 것 아닙니다.

- 취조실에 앉아서 그 말을 듣고 있으니 참 설득력 있군요.

- 정광진 씨, 잡혀 온 것 아니니까 걱정하지 마세요. 여기는 취조실이 아니고 사무실입니다. 중요한 이야기를 해야 해서 조용한 장소로 옮긴 것뿐입니다.

- 그러면 전화해서 변호사 구할 테니까 변호사 오면 그때 이야기합시다.

- 취조 아닙니다. 정보를 얻거나 자백을 구하려는 것도 아닙니다. 변호사 데리고 올 필요도 없습니다. 가고 싶으면 그냥 가세요. 막을 사람 아무도 없습니다. 하지만 가고 싶지 않으실 겁니다.

- 내가 가고 싶지 않을 거라뇨?

- 궁금하실 테니까.

- 궁금?

- 오늘 일어난 일이요.

- 그 일……. 궁금하긴 궁금하죠……. 상자 안에 뭐가 들었는지……. 그리고 왜 그다음에 아주머니가…….

– 그동안의 일을 차례대로 말해 보세요.

– 어라? 수첩은 왜 꺼내요? 뭘 적으려고? 취조 안 한다더니.

– 혹시 다른 정황이 있을까 봐 그러니까 걱정하지 말고 이야기해 보세요. 일단 본인 신상명세부터 말해 주시죠.

– 제 이름은 정광진입니다. 직업은 작은 가게 하나 하고 있습니다. 나이는 마흔이고⋯⋯

– 혼자 사시고요.

– 그게 문제가 됩니까?

– 아닙니다. 혼자 사는 게 뭐 어떻습니까? 저도 혼자 삽니다. 평화빌라 1층에 사시죠? 세입자고요. 일 년째 거주하고 계시죠?

– 세입자인 게 문제 됩니까?

– 문제될 것 없으니 걱정 마세요. 정광진 씨 2층에는 역시 세 들어 사는 부부가 있죠. 박경준, 최민영 부부는 6개월 전에 이사 왔고 여섯 살 먹은 딸아이가 있습니다.

– 그래요, 맞습니다. 그 딸 말인데요⋯⋯.

– 따님 이야기는 나중에 하고, 위층 사는 부부와는 얼마나 가까웠습니까?

- 인사만 하는 사이죠. 요즘 이웃이라고 해서 뭐 특별할 거 있습니까. 동네 오가다가 우연히 마주치면 인사하는 정도였습니다. 그런데 한 달 전부터 이상한 일이 있었어요.

- 7주 전쯤부터죠. 정확히는 46일 전부터요.

- 그렇게 오래된 줄은 몰랐는데……. 아무튼 그 집이 수상했어요. 위층 부부가 출퇴근을 안 하고 집에만 있는 것 같았어요. 하지만 집 밖으로는 안 나오더군요. 처음엔 저도 눈치를 못 채다가 몸이 아파서 하루 집에서 쉬었을 때 알았죠. 부부가 종일 집에 있는 것 같더라고요. 평일 오후에 위층으로 택배가 왔는데 받는 사람이 있었습니다.

- 부부 말고 다른 남자들도 있었죠?

- 그때는 그 남자들이 뭐 하는 사람인 줄 몰랐죠. 남편 친구들인가 했는데 아니고, 체격도 좋고 인상도 험하고 그래서……. 죄송합니다.

- 인상이 험하다는 게 나쁜 뜻으로 하는 말 아닌 건 잘 압니다.

- 그다음엔 동네에 부부와 관련된 이상한 소문이 돌기 시작했죠.

- 어떤 소문이었는지, 자세히 말씀해 주시겠어요?

- 부부 집에 이상한 사람이 있는 것 같다, 친척이나 친구는 아니고, 사채업자인가 싶은데 그것도 아닌 것 같다. 경찰이 드나든다는 이야기도 있었습니다. 동네 사람들이 신경이 날카로워져서 소문이 많았습니다. 뉴스에서 연쇄 살인범 이야기도 나오고 하니까 그랬죠. 저번 뉴스에 나온 연쇄 살인범 이야기 봤습니까? 아, 경찰이니까 잘 아시겠군요.

- 그리고 광진 씨는 위층 부부와 함께 머무는 그 남자들을 만났죠.

- 평화 빌라는 세대는 둘이지만 우편함은 우리 집 대문 옆에 있는 것 하나뿐입니다. 우리 집하고 윗집 우편물이 같이 놓이죠. 그래서 우편함에서 우편물을 꺼내서 내 것은 가져오고 위층 집 것은 직접 가져다주거나 집 앞에 놓고 오거나 그랬죠. 그런데 우편함을 뒤져서 윗집 편지를 가져가는 낯선 남자를 봤죠. 저녁이었는데 낯선 남자가 우편함을 뒤지고 있어서 깜짝 놀랐어요. 누구냐고 물었더니 알 것 없다고 퉁명스럽게 대답하고 위층으로 올라가더라고요. 당연히 기분이 안 좋았습니다. 왜 부부의 집에 낯선 남자가 있을까, 왜 우편물까지 뒤져서 가져갈까, 뭐 하는 사람일까, 그런 생각을 했죠.

- 그때 그 남자가 광진 씨에게 그냥 '알 것 없다'고만 했나요?

- '남의 일에 참견하지 말라'고 했어요. 그게 중요합니까?

- 그렇진 않습니다. 설명 계속하세요.

- 이상하다고 생각하던 차에, 2주 정도 지나서 윗집 주소로 노 씬시가 왔습니다. 크레파스로 겉면에 '엄마에게'라고 써진 편지가 우편함에 있었습니다. 어린아이의 글씨였어요. 아이가 보낸 편지인가? 하지만 엄마에게 편지를 왜 보내지? 학교 숙제일까? 어쨌든 중요한 편지 같아 위층 집으로 가지고 갔습니다. 그리고 위층 부부가 어떻게 지내는지 궁금하기도 했습니다. 정말 집에 있는지, 있으면 왜 밖으로는 안 나오는지, 그 남자들은 누군지 만나서 묻고 싶기도 했습니다. 위층으로 향하는 계단을 오르는데 계단이 지저분하더군요. 평소 부지런히 청소를 하곤 했던 부부의 깔끔한 성격을 생각해 보면 이상했죠.

- 상세하게 보셨군요.

- 궁금했으니까요. 초인종을 눌렀더니 낯선 남자가 문을 열더라고요. 저번에 본 남자를 포함해서 낯선 남자가 두 명이 더 있었습니다. 부부는 안 보였어요. 편지를 주려고 왔다

고 하니 아무 말 없이 받았고, 받고 나서는 화난 표정이 되더군요. 옆의 남자에게 당장 어딘가에 연락하라고 말하면서 문을 닫으려고 했죠. 내가 무슨 일이냐고 물었더니 알 것 없다고 말했고, 편지는 알아서 받을 테니까 자꾸 위층으로 가져다주지 말라고 했죠. 제가 마지막으로 부부는 어디 있냐고 물었더니 대답 않고 문을 닫았습니다.

 - 집에 머문 남자는 전부 네 명이었습니다. 세 명까지 보셨군요.

 - 그 일이 있고 일주일쯤 지나서 위층 집 부부와 마주쳤습니다. 집 앞으로 사람들이 다가오는 소리가 들려서 창밖을 내다보니 남편이 부인을 부축해서 걸어오고 있었죠. 그리고 둘 다 얼굴이 너무 안 좋아 보였습니다. 무슨 일이 있나 싶어 안부라도 물어보려고 나가봤는데 그 남자들이 뒤에 있더군요. 남자들의 험상궂은 표정에 말도 걸지 못하고 괜히 부부 뒷모습만 보다가 다시 들어왔습니다. 상당히 혼란스러운 기분이었습니다. 그때쯤 그들에 대한 소문은 동네에서 점점 커졌습니다. 부부의 딸아이가 보이지 않는다는 소문도 돌았고, 밥집 직원이 음식 배달하러 가서 봤는데 수상한 남자들이 밤늦게까지 머문다더라, 그 집뿐 아니라 동네 전체에

역시 수상한 사람들이 돌아다닌다, 그래서 경찰들이 긴장하고 있다더라 등등 말이 많았습니다. 머리를 복잡하게 만드는 소문들이죠. 남의 일에 신경 쓰지 말라는 남자들은 뭘까, 그 편지는 뭐고 부부는 집에서 뭘 하는 걸까, 아이는 정말 집에 없을까, 그러면 왜 부부가 밖에도 나오지 않는 걸까, 얼굴은 왜 안 좋을까.

– 그리고 어떻게 됐죠?

– 부부를 직접 만나보고 싶은 마음에 전화를 해봤습니다. 전화도 이상한 남자들이 받더군요. 왜 걸었냐고 묻기에, 아랫집 사람인데 내가 전달한 편지를 부부가 제대로 받았는지 신경 쓰여서 걸었다고 말했습니다. 그리고 잘 전달했으니 더 이상 관여하지 말라는 대답을 들었어요.

– 그리고 또 편지가 왔죠?

– 네.

– 그게 언제였습니까?

– 열흘 전입니다. 가게 문을 열려고 집을 나오는데 집배원이 와서 우편함에 편지를 넣더군요.

– 그 편지를 광진 씨가 가져가셨죠?

– 네. 집배원이 사라지자마자 우편함으로 달려가서 전부

움켜쥐고 가게로 달려왔죠. 아니나 다를까 그중에는 윗집으로 온 우편물이 있었습니다. 이번에는 봉투 안에 편지 말고도 작고 가벼운 종이 상자가 들어 있는 것 같았어요. 역시 봉투에는 '엄마에게'라고 크레파스로 적혀 있었죠. 이번에는 부부에게 직접 전해 주어야겠다고 마음먹었습니다.

－ 정황이 이상하게 느껴졌다면, 왜 경찰에게 신고하거나 물어볼 생각은 안 하셨습니까?

－ 경찰보다는 위층 부부에게 직접 묻고 싶었거든요. 그 남자들이 편지를 가로채는 걸 부부가 알고 있는지부터 확인하고 싶었고요. 그래서 그랬습니다. 소포를 뜯어보지는 않았습니다. 저는 그런 짓 할 사람은 아니에요.

－ 네, 그 점은 잘 알고 있습니다.

－ 부부를 직접 만나려면 남자들이 없을 때 윗집에 가야 할 텐데 그게 어려웠죠. 그래서 남자들이 집을 비우는 때가 있는지 알아보려고 계단이 보이는 창문 옆에서 기다렸습니다. 빨리 소포를 전해야 할 텐데, 그런 생각을 하면서요. 너무 늦어지면 안 좋을 것도 같고 차라리 남자들에게 그냥 넘길까, 하지만 남자들은 제대로 전하지 않을 게 분명한데……. 지금 생각해보니 내가 왜 그렇게까지 의심했는지 이

유를 모르겠습니다. 하지만 그때는 그냥 당연하게만 생각됐어요. 그러다…….

- 오늘 오후에 그 일이 벌어졌군요.

- 네, 윗집이 이상했어요. 뛰어다니는 소리와 시끄러운 말소리가 같이 들렸죠. 한동안 시끌벅적한 후에 남자들이 계단을 급히 날려 내려가더군요. '서둘러'라는 말도 들렸고 '잡았다'는 말도 들렸어요. 왜 서두르라는 걸까, 뭘 잡았다는 걸까? 멍하니 위층에서 들리는 소리를 듣다가 깨달았죠. 지금이 부부에게 소포를 전달할 기회라는 걸요. 서둘러 계단을 올라가 문을 두들겼습니다.

- 문은 누가 열어줬습니까?

- 열려 있었습니다. 나갔던 남자들이 다시 돌아온 줄 안 모양이었는지 아주머니가 '열려 있어요'하고 대답했어요. 제가 들어가자 놀라서 인사를 하더군요. 무슨 일로 왔냐고 묻고요. 아주머니의 얼굴이 정말 좋지 않았습니다. 그래서 저번에 온 편지를 받았냐고 물었더니 어떤 편지를 말하는 거냐고 되물었습니다. 저는 소포를 건네면서 말했죠. 여기 사주 오는 남자들이 우편함을 뒤져서 우편물을 가져가더라, 중간에서 빼돌리는 것 같았다, 내가 준 편지도 전달 안 했

다, 그래서 며칠 전 온 이 소포를 따로 빼놨다, 직접 전달해 주려고 왔다고 말했습니다. 그리고 방에서 남편이 나왔습니다. 아저씨는 제게 무슨 소포냐고 묻고 부부는 한동안 근심스러운 표정으로 소포를 살펴보다가 봉투를 뜯었습니다. 안에는 편지 한 통과 작은 선물 상자가 있었습니다. 번들거리는 광택이 있는 흰색 종이 상자였죠. 아주머니가 먼저 편지를 읽었죠. 그리고 그대로…….

– 기절했습니다.

– 네, 기절했어요. 바닥에 쿵 쓰러졌죠. 그다음에 아저씨는 아주머니의 편지를 손에서 빼앗아 읽더니 얼굴이 하얗게 질리더군요. 아내가 쓰러졌는데도 손을 쓰지 않고는 선물 상자를 열었습니다. 그리고 그대로 상자를 끌어안고 통곡하더라고요. 한 사람은 울고 다른 사람은 기절해 있고……. 저는 놀라서 뭘 어쩌지도 못하고 그 자리에 서 있었습니다.

– 그리고 잠시 후에 남자들이 돌아왔죠.

– 네, 그들이 경찰이라는 건 정말 몰랐어요. 그들은 기절한 아주머니와 통곡하는 아저씨, 그리고 소포를 보고는 저를 이곳으로 끌고 왔죠.

– 네. 그랬습니다.

- 제가 할 이야기는 다 했으니 이제 무슨 일인지 설명해주세요.

- ······.

- 제가 오늘 무슨 일을 겪은 건지 말 안 해주실 겁니까? 윗집 부부에게 무슨 일이 일어난 거죠? 상자에는 뭐가 들었고 편지 내용은 또 뭡니까?

- 알려 드릴게요. 대충 짐작할 만도 한데, 처음에 잠깐 이야기했던 그 연쇄 살인범 말입니다.

- 뉴스에 나온 그 연쇄 살인범이오? 자신을 잡아보라면서 경찰에게 살인 예고 편지를 보낸다는 그······.

- 맞습니다. 그 범인이 이 근방에 출몰한다는 소문은 못 들으셨습니까?

- 물론 들었죠.

- 소문은 대부분 사실입니다. 연쇄 살인범이 지역에서 활동한 것도 맞고 피해자가 지역 주민인 것도 맞습니다.

- 정말입니까? 연쇄 살인범이 이 근방에 있었다고요?

- 사건의 중요성 때문에 공개수사하지는 않았지만 곧 결과가 언론에 발표될 겁니다. 범인은 오늘 새벽에 잠복수사 중이던 경찰에게 잡혔으니까요.

― 범인이 잡혔다니 다행입니다. 그러면 어쨌든 저를 연쇄 살인범이라고 생각한 건 아니군요?

― 네, 광진 씨는 증인입니다. 사건의 진상을 미리 말 못해서 죄송합니다만 비밀로 수사를 진행해서 밝힐 수 없었습니다. 위층에 머물던 남자들이 경찰인 건 이제 잘 아시겠죠. 처음 우편물을 가져갔을 때 저를 봤고, 나머지 두 명도 봤고 한 명은 못 보셨고요. 우리는 수사 때문에 집에서 머물고 있었습니다.

― 위층 부부가 피해자입니까?

― 맞습니다. 실은 그 집 딸아이가 연쇄 살인범에게 납치됐습니다. 그래서 그동안 경찰이 집에 머물렀고 부부는 집에 머물면서 수사에 협조를 했습니다.

― 딸이요? 그럴 수가, 딸이 납치됐다고요? 세상에, 그런 일이. 아이는 어떻게 됐습니까?

― 범인은 지금까지 알려진 것 중 가장 끔찍한 살인마입니다. 여섯 명을 잔혹하게 죽였고, 자신의 죄를 시인하는 편지를 경찰에게 보냈을 뿐만 아니라 피해자의 가족과 친구들에게도 편지를 보냈죠. 그렇습니다, 저희가 부부와 함께 집에서 머문 이유가 그것입니다. 연쇄 살인범이 편지를 보냈기 때

문입니다. 저희가 우편함을 뒤져서 우편물을 가져갔던 건 바로 그 때문입니다.

- 편지를 보낸다고요? 경찰에게는 그렇다고 해도 왜 범인이 가족에게 편지를 보낸 겁니까?

- 범인은 사람을 괴롭혀 죽이면서 성적으로 쾌감을 얻는 극단적인 성도착자입니다. 피해자를 살해한 다음에는 피해자 가족과 친구들을 괴롭혀서 또 쾌감을 얻었죠. 자신이 피해자를 어떻게 죽였는지 설명해서 충격을 주는 방법으로 말입니다.

- ......

- 그래서 저희 경찰은 편지가 피해자 가족에게 입수되지 않도록 전화와 우편물을 중간에서 검열하고 있었습니다. 편지는 우체국의 협조 아래 우편 집중국에서 미리 골라냈는데, 범인이 이 점을 눈치 챘는지 피해자 가족에게 편지가 직접 전달되도록 다양한 방법을 쓰더군요. 그래서 간혹 우편함으로 편지가 도착하기도 했습니다. 때문에, 광진 씨에게 편지를 가져가지 말라고 했던 것인데, 광신 씨는 그 말을 듣지 않았죠.

- 그러면......

─ 광진 씨는 범인이 보낸 편지를 부부에게 전달한 겁니다. 광진 씨가 전달한 편지에는 범인이 부부의 딸을 어떻게 죽였는지를 상세하게 묘사되어 있습니다. 제가 들고 있는 이 서류에 자세한 내용이 기록되어 있습니다. 그래서 부부가 편지를 읽고 혼절한 것이고요. 읽어 보시겠습니까?

─ 상자 안에 뭐가 들어 있는지도 궁금하십니까? 아이의 머리핀과 머리카락 한 줌이 들어 있었습니다. 자신이 아이를 납치해서 죽였음을 확실히 알리기 위해 물증을 보낸 겁니다. 아이의 아버지는 지금 실어증 상태이고 부인은 아직 의식을 되찾지 못하고 있습니다.

광진 씨, 부부가 그렇게 걱정되었다면 개인적인 의심으로 행동하지 마시고 경찰에 신고하지 그러셨어요. 도대체 왜 그러셨습니까? 아이가 죽은 것은 유감이고 부부의 고통은 말로 표현할 길이 없겠지만, 광진 씨가 편지를 전달하지만 않았으면 알고 싶지 않은 끔찍한 사실까지 알게 되어 더욱 고통받는 일은 없었을 겁니다. 제가 마지막으로 드리고 싶은 말은 이겁니다. 제가 처음 광진 씨와 마주쳤을 때 한 말이죠.

광진 씨, 참견하지 말아야 할 일에는 제발 참견하지 마세요.

친구의 상자

"세상에서 돈이 제일 무섭지."

김성진은 중얼거렸다. 그는 계속해서 울리는 핸드폰을 아예 꺼 버린 다음 주머니에 넣었다. 빚 독촉 전화가 사방에서 걸려오고 있었으나, 갚을 돈은커녕 당장 쌀을 살 돈도 없었다.

"돈이 이렇게 무서운 건지 나도 몰랐어."

혼잡한 지하철 안에서 그는 중얼거렸다. 혼자 중얼거리는 이상한 사람으로 보이는 줄 알면서도 입을 다물 수 없었다. 삶이 밑바닥으로 떨어지고 있으니 감정도 행동도 통제가 되지 않았다.

'당장 돈이 필요한데.'

그는 머릿속으로 정신없이 숫자를 계산하고 있었다. 1억만 있으면, 아니지 그만큼은 바라지도 않아. 5천만 원만 있으면 4개월은 버틸 수 있다. 몇 달만 기다려도 사업이 확실히 좋아질 텐데 그 기간조차 버티기 어렵다니. 이렇게 주저앉는 건가, 생각하면 온몸이 덜덜 떨렸다. 회사가 부도 나면 아내와 자식은 어쩐단 말인가. 당장 길바닥에 내앉게 생겼는데 해결할 방법이 정말 없단 말인가.

"로또 번호 발표했어? 토요일에 하는 건가? 나는 몰랐지."

옆 좌석에 앉은 남자의 팔꿈치가 그와 부딪혔다. 검은색 양복을 입은 키 큰 남자가 술에 취해서는, 한 손으로 핸드폰을 들고 다른 손을 안주머니에 넣었다 다시 바지 주머니에 넣었다 하며 정신 사납게 움직이고 있었다. 지하철에 사람이 많아서 다들 좁게 몸을 움츠리고 있는데 남자는 눈치 없이 몸을 비틀었고, 부딪힌 다음에도 사과하지 않았다.

"번호 불러 봐……. 잠깐만, 나 종이 꺼내고 나서……. 글쎄, 기다려 봐. 성질 급하기는……."

남자는 주머니에서 구겨진 로또 영수증을 꺼냈다.

"찾았어, 불러 봐……. 2……. 2는 없어……. 3……. 맞았어.

15……. 그것도 있어……. 17도 있어……. 24, 42……. 맞았어. 다섯 개 맞았네? 다섯 개 맞으면 얼마야? 보너스 번호 남았다고? 보너스는 또 뭐야? 칠? 숫자 일곱? 칠? 그것도 맞았는데? 그러면 얼마야?"

지금 이 남자가 뭐라고 한 거지? 성진은 온몸에 소름이 돋았다. 남자가 들고 있는 로또 용지를 훔쳐보니, 술에 어지간히 취한 남자의 손이 계속 흔들리고 있어서 보기에 힘들었지만 번호는 확실했다. 그도 지난 주에 로또를 샀기 때문에 당첨 번호를 대충 알고 있었다. 남자는 숫자 다섯 개와 보너스 번호가 맞은 로또 용지를 갖고 있었다.

'정말 2등이잖아.'

"보너스 번호 맞으면 2등이죠? 총각, 2등 된 거예요?"

성진만 남자의 말을 듣고 있는 것이 아니었는지, 건너편 옆에 앉은 아주머니가 호들갑스럽게 말했다. 벌건 얼굴의 남자는 꼬부라진 혀로 되물었다.

"2등이면 얼마예요?"

"뭐가 2등이면 얼마라는 거요?"

맞은편에 앉은 아저씨가 큰 목소리로 물었다. 이제는 주변 사람들 시선까지 모두 집중되기 시작했다.

"이번 주는 7천 2백만 원이래요."

옆에 서 있던 학생이 핸드폰으로 검색해보더니 대답했다.

"와, 나 오늘 7천만 원 벌었네. 야, 나 7천만 원 당첨됐대……. 어, 꺼졌네. 전화 왜 끊겼지? 이 자식 장난친 거 아닌가? 당첨 번호 진짜 맞는 거야?"

남자가 중얼거렸고, 성진은 남자에게 말을 걸었다.

"저도 어제 로또 맞춰봐서 당첨 번호를 기억하고 있는데 확인해드릴까요? 종이 자세히 보여주세요."

그리고 술 취해서 떨리는 남자 손을 붙잡고 번호를 하나하나 짚었다.

"다섯 개 맞고 보너스 번호도 맞았습니다. 2등이에요. 축하합니다."

"2등이면 뭐예요?"

남자는 여전히 취해서 횡설수설이었다.

"뭐긴 뭐야, 2등이라니까."

건너편의 아저씨가 말하자, 남자는 또 되물었다.

"2등이면 얼마예요?"

취해서 제정신이 아니구나. 답답한 일이었다. 얼마나 큰 행운을 얻은 줄도 모르고 취해서 헛소리나 하고 있다니. 그는 남자가 든 로또 종이를 힐끗 보며 생각했다. 나에게 7천만 원이 있다면 얼마나 좋을까? 급한 빚도 갚을 수 있고 정말 유용하게 쓸 텐데……. 지금 우리 집은 사는 게 사는 게 아닌데…….

"이봐, 청년 악수 한번 합시다. 좋은 기운 좀 나눠갑시다. 이 손으로 찍어서 2등이 됐다 이거죠?"

맞은편에 앉아 있던 아저씨가 남자에게 악수를 청했고 남자는 뭐가 뭔지도 모르고 악수를 받아 주더니 히죽히죽 웃었다. 술 취한 남자의 당첨 소식은 좁은 지하철 안을 빠르게 펴져 나갔다. 저도 악수나 한번 해요, 나도 가면서 복권 사야겠다, 당첨됐다니 얼마나 좋을까, 이런 말들로 지하철이 시끄러운 동안, 악수를 청한 아저씨가 남자에게 다가가 나지막하게 속삭였다.

"여기서 빨리 내려요. 누가 나쁜 마음먹고 귀찮게 하면 어쩌려고 그래. 로또 되면 조폭한테 전화 오고 그런다는데, 당분간은 몸조심해. 친척이나 친구들 연락도 받지 말고 잠수타요. 여기서 내려서 바로 택시 타고 집으로 가."

"그러면 택시비 들잖아요."

"지금 로또가 됐는데 택시비가 문제야?"

남자와 아저씨가 옥신각신하는 동안, 그는 일어나 출입문 앞에 섰다. 이번 역에서 내려서 다른 지하철로 갈아타야 한다. 그리고 집으로 돌아가 돈 문제와 마주해야 할 것이다. 문 앞에 서 있는 동안, 그는 남자와 악수라도 하고 내려야 할까 고민했다. 정말 운이 좋아져서 다음 주에는 그도 남자처럼 로또가 될지도 모를 일이다.

'내가 됐다면 정말 좋을 텐데.'

속이 타는 것 같았다. 나처럼 절실하게 돈이 필요한 사람이 없는데…… 가족이 다 죽느냐 사느냐 하는 판이니…… 지하철 문이 열리고 성진이 내리려는데, 술 취한 남자가 그를 앞질러서 내렸다. 아저씨의 충고를 받아들인 모양이었다.

"여러분 모두 행운을 빕니다!"

남자는 지하철 안에 있는 사람들에게 여유 있게 손까지 흔들고는, 비틀비틀 불안한 걸음으로 계단을 올랐다.

그러려고 한 건 아닌데 가는 방향이 같아서 성진은 남자의 뒤를 따라가게 되었다.

'뺏을까.'

남자의 뒷모습을 보다가 문득 이런 생각이 들었다.

'7천만 원은 우리 가족에게 더 필요한 돈이야.'

남자를 따라가서 로또를 빼앗고 도망쳐 볼까. 술에 취해서 무방비 상태이니 어렵지 않을 것 같았다. 남자는 자기가 무슨 일을 당했는지도 모를 것이다. 술에 저 정도로 취했으면 지하철에서의 일은 꿈을 꿨다고 생각할 수도 있다.

그는 자신도 모르게 계속 남자를 따라가고 있었다. 이대로 밖으로 나가면 남자에게서 종이를 빼앗을 적당한 장소를 찾을 수 있을까? 빨리 결심하자, 언제 실행에 옮길까?

"왜 자꾸 따라와요?"

남자가 갑자기 홱 돌아서서 그에게 물었다. 두 사람은 지상으로 향하는 계단을 오르고 있었고, 위에 올라 있는 남자는 그를 내려다보았다.

이상하게도, 남자는 술 취한 얼굴도 아니고 혀 꼬부라진 목소리도 아니었다.

"깜짝이야, 숨 넘어갈 뻔했네……."

그는 숨을 몰아쉬면서 가슴을 쓸어내렸다. 남자는 말했다.

"괜히 놀라는 척하지 말고 대답하시죠. 혹시 로또 뺏으려고 따라오는 겁니까?"

"누가 뺏긴 뭘 뺏는다고 그러세요……."

"아니면 왜 따라와요?"

"저도 이쪽으로 나가는 길이라서……."

"이쪽 출구는 공사 중이라서 막혀 있습니다만."

남자가 출구 벽에 붙은 안내 표시를 가리켰다. 벽에 '공사 중' 팻말이 있고, 출구 위쪽은 바리케이드로 막혀 있었다. 에스컬레이터도 정지해서 멈춤 표지판으로 막아 놓은 상태였다. 남자를 따라가느다 표지판도 못 봤다니 횡당했다. 이렇게 못 봤을 수가 있지?

남자는 재차 물었다.

"대답해요, 내 로또 뺏으러 따라오는 거냐고 묻잖습니까."

"……네. 그리고 놀란 척하는 게 아니라 진짜 놀랐어요. 뺏으려고 한 거 정말 죄송합니다. 죽을죄를 지었습니다. 이런 상황에 염치없지만, 제가 급해서 그러는데, 혹시 조금이라도 돈을 빌릴 수 있을까요? 제가 정말 사는 게 사는 게 아니라서 이렇게 모르는 사람에게 실례를 무릅쓰고 부탁하는 겁니다."

"이 로또 갖고 싶으세요?"

"네?"

"돈 갖고 싶으냐고요."

"무슨 말인지……."

그는 남자의 말에 놀라 되물었다. 검은 옷을 입은 남자가 몸을 움직여 계단 한 칸 위로 올라가자 그림자에 가려 남자의 얼굴이 보이지 않았다.

계단에는 그들뿐이었다.

그는 말했다.

"누구나 소원 한두 가지씩은 있죠, 그렇죠?"

남자가 주머니에서 뭔가를 꺼내 그의 앞에 던졌다. 계단에 떨어진 물건은 작고 흰 선물 상자였다. 성진이 주워서 상자를 열어보니 안은 비어 있었다.

"내가 하라는 대로 하면 이 로또 영수증을 드리겠습니다."

성진은 남자를 올려다보았는데, 남자의 표정이 보이지 않는 데다가 그림자에 반쯤 몸을 걸치고 있으니 점점 두렵게 느껴졌다. 검은 양복을 입은 남자가 말했다.

"하지만 소원을 이루려면 그만큼의 대가를 치르셔야 합니다."

"도대체 무슨 말을 하시는지……."

"상자에 다른 사람이 신은 양말 한 짝을 받아서 넣어오세요. 그러면 이 로또를 드리죠. 당신에게 7천만 원을 드리겠습니다."

"네?"

"돈 받기 싫으세요?"

여전히 얼굴이 보이지 않는 남자는, 마치 아이에게 말하듯이 또박또박 단어에 힘을 주어 성진에게 말했다.

"내가 방금 건넨 그 상자에, 다른 사람이 신고 있는 양말 한 짝을 받아서 넣어오세요. 그러면 로또를 드린다고요."

그 말을 한동안 곱씹고 나서야 그는 남사의 말을 이해했다.

"도대체 냄새나는 남의 양말을 왜요?"

"하기 싫으면 안 하셔도 됩니다."

남자가 손에 들고 있던 로또를 주머니에 넣자, 성진은 혹시 남자의 마음이 바뀌는가 싶어 마음이 급해져서 되물었다.

"왜 그런 제안을 하는지 이유만이라도 알면 안 될까요?"

"내가 왜 이유를 말해야 하는지 그 이유를 한번 말해 보시죠."

남자의 건방진 말이 이해가 갔다. 이 사람은 나를 가지고 게임을 하려는 것이다. 다른 사람을 황당한 상황으로 몰아넣는 게임을 해 보고 싶은 모양이다. 단지 재미 삼아서. 게임으로. 그러니 이유 같은 건 필요 없었다. 그런데 하라는 대로 하면 돈을 주기는 줄까?

"그런데 당신이 돈을 줄지 안 줄지 내가 어떻게 믿어요?"

"서로 감시합시다. 당신이 양말을 제대로 가져오는지 내가 감시하는 동안, 당신은 내가 도망가지는 않는지 감시하면 되잖아요. 페어플레이하는지 서로 지켜보자고요."

남자의 설명을 듣고, 그는 작고 흰 선물 상자를 내려다보며 만지작거렸다. 다른 사람이 신고 있는 양말을 받을 방법을 생각하자니 기가 막히기도 하고 도저히 방법이 없을 것 같기도 했다. 그는 남자에게 말했다.

"그냥 내 양말을 벗어서 드리면 안 됩니까?"

"시간은 다음 지하철이 도착할 때까지입니다. 행운을 빕니다."

남자는 계단을 내려오더니, 그를 돌아보지도 않고 지나쳐 승강장으로 향했다. 그도 허둥지둥 남자의 뒤를 따라 승강장으로 내려갔다. 지하철 운행 상황 모니터를 보니 열차가 전전 역에 도착해 있었다. 10분도 채 남지 않은 시간이었다. 그는 자신을 지켜보고 있는 검은 옷을 입은 그 남자를 돌아보았다.

'뭐가 뭔지 모르겠지만 기왕 이렇게 된 거 정신 똑바로 차리고 해보자. 10분 안에 양말을 받아내면 7천만 원이야. 그 돈만 있으면…….'

그는 결심한 듯, 상자를 꽉 쥐었다.

승강장에서 처음 마주친 사람은 여자였다. 핸드백을 어깨에 건 긴 머리의 여자인데, 퇴근 중인 회사원 같았다. 그가 다가가 양말을 벗어 달라고 하려는 순간 다시 보니 여자는 스타킹을 신고 있었다. 여자는 그가 쳐다보자 힐끗 돌아보더니 왜 쳐다보는 거지, 하는 표정이었다. 그는 여자에게서 등을 돌려 다른 사람을 찾아 움직였다.

두 번째 사람은 할아버지였다.

"저기요, 어르신."

"왜?"

할아버지는 읽고 있던 신문을 접어서 내려 놓았다.

"저 제가, 양말이 필요해서 그러는데 양말 한 짝만 벗어 주세요."

"뭘 줘?"

입 밖으로 꺼내자니 민망하기 짝이 없는 부탁이었는데, 할아버지가 말을 못 알아듣는 통에 그는 같은 말을 세 번이나 반복해서 나중에는 그게 소리까지 질러야 했다. 양, 말, 좀, 벗, 어, 주, 세, 요.

"이런 미친놈을 봤나. 도대체 무슨 사정인데 남이 신던 양말을 벗어 달라고 그래?"

난들 아나. 그는 그렇게 소리치고 싶은 기분이었다.

"저는 나쁜 사람이 아니고요…… 꼭 필요한데, 지금 급해서……."

"저리 가, 젊은 놈이…… 미친놈……."

할아버지에게 등을 돌리는데, 욕을 해대는 할아버지에게 화가 난다기보다는 스스로에게 후회가 들었다. 첫 마디를 잘못 꺼냈나 싶었기 때문이었다. 양말을 벗어 달라는 말은 어떻게 하든 불편하니, 할아버지의 마음을 편하게 할 말을 몇 개 꺼내 거리를 좁힌 다음 부탁을 해야 했다. 하지만 시간이 얼마 없으니 길게 대화하기는 어렵다.

'이런 고민을 할 시간도 없지.'

그는 생각하고 다음 사람을 찾아 고개를 돌리다가, 그를 지켜보고 있던 검은 양복을 입은 남자와 눈이 마주쳤다. 남자는 그에게 로또 종이를 흔들어 보였고, 그다음 자신이 차고 있던 손목시계를 가리켰다. 시간이 얼마 남지 않았다는 뜻의 몸짓이었다.

'7천만 원이 눈앞에 있다. 침착하자. 천천히 생각해 보면 방법이 떠오를 거야.'

문득, 양말을 가져오라고 했지 다른 제한은 없었다는 사실을 떠올렸다. 어떻게든 양말을 구해서 건네주기만 하면 되는 것이다. 그렇다면 사람들에게 무작정 벗어 달라고 할 것이 아니라, 양말을 돈 주고 사겠다고 하면 되지 않을까? 황급히 지갑을 열어보니 그의 지갑에는 500원짜리 동전 한 개, 그리고 만 원 권 지폐 한 장이 있었다. 카드와 은행 계좌가 다 막혀 있는 그에게는 전 재산과 다름없는 돈이었다.

'만 원이 문제가 아니야. 로또가 당첨되면 택시비가 문제가 아니듯이, 7천만 원을 빌릴 수 있으면 만 원이 문제가 아니지.'

이 돈으로 누구에게서 양말을 살 수 있을까, 그는 문득 지하철역을 오가며 보았던 노숙자가 생각났다. 출구에 엎드려 구걸하던 노숙자에게 돈을 주고 양말을 사면 될 것이다.

'노숙자가 만 원을 거절할 리 없어.'

그는 정신없이 달려서 계단을 오르고 개찰구를 나와 출구로 향했고, 그곳에 엎드려 있는 노숙자를 발견했다. 그는 황급히 말을 걸었다.

"이봐요, 내가 급해서 그러는데, 양말 벗어 줄 수 있습니까?"

엎드린 채로 손을 벌리고 있던 노숙자는 고개를 들었다.

그의 앞에 놓인 종이 상자에는 동전 몇 개만 있었다.

"내가 급해서 그래요. 양말 좀 주세요. 내가 만 원 줄 테니까, 양말 한 짝만 벗어 줘요. 부탁입니다. 내가 너무 급해서 그래요."

그가 말을 마치자 노숙자는 이런 미친놈을 봤나, 라는 표정을 지었다.

"왜요, 돈이 적어요? 만 원이면 충분하잖아요. 아니면 무슨 말인지 모르겠어요? 양말을 주면 된다니까, 지금 신고 있는 양말 한 짝만 벗어 주면 돼요."

노숙자는 상체를 일으켜 허리를 펴더니 손으로 다리를 가리켰다. 그의 다리는 양쪽 다 발목 아래가 없고 남는 바지 끝을 비닐봉지처럼 끈으로 묶어 놓은 모양새였다. 발이 없어서 구걸하는 노숙자였다니……. 지금까지 자주 오가면서 봤으면서도 왜 그걸 몰랐지. 그가 허탈해져서 계단을 내려가는데 뒤에서 욕설이 들렸다.

"씨발 새끼."

노숙자가 내뱉은 욕설이었다.

'저 새끼가…….'

엎드려 있는 노숙자를 한동안 노려보던 성진은, 다시 다가

가 주머니에서 500원을 꺼내 상자에 넣고, 바닥에 침을 한 번 뱉은 후 그곳을 떠났다.

승강장으로 달려 내려와 지하철 상황 안내 전광판을 보니, 다음 열차가 전 역에 들어서고 있었다. 이제는 정말 시간이 없다. 그는 이마의 땀을 훔치며 이리 뛰고 저리 뛰다가 근처 자판기 앞에 서 있는 젊은 남자를 보았다. 남자는 정장을 입고 있었고 분명히 양말도 신고 있었다. 그는 얼른 젊은 남자에게 다가갔다.

"저기요, 제가 양말이 필요해서 그러는데요 한 짝만 수······."

그가 서둘러 말을 하는 동안, 이상하게도 젊은 남자는 그의 말은 듣지 않고 쳐다보기만 했다. 그러더니 되물었다.

"혹시 불광 고등학교 안 나왔어요?"

남자가 묻고 나서야 성진도 남자를 알아보았다. 고등학교 동창이었다. 같은 반은 아니지만 친구의 친구였던가, 그래서 얼굴은 대충 알고 있었다. 이런 상황에서 동창생을 만나다니, 남자는 머릿속이 텅 비는 것 같았다.

성진은 대답했다.

"아뇨, 아닌데요."

"3학년 때 5반 아니었어요? 나는 6반이었는데."

"아뇨……."

"그래요? 잘못 봤나. 그런데 방금 뭐라고 했어요? 뭘 달라고 했어요?"

"아무것도 아닙니다."

그가 남자에게서 등을 돌리고 남자를 피해 황급히 걸음을 옮기려는 순간이었다. 그런데 다시 뒤에서 목소리가 들렸다.

"실례가 아니라면 어느 고등학교 나왔는지 물어봐도 될까요?"

돌아보니, 남자는 분명 아는 얼굴인데 이상하다는 듯한 표정이었다. 그 얼굴을 보고 있으니 괜히 화가 치밀어서, 성진은 말했다.

"저 고등학교 안 나왔습니다."

성진은 다른 사람을 찾아 달렸다. 계속해서 역을 뛰어다녔더니 몸에서 땀이 줄줄 흐르기 시작했다.

이번에는 여고생 셋이서 지하철을 기다리며 이야기를 하고 있기에 그들에게 다가갔다. 그의 생각에 셋 중 한 명은 그에게 양말을 벗어 주겠다고 할 만한 학생이 있을 것 같았다. 그는 땀을 뻘뻘 흘리면서, 그리고 숨이 차 말이 제대로 나오지 않았지만, 필사적으로 좋은 사람으로 보이려 노력하면서, 억지로 지은 유쾌한 표정으로 말을 걸었다.

"야, 애들아. 너희들, 아저씨가 만 원 줄 테니까 부탁 들어 줄래? 나 나쁜 사람 아니니까 걱정 안 해도 돼."

여학생 셋은 이 아저씨가 왜 이러나 하는 얼굴로 그를 올려다보았다.

"저기 서 있는 남자 있지? 저 사람이 내 친구야. 그래, 검은 양복 입은 사람. 그 사람하고 술값 내기를 했는데 다른 사람이 신고 있던 양말을 얻어오면 내가 이기거든. 그러니까……."

"저 미친놈이 저기서도 저러고 있네."

느닷없이 승강장 안에 고함이 울렸다. 신문을 읽고 있던 그 할아버지가 언제 나타났는지 그를 향해 삿대질하면서 소리를 지르고 있었다.

"냄새나는 남의 양말은 왜 자꾸 달라고 해? 정신이 이상하면 병원에 가 봐, 이 미친놈아. 이런 데서 얼쩡거리지 말고."

여고생들은 소리 지르는 할아버지를 보자, 할아버지가 무서워서인지 혹은 할아버지가 소리를 지르는 대상인 그가 무서워서인지 서로 눈빛을 주고받더니 자리를 피해 버렸다.

그는 할아버지를 노려보다가 결국 자리를 피했다.

힐끗 지하철 운행 안내 전광판을 보니, 지하철이 전 역을 출발하여 곧 도착한다는 표시가 있었다. 길어야 2분 남짓, 3분도 채 남지 않았을 것이다.

'억지로 뺏을까.'

지금까지 괜히 고분고분 부탁했나 싶었다. 조용히 양말을 주지 않으면 가만 안 두겠다고 협박을 해서라도 빼앗았어야 했을까. 어차피 검은 양복을 입은 남자의 조건에는 협박하면 안 된다는 말은 없었다.

'말을 듣지 않으면 지하철 들어올 때 뒤에서 밀어 버리겠다고 하자. 그렇게라도 해야 한다. 이제 정말 시간이 없다.'

그리고 덩치 작은 남자가 그의 시선으로 들어왔다. 퇴근 중인 회사원이었는지 정장을 입고 양말도 신고 있었다. 그리고 때마침 승강장에는 그들 이외에 다른 사람은 멀리 떨어져 있었다. 이 남자에게 부탁해 보고, 그래도 안 된다면 돈을 주겠다고 해보고, 정 안 되면 협박이라도 하자. 그는 단단히 마음먹고 말을 걸었다.

"저기요, 죄송합니다. 제가 부탁이 있는데……."

"어? 너 성진이 아니냐? 맞지? 불광고등학교 김성진 맞지? 야, 이게 얼마 만이냐."

동창이었다. 이럴 수가, 이런 상황에서 그것도 동창을 둘이

나 만나다니 어이가 없어서 말이 나오질 않았다.

게다가 그가 좋아하지 않는 동창이었다. 고등학교 3년 내내 같은 반이었지만 친구였던 적은 없었다. 공부도 못하고 다른 잘하는 것도 없으면서 또 눈치 없이 괜히 설치고 다녀서 다들 무시하고 깔보던 녀석이었다. 나중에 그의 아버지가 하는 사업이 성공해서 돈을 많이 벌어 부자가 됐고 그도 편하게 잘산다는 말을 언뜻 들었을 뿐이었다.

"어…… 상덕아, 반갑다. 너 돈 많이 벌었다는 이야기는 들었다. 신수가 훤하구나."

"돈을 내가 벌었나, 아버지가 벌었지. 나는 그냥 회사 다녀. 너는 사장님이라며? 친구들이 그러더라. 사업은 잘되나?"

"별로……."

"그래? 하기야 요즘 경제가 어렵지. 마침 잘 만났다. 나 석 달 후에 결혼하는데 결혼식 와라. 청첩장은 아직 안 나왔지만 나오면 보내 줄게. 주소 말해 봐. 아니, 주소가 아니라 전화번호 알려 줄래? 문자로 주소 알려 주면 청첩장 보낼게. 아니면 다른 친구들하고 같이 만나서 받을래? 어차피 청첩장 주려면 친구들 만나야 하니까 너도 그 자리에 와라. 그런데 너 내 친구 병철이 못 봤냐? 여기서 만나서 가기로 했거든. 병철이 알지? 우리 동창. 우리랑 같은 반은 아니었는데, 우리가 3학년 5반일 때 6반이었어, 그래도 얼굴은 몇 번 봤을 거야. 같이 술 한잔 하려고 여기서 만나기로 했어. 병철이가 요즘 힘든 일이 있어서."

"모르겠는데……."

성진은 말을 흐렸고, 상덕은 물었다.

"근데 뭐 부탁할 거 있다고 나한테 하지 않았어?"

"내가?"

"그래, 나한테 말 걸 때 부탁 있다고 하려고 그랬잖아."

"그래, 그렇지. 부탁이 있어. 내가 저기 있는 친구하고 내기를 했는데……."

"저기 검은 양복 입은 사람? 무슨 친구야? 내가 아는 사람은 아니지? 어이! 안녕하세요! 저 성진이 동창입니다! 반갑습니다!"

상덕이 검은 양복을 입은 남자에게 인사를 하기 시작해서, 성진은 얼른 말했다.

"어, 아무튼 내가 저 사람과 술값 내기를 했는데……."

"너 술 마셨어? 아닌데, 술 마신 얼굴은 아닌데. 술 냄새도 안 나는데. 술도 안 취했는데 술값 내기를 해? 너도 웃기는 자식이다. 네가 원래 좀 재미있긴 했지. 인기도 좋았잖아. 친구도 많았고. 나 같은 놈 하고는 달랐지. 근데 저 양복 입은 남자 사람 네 친구 맞아? 왜 인상을 팍 쓰고 있어?"

"그래, 그리고 내 부탁은……."

그가 부탁을 말하자, 상덕은 승강장이 떠나가도록 크게 웃었다.

"이 자식 진짜 웃기네. 살다 살다가 그런 내기는 처음 듣는다. 술값이 얼마나 나왔는데 그런 내기를 해? 좋아, 내가 벗어 줄게. 너 내 결혼식에 꼭 와라. 양말까지 벗어 줬는데 꼭 와야 한다. 하하하."

그가 미안하다고 만 원을 건넸지만, 상덕은 괜찮다고 거절했다. 그가 상덕의 양말을 받아서 상자에 넣는데 손이 덜덜 떨렸다.

'이제 살았다.'

성공했다. 게임을 따냈다. 남자와의 내기에서 이겼다. 이제 로또 영수증만 받으면 된다. 돈이 생기면 가족도 편하게 살 수 있다. 피 말리는 전화도 오지 않을 거고 집으로 찾아오는 사람도 없을 것이다. 당장 의료보험 체납한 돈을 내서 아이와 아내가 병원도 갈 수 있고, 카드 대금도 내서 생필품을 살 수 있다. 아버지나 장인어른에게 생활비 좀 보태 달라고 전화하지 않아도 된다. 긴장이 풀리자 맥이 빠지면서 잠시 현기증이 났다. 한동안 눈앞이 흐려졌다가 잠시 후에야 제대로 보였다.

그래서 그 사이 상덕이 그에게 계속 뭐라고 말을 걸었는데 제대로 듣지 못했다. 겨우 정신이 돌아왔을 때, 상덕은 그에게 이런 말을 하고 있었다.

"성진이 너 정말 잘 지내는 거냐? 얼굴이 왜 창백하냐? 건강 괜찮아?"

"나야 그냥 뭐……."

"사업 잘 안 된다고 했지? 그래서 그래? 사실 친구들한테 이야기 듣긴 들었어. 너 어려워서 고생하고 있다고. 친구들이 네 전화 많이 받았다고 그러더라. 돈 구하는 전화 말이야. 혹시 나한테도 전화 올까 했는데 나한테는 안 오던데."

"네 번호를 몰라서……."

"번호야 다른 친구들한테 물어 보면 되지. 그래서 돈은 해결했어?"

"……."

"하기야 요즘 같은 세상에 돈 빌리기 어렵지. 친구 사이에서는 더 어렵고 말이야.

"정말 어렵더라."

승강장으로 지하철이 들어오니 안전선 밖으로 물러나라는 안내 방송이 흘러나왔다. 지하철이 들어오는 소리와 함께 강한 바람이 그와 상덕 주변에 불기 시작했다. 긴장이 풀려서 그랬는지, 혹은 심정을 이해해주는 사람을 만나서 그랬는지, 아니면 정말 하고 싶었던 말인데 할 기회가 없어서 그랬는지 몰라도, 성진의 입에서 이런 말들이 튀어나왔다.

"돈이란 게 무섭더라. 정말 무섭더라. 5천만 원 정도는 빌릴 수 있을 줄 알았어. 그런데 못 빌렸어. 친구들이 전화를 안 받아. 받아도 바쁘다면서 나중에 전화하겠다면서 끊고 다시 안 받아. 부모님하고 아내 본가에서도 처음에는 도와주더니 이제는 거짓말까지 하면서 안 도와줘. 저번에는 집에 쌀이 없어서……. 먹을 게 도저히 없어서 아내가 친정에 쌀을 얻으러 갔어. 그런데 친정에 쌀이 없데. 이상하다 싶어서 집을 뒤져보니까 쌀을 장롱에 감춰놨더라나. 그렇게 주기 싫었을까? 뻔히 딸하고 손주가 굶는 거 알면서 그럴 수가 있는지. 돈이 그렇게 무서워……. 정말 사는 게 사는 게 아니야. 돈이 세상에서 제일 무섭다."

"에이, 그런 소리 마라. 사람 나고 돈 났지 돈 나고 사람 났냐."

상덕은 그의 어깨를 두드리더니 짐짓 화가 난 표정으로 변했다.

"그렇게 힘들면서 왜 나한테는 전화 안 했냐? 섭섭하다, 야. 전화한다고 내가 꼭 빌려줄 수 있는 건 아니지만, 정말로 전화 올 줄 알았는데 안 오더라. 그래도 3년 내내 같은 반이었는데."

"그래, 실은 내가 너 무시했었다. 정말 미안하다. 내가 너보다 훨씬 잘난 줄 알았는데 나는 사업도 잘 안 되고 너는 아버지가 돈 많이 벌어서 잘산다는 소리 듣고 배 아파서 전화 안 했어. 미안하다."

"미안해하지 마, 나도 뒤에서 너 흉 많이 보고 다녔어. 하하하. 그러니까 이제 쌤쌤이다? 알았지? 어, 저기 병철이 있다. 병철아! 양병철! 이리 와봐. 너 어디 있었어? 너 언제부터 여기 있었어? 그런데 왜 못 만났지? 서로 찾으러 계속 돌아다녀서 못 만났나? 너 성진이 알아? 나 성진이 만났어. 김성진 알지? 너하고 같은 반은 아니었는데, 3학년 때 우리가 5반이고 너는 6반이었잖아, 그때 나하고 같이 몇 번 만난 적 있지?

그가 방금 모른 척했던 동창의 이름이 병철이었다. 당연하게도, 성진을 보는 병철은 어이가 없는 표정이었다. 모른 척할 때는 언제고 다른 동창 옆에 서 있으니 그럴 법도 했다.

병철이 성진에게 말했다.

"양명설이라고 합니다. 불상고등학교 나온 거 맞으세요?"

"병철아, 아까는 정말 미안하다. 내가 그럴 일이 있었어. 진짜 미안하다. 사과할게."

상덕은 어리둥절한 얼굴이었다.

"이건 또 무슨 소리야? 여기서 둘이 먼저 만났어? 성진이이 자식 희한한 짓 많이 하고 다니네. 아무튼, 성진이 너 저녁 먹었냐? 이렇게 만났는데 술이나 한잔할까? 술 한잔하면서 너 돈 이야기나 해 보자."

"돈?"

무슨 말을 하는 건가 싶어 그는 상덕에게 되물었다.

"그래, 너 돈 못 빌린 것 나하고 이야기 좀 해 보자고. 내가 널 잘 알잖아. 사업 대충 하고 돈 함부로 쓰고 다닐 사람 아니라는 거 알지. 정 안 되겠으면 어디 빌릴 곳 없나 같이 고민을 해보든가. 너 나한테 돈 빌릴지도 모르는데 술 못한다고 빼면 안 된다. 그러기 없어. 그리고 저 친구분도 시간 되면 같이 가자고 해."

상덕의 말에 그는 남자를 돌아보았다. 남자는 그때까지도 그들을 지켜보고 있었다. 그리고 상덕은 상자에서 양말을 꺼내 그에게 빈 상자를 던졌다. 상자가 바닥을 굴러가는 동안에도, 검은 양복을 입은 남자의 표정에는 변화가 없었다.

"아마 같이 안 갈 거야."

성진은 상덕에게 다시 양말을 건네며, 이제 필요 없어졌으니 다시 신으라고 말했다. 지하철이 역에 멈추고 그들 앞에서 문이 열렸다. 그와 병철, 그리고 양말 한 짝을 돌려받은 상덕은 손에 양말 한 짝을 쥐고 지하철에 올라탔다. 그가 상덕에게 양말을 건네줄 때에도 그랬듯이 상덕은 구두를 벗은 다음 엉거주춤, 한 발로 서서 양말을 신었다.

"지하철 안에서 양말 신어 보기는 또 처음이네."

킬킬 웃는 상덕에게 병철은 양말을 왜 벗었냐고 캐물었다.

"설명하려면 복잡해."

상덕은 말했다. 지하철에 탄 성진은 승강장에 서 있는 검은 양복을 입은 남자를 보았다. 남자는 손에 든 로또 종이를 흔들어 보였다. 가지고 싶지 않으냐고 묻는 것 같았다.

성진은 검은 양복을 입은 남자에게 가운뎃손가락을 세워 보였다.

이윽고 지하철 문이 닫혔다. 성진이 탄 지하철은 곧 요란한 소리를 내며 승강장을 떠났다.

아내의 상자

회의를 마치고 자리로 돌아온 그는 책상 위에 놓인 택배 상자를 보고 어리둥절해졌다.

"웬 거야?"

옆자리 팀장이 묻는데, 그건 그야말로 묻고 싶은 말이었다.

"사무실로 뭐 주문한 적 없는데 이런 게 왔네요."

"혹시 양 실장 모르게 무슨 이벤트라도 당첨된 거 아니야?"

"그런 거라면 좋겠지만 발신 주소가 없어요."

갈색 택배 상자 어디에도 발신인 정보가 없었다. 상자를 뜯고 내용물을 포장한 포장지를 벗기고 나니, 안에는 흰색 선물 상자가 있었다. 귀중품을 포장하는 상자 같았다. 크기가 크지도 않고, 얼핏 보아도 좋은 질의 종이로 만들어서 겉면에 고급스러운 광택이 돌기 때문이었다. 이음새가 거의 보이지 않게 디자인된 상자여서 어느 쪽으로 열어야 하는지 알 수가 없었다. 한동안 상자를 만지작거리다가, 아주 작게 'OPEN'이라고 써진 면을 찾았고 그쪽을 잡아당겨 열었다.

뚜껑을 열어 보니 아무것도 들어 있지 않았다. 빈 상자를 보내다니, 누가 이런 걸 보냈지? 그는 사무실을 돌아다니면서 누가 자신의 책상에 택배를 가져다 놓았느냐고 물었고, 그저 택배가 사무실에 배달되었기에 그의 책상에 가져다 놓았다는 대답을 들었다.

그는 그때까지만 해도 이상한 일이라 여기지 않았다. 조금만 생각해 보면, 발신인도 없는 빈 선물 상자가 배달되는 일은 흔히 있는 일은 아니었다. 하지만 그는 일도 바쁘고 해서, 택배 상자와 포장지는 사무실 쓰레기통에 버린 다음 흰 선물 상자만 책상 한쪽에 놓고 이내 잊어 버렸다.

그는 점심시간에 팀장과 함께 밥을 먹고 회사 앞 화단에 앉아 담배를 피웠다. 그리고 아침에 지하철역에서 가져온 무가지를 펼쳐보니 숨은그림찾기와 낱말풀이, 퀴즈가 있었다. 퀴즈는 이런 내용이었다.

'한 부자가 아들에게 금고에 유산 200만 달러를 남긴다는 유언을 하고 죽었다. 아들이 금고를 열자 안에는 낡은 우표 두 장이 붙은 편지 봉투만 있었다. 봉투 안에는 부자가 젊었을 적 부인에게 보낸 연애편지가 있을 뿐 다른 것은 없었다. 과연 부자는 200만 달러의 유산을 어떻게 남겼을까?'

그는 퀴즈를 풀어 보려고 한동안 애써 보아도 답을 모르겠어 해답을 훑어보니 이러했다. 편지에 붙어 있는 우표 두 장이 유산이었다. 우표가 각각 100만 달러의 가치가 있는 희귀한 골동품이라는 것이었다.

"이걸 퀴즈라고 내다니."

어이가 없어진 그는 무가지를 버리고 회사로 돌아왔다.

평소와 다름없이 오후 일정이 흘러갔다. 그런데 퇴근 직전 갑자기 무가지의 퀴즈가 다시 떠올랐다. 퀴즈는, 사람들이 봉투 안에 무엇이 들어 있을까에 집중하고 궁금하게 해서 사실은 더 중요한 존재인 '봉투'와 '우표'를 잊게 하는 트릭을 썼다. 그는 오전에 온 택배에도 혹시 같은 트릭이 있었던 건 아닐까, 의심이 들었다. 그에게 배달된 물건은 '상자'가 아니라 상자를 감싸고 있던 '포장지'가 아닐까? 그는 얼른 분리수거함을 뒤져, 흰 상자의 포장지를 찾아 꺼내 살펴보았다.

집으로 오는 지하철에서 그는 포장지에 인쇄된 글자를 읽고 깨달았다. 포장지에 적힌 글의 정체는 소설이었다. 아주 작은 글자가 인쇄된 종이에 이면지 고무도장이 찍혀서 못 쓰는 종이로만 알았는데, 그 작은 글자를 읽어보니 소설 내용이었다. 누가 무슨 이유로, 이런 괴상한 방식으로 소설을 보냈는지 황당했다. 이유를 알아낼 수 있을까 싶어 천천히 소설을 읽어나갔다.

소설은 한 남자가 친구 결혼식에 갔다가 돌아오는 길에 지하철에서 낯선 사람에게 상자를 받으며 시작했다. 소원을 들어준다는 상자를 받고 나서 남자는 원하던 여자를 만나 결혼해서 아이까지 얻지만 계속해서 이상한 사건이 이어졌다. 소설의 제목은 『행운을 빕니다』였고, 「그의 상자」라는 소제목이 붙어 있었다.

소설 속에서 소원을 들어준다는 상자의 묘사가, 그에게 배달된 상자와 똑같아서 글을 읽는 내내 의아했다. 흰색 종이 상자, 표면의 광택, 'OPEN'이라는 글자가 작게 써진 것까지 모두 일치했다. 지금 이 상자가 글 속에 나오는 그 상자인가? 상자를 보낸 사람은 글을 읽는 그가 소원을 들어주는 상자로 생각하기를 바란 건가?

아니면, 이 상자가 정말 소원을 들어주기라도 한다는 걸까?

핸드폰으로 소설에 나오는 몇몇 문장을 인터넷에 검색해 보았지만 아무런 결과도 나오지 않았다. 그렇다면 책으로 나오거나 인터넷에서 연재했던 소설은 아닌 셈이다.

"어떤 이상한 사람이 이런 일을."

그는 가방에서 상자를 꺼내 다시 살펴보았다. 낮에도 그랬듯이 뚜껑을 열어 봐도 아무것도 없는 빈 상자 그대로였다. 상자를 만지며 그는 중얼거렸다.

"소원을 들어주는 상자라."

집에 돌아오니 거실을 청소하던 아내가 그를 반갑게 맞았다.

"일찍 오네?"

아내가 건넨 인사에 그는 한동안 아무 말도 못 하고 서 있었다. 열심히 청소하는 아내의 뒷모습을 한참이나 보다가 이윽고 그는 대답했다.

"당신 집에 없는 줄 알았지."

"내가 집에 왜 없어, 만날 있는데. 그건 웬 거야?"

"그냥 회사 물건."

그는 상자와 소설이 적혀 있는 포장지를 다시 가방에 넣었
다. 아내는 십 성리 좀 해 홍시 이세 뭐냐고 산소리를 하면
서 거실을 바쁘게 돌아다니고 있었다.

"나도 나름대로 치운 거야."

그는 변명했고, 식탁에 앉아 아내가 움직이는 모습을 물끄
러미 바라보았다. 아내는 저녁을 아직 안 먹었다면서 그에게
저녁은 먹었는지 물었다.

"냉장고에 요리할 만한 게 하나도 없어. 장도 못 봤는데 저
녁은 뭐 먹지?"

"라면."

아내의 말에 그는 대답했다.

"그래, 라면 끓여 먹자."

다음 날 회사로 두 번째 소포가 도착하자 그도 점점 초조
해졌다.

소포 봉투를 뜯어보니 이번에는 포장지만, 그러니까 소설을 인쇄한 종이만 있었다. 그는 단서가 될 만한 특이사항이 있나 봉투를 꼼꼼히 살피고 소인을 적어두었다. 그리고 사무실 사람들에게 소포가 언제 도착했냐고 물어보았다. 소포를 받은 사람은 사무실에서 일한 지 얼마 안 된 젊은 직원이었다.

"오늘 아침에 와 있었어요. 무슨 일인데 그러세요?"

그녀가 걱정하듯 되물었고, 그는 별일 아니라고 대답했다. 그러나 이틀 연속 배달된 정체불명의 소포는 사무실에서 화제가 되었다. 다들 그를 찾아와서 책상에 놓인 소포를 한 번씩 들여다보았다. 팀장은 이렇게 말하기까지 했다.

"경찰에 신고해서 지문 채취해야 하는 거 아니야?"

그는 두 번째 소포에 들어 있는 종이 꾸러미를 살펴보았다. 읽어 보니, 종이 꾸러미는 『행운을 빕니다』의 두 번째 챕터였고 「호랑이의 상자」라는 소제목이 붙어 있었다. 생일을 맞은 젊은 남자가 아침에 일어났더니 호랑이가 집에 와 있었다는 내용으로 시작하는 소설이었다. 남자는 호랑이 인형과 하루 동안 같이 돌아다니며 이상한 일을 겪었고, 그가 읽는 내내 등장을 기다린 하얀 상자는 결말 부분에서야 언급되었다.

글을 다 읽고 나서, 그는 한동안 고민에 빠졌다.

'누가 보냈을까?'

왜 보냈을까? 내 회사 주소는 어떻게 알았나? 왜 조금씩 글을 나눠서 보내고 있을까? 내 주변에 이런 일을 할 사람이 누가 있지? 내가 모르는 사람의 짓일까? 생각하면 할수록 이상한 일이었다.

집에 오니 아내가 소파에 누워서 『행운을 빕니다』의 첫 번째 이야기를 읽고 있었다. 아내가 종이를 흔들며 그에게 물었다.

"이거 뭐야? 소설이야? 누가 썼어?"

"나는 아니야."

"쓰레기 버리려고 하다가 책상 위에 있기에 읽어봤어. 버리는 종이 같기도 하고 중요한 종이 같기도 해서. 당신이 썼나 싶었다가 그럴 리는 없고 다른 누가 쓴 글일까 고민하고 있었지."

아내가 말했다. 그는 자초지종을 말하고 그날 회사로 도착한 두 번째 이야기도 그녀에게 건넸다.

"종일 집에 있었어?"

"응, 그렇지 뭐."

치워도 치워도 끝이 없지만, 그래도 이제는 좀 사람 사는 집 같다고 그녀는 말했다. 그리고 오늘도 장을 못 봤다고 해서, 두 사람은 더 늦기 전에 장을 보기로 결정했다. 그가 나갈 준비를 하는 동안 아내는 두 번째 이야기를 읽더니 여기도 상자 이야기가 나오네, 라고 중얼거렸다.

그는 아내에게 말했다.

"상자는 못 봤지?"

아내는 그게 무슨 말이냐는 표정을 해 보였고, 그는 어제 가방에 넣어 두었던 상자를 꺼내 그녀에게 보여주었다.

"상자가 소설하고 같이 배달됐어."

아내는 상자를 보더니 오, 하고 감탄사를 내뱉었다.

"이게 소원을 들어주는 상자라는 말씀이지? 우리도 소원이나 하나 빌자. 뭐로 빌까? 아니, 오래 고민할 필요도 없어. 소원이라면 역시 로또지. 로또부터 사러 가자."

남자는 고개를 흔들었다.

"소원 빌었다가 상자 때문에 무슨 일을 당할지 어떻게 알아."

"두 번째 이야기는 나쁘게 끝나지도 않는데."

그도 궁금한 것이, 첫 번째 이야기에 나온 남자는 아이를 잃어버리지만, 두 번째 이야기의 남자에겐 딱히 나쁘다고 할 만한 일이 일어나지 않았다. 두 이야기의 결말에 차이가 있는 이유가 뭘까?

남자는 말했다.

"상자에 물건을 제대로 넣어서인가? 첫 번째 남자는 귀걸이를 제때 넣지 못했지만 두 번째 남자는 열쇠고리를 넣었으니까."

"그냥 검은 양복을 입은 남자 마음 아니야?"

아내는 대답했는데, 그것도 그럴듯했다. 그냥 검은 양복 입은 남자가 그렇게 하고 싶었을 뿐인지도 모른다.

"그런데 누가 이런 걸 보내는 거야?"

그걸 모르니까 내가 답답한 거 아니야, 라고 말하려는데 거실 전등이 갑자기 꺼지면서 집이 어두워졌다. 전등이 고장이 난 줄 알고 전구를 바꾸려다가, 그는 진짜 이유를 생각해내고 문밖으로 나갔다가 이내 돌아왔다. 아내는 집에 있는 다른 가전제품들을 살펴보고 있었다.

"다른 것도 다 안 되는데. 전기가 합선됐나? 아니면 정전?"

"단전. 전기세가 밀려서 집에 전기가 끊겼다는데."

그는 우편함에 있던 고지서와 독촉장, 그리고 대문에 붙어 있던 경고장을 아내에게 보여주었다.

"아까 집 밖에 잠깐 나갔었는데 왜 못 봤지."

아내는 전기가 안 된다면 장을 봐 와도 냉장고에 넣을 수 없지 않냐고 한숨을 쉬었다. 그는 바로 경고장에 적힌 번호로 전화를 걸고 상담원에게 계좌번호를 받았다. 그 번호로 체납한 전기세를 송금하면 한 시간 안에 전기가 다시 들어온다는 설명도 함께였다.

"밥은 그냥 사 먹자."

그의 말에, 아내는 청소하느라 기운도 없는데 그러자고 대답했다. 두 사람은 동네로 나왔다. 자주 가던 밥집으로 가자는 아내의 의견과 새로 생긴 레스토랑에 가자는 그의 의견이 부딪혀 두 사람은 한동안 방향을 잡지 못하고 길에서 서로에게 고집을 부렸다. 그러다 그가 이겼다.

아내는 도저히 이해가 안 간다고 말했다.

"가던 데로 가서 간단하게 백반이나 먹자니까 왜 그래?"

"나는 싫어."

그녀가 시큰둥한 표정으로 따라오거나 말거나 그는 레스

토랑까지 앞장서서 걸었고, 이미 한창 저녁을 먹고 있는 손님들 사이에 자리를 잡았다.

메뉴를 고민하다가 그는 문득 이런 말을 아내에게 했다.

"이번주에 휴가 낼까 하는데 어때?"

"휴가? 난데없이 무슨 휴가? 이렇게 갑자기 휴가 내도 돼?"

"왠지 무슨 일이 생길 것 같아서. 어디로 놀러 갈까?"

"글쎄? 일단 집 좀 치우고……. 모르겠다."

"저번에 가보려고 했다가 못 간 공원 있잖아. 거기 가볼까?"

"공원이라면 차 몰고 잠깐 갔다 오면 좋긴 하겠네."

"우리가 차가 어디 있어. 가려면 버스나 지하철 타고 가야해."

잠시 망설이다가 그는 말했다. 그의 말에 아내는 메뉴판을 놓고 그를 쳐다보았고, 두 사람은 멍하니 서로 얼굴만 바라보았다.

"우리 차 없어?"

아내가 갸우뚱하고 물었다.

"기분은 어때?"

그는 고개를 흔들며 되물었다.

"기분이 어떠냐니?"

"오랜만에 외출해서 밥 먹는 거잖아. 어떠냐고. 싫어?"

"기분이야 물론 좋지."

아내는 대답했다.

다음 날, 출근해 보니 택배는 오지 않았다.

내심 택배가 올 거라 생각했는데 오지 않으니 오히려 더 당황스러웠다. 일이 손에 잡히지도 않고 해서 오전 내내 빈둥대다가, 오후가 되어서야 눈치를 보고 상사에게 조금 일찍 퇴근하겠다고 말했다.

상사는 되물었다.

"어디 가는데? 데이트라도 하러 가나?"

상사의 말에 옆에 있던 이사가 적당히 하라는 듯 상사에게 눈치를 줬고, 상사가 헛기침하면서 애써 다른 화제를 찾는 동안 그는 말했다.

"그러면 좋게요. 집안일 때문에 일찍 가야 해서 그렇습니다."

"아, 뭐, 그러도록 해. 그런데 양 실장한테 오던 소포 말이야, 그거 해결됐어?"

상사의 질문에 그는 친구가 친 장난이었다고 거짓말로 얼버무렸다. 그러자 상사는 말했다.

"엉뚱한 친구도 다 있네."

그는 곧장 집으로 가지 않고 우체국으로 향했다. 그가 받은 택배 소인에 찍힌 우체국은 꽤 멀어서 버스로 한 시간 반이나 걸렸다.

우체국 직원에게 소인이 찍힌 봉투를 보여주며 이런 소포를 보낸 사람을 찾을 수 있겠느냐고 물었지만, 직원은 기억해내지 못했다.

"만약 앞으로 누군가 이런 봉투를 들고 누군가 소포를 보내러 오면 알려 주실 수 있나요?"

직원은 뭐 안 좋은 일이라도 일어났냐고, 그렇다면 아예 경찰에 신고하는 건 어떠냐고 물었다.

"그 정도의 일은 아닙니다."

그는 대답했다. 그다음은 주변의 사무용품 매장을 탐방했다. 근방에서 사무용품을 전문으로 판매하는 대형 매장을 발견하고 안으로 들어갔다. 그는 선물 상자가 독특한 재질인 점에 주목했다. 흔히 사용하지 않는 종이로 만든 상자라면,

누가 종이를 샀는지 역추적 하기에도 쉽지 않을까 추측해 본 것이다.

"이 제품은 다 나가서 지금은 없어요."

매장 매니저에게 종이 상자를 보여주자 매니저는 말했다.

"이런 종이나 상자를 파는 매장이 많지 않죠?"

"그렇죠. 무늬도 장식도 없는 흰색 상자인데 단가는 비싸서 사는 사람이 많지 않아요. 저희 매장 체인점 정도에서만 팔 걸요? 저희도 많이는 안 들여놔요."

그것이 그가 알아낸 정보들이었다.

소설을 보낸 사람은 근방에 거주할 가능성이 컸다. 혹은 이곳을 선택한 이유가 분명히 있을 것이다. 그렇지 않으면 같은 동네의 우체국과 사무용품 매장을 이용할 이유가 없으니까. 이런 방식으로 계속 추적한다면 상자를 보낸 사람을 찾을 수 있을지도 모른다고 그는 생각했다.

버스 정류장으로 돌아가는 길에, 그는 넓은 공원을 지나쳐 왔다. 저녁이 다가오자 공원에는 조깅 하는 사람, 아이를 데리고 산책 나온 부부, 연인들, 왁자지껄 떠들어 대는 학생들이 모여들고 있었다. 개도 출입이 허용되는지 개를 데리고 산책하는 사람도 많았고, 자전거 타는 사람도 많았다.

"이렇게 생긴 곳이구나."

그는 공원을 둘러보며 중얼거렸다.

집에 도착하자 예상외의 일이 그를 기다리고 있었다.

"이런 게 왔어."

집에 도착한 소포를 아내가 그에게 건넸다. 아내는 이미 봉투를 뜯어서 『행운을 빕니다』의 세 번째 이야기인 「꼬마의 상자」를 읽어보던 중이었다.

"이번 이야기는 좀 무서워."

아내가 끝까지 읽기를 기다리는 동안 그는 택배를 살폈다. 소인, 갈색 봉투, 안에 들어 있는 이면지까지 전부 같았다.

'누군지는 몰라도 이제는 내 집 주소까지 알아냈군.'

아내가 이야기를 다 읽고 종이를 건네자, 그는 서둘러 세 번째 이야기를 읽어보았다. 크리스마스가 오길 기다리는 꼬마에게 크리스마스이브보다 하루 일찍 산타클로스가 나타나고, 다음 날 꼬마는 무서운 사건 속으로 휘말려 들어간다. 아이가 어떻게 되나 조마조마하면서 읽었는데 죽지 않아 다행이었다.

아내는 말했다.

"이번엔 검은 옷을 입은 남자는 안 나오더라."

"암시는 되잖아. 그 산타가 검은 옷을 입은 남자겠지. 꼬마에게 준 상자가 그 선물 상자일 것이고."

"그런가? 산타랑 검은 양복을 입은 남자는 좀 다른 것 같던데. 아무튼, 나는 무서운 소설은 싫어."

몸서리치는 아내에게, 그는 말했다.

"그것 봐, 로또 안 사길 잘했지? 어떤 결말이 날지 모른다니까."

소설을 읽은 두 사람은 지난번에 배달된 소설까지 다시 꺼내 읽으면서 한동안 토론을 거듭했다. 왜 누구는 행복한 결말을 맞고 누구는 불행한 결말을 맞는지 법칙을 알아내고 싶었다. 아내는 고개를 흔들었다.

"어떤 방식으로 상자를 사용하는지 그 차이가 어떤 결말을 가져다주는 건 아닌 것 같은데. 불행한 결말을 벗어날 방법이 있는 게 아니라 그저 어떤 욕망을 품느냐의 차이인 것 같아. 좋은 욕망을 갖느냐, 나쁜 욕망을 가지느냐의 차이가 해피 엔딩과 새드 엔딩을 만드는 거지."

"욕망이야 다 같은 건데 누군 나쁘고 누구는 나쁘지 않을까? 결국, 그걸 판별하는 건 검은 양복을 입은 남자의 뜻인

거잖아."

"흠……."

아내는 잠시 생각하더니 말했다.

"그런데 어차피 소설 속 이야기잖아. 왜 이야기의 규칙에
신경을 써?"

~~자꾸 배달되니까 그렇지.~~

"그러면 누가 택배를 보내나 그 점을 신경 써야지."

"그건 그렇군."

소설을 보낸 사람은 글 속에 등장하는 검은 양복을 입은
남자일까? 왜 나에게 이런 걸 보내는 걸까? 정체가 뭘까?

다음 날, 이제는 전기가 잘 들어오는 집에서 그는 청소를
하고 혼자 장을 봐 온 다음 점심 먹을 준비도 마쳤다. 네 번
째 이야기는 시장에 다녀온 사이 집에 도착해 있었다.

'어째서 꼭 내가 없을 때 도착하는지.'

그는 네 번째 이야기인 「아들의 상자」를 천천히 읽었다. 이
번 이야기는 이전 이야기들과 사뭇 달랐다. 대화만으로 진행
되는 이야기는 대통령과 대통령 아들의 대화라는 사실을 드
러내더니 이윽고 대통령이 아들을 죽이는 비참한 결말로 치

달았다.

'이번에도 검은 옷을 입은 남자는 안 나오네.'

상자도 직접 나오지는 않는다. 과학자가 검은 옷을 입은 남자이고 아들의 심장에 들어 있던 기폭 장치가 선물 상자임이 암시될 뿐이다.

"또 택배 왔어?"

늦잠을 자고 있던 아내가 그제야 일어나 거실로 나왔다. 그가 점심상을 차리고 있는데 아내가 물었다.

"오늘은 왜 회사 안 가?"

"휴가 낸다고 그랬잖아. 우리 어디로 놀러 갈까?"

"진짜? 휴가 냈어? 그게 갑자기 돼? 그리고 왜 자꾸 노는 타령? 못 놀아서 죽은 귀신이라도 붙었나."

그들은 점심을 먹고 오랜만에 낮잠도 자고 텔레비전도 보면서 휴일처럼 보냈다. 그는 즐거웠지만, 한편으로는 초조함을 감추기 어려웠다. 검색창에 소설 속에 나오는 여러 문장을 입력해 보았다. 첫 번째 상자를 받았을 때 이미 검색은 해 보았지만 아무것도 나오지 않았다. 그래서 그동안 찾아보지 않았다가, 혹시 며칠 사이 새로 올라온 게 있을까 싶어 찾아본 것이다. 그런데, 새로운 결과가 있었다. 그는 검색 결과를 클릭하고 헉, 숨을 들이쉬었다. 자신이 받은 것과 같은 모양의 흰색 상자 사진이 하나 검색된 것이다.

그가 검색 결과를 클릭하자, 낯선 사람의 블로그가 열렸다. 블로그 주인은 아마도 공무원 시험을 준비 중인 젊은 사람 같았다. 공무원 시험 정보와 함께, '인내는 쓰고 열매는 달다' 식의 노력을 강조하는 격언을 모아 놓은 글들이 포스팅되어 있었다. 그리고 가장 최근 글에는 첫 번째 이야기인 「그의 상자」 도입부가 있고, 그 밑으로 흰색 선물 상자와 종이 뭉치 사진이 있었다.

'아, 이 남자도 소설을 받았구나.'

블로그 주인이 소설을 쓴 것 같지는 않았다. 그렇다면 종이 뭉치 사진을 올렸을 리 없다. 아마 블로그 주인도 그처럼 어느 날 소포를 받았고, 인터넷으로 정보를 찾다가 특별한 정보가 없자 혹은 더 많은 정보를 얻을까 하는 기대에 인터넷에 소설과 사진을 올린 것 같았다.

'연락해 볼까?'

다음 날 약속 장소인 공원에 도착하자 그는 벤치에 앉아 무릎 위에 종이를 올려 놓고 상대방을 기다렸다.

"양병철 씨?"

약속한 시각보다 십 분 늦게 한 남자가 나타났다. 큰 키가 눈에 들어왔다. 학생 같아 보였지만 학생은 아니었고, 그의 예상대로 공무원 시험을 준비 중이라고 했다. 학원 수업 중 여유가 있는 날이 오늘밖에 없다면서 약속 날짜를 오늘로 잡았다는 말도 덧붙였다. 남자는 매고 있던 큰 가방을 바닥에 내려 놓고는, 그가 들고 있던 종이를 가져가서 바로 읽기 시작했다. 그건 지금까지 받은 네 편의 이야기와, 그날 아침 공원으로 출발하기 전 집에 새로 도착한 다섯 번째 이야기였다.

다섯 번째 이야기인 「엄마의 상자」는 그가 보기에는 소설이라기보다는 콩트에 가까웠다. 평범한 아주머니가 갑자기 아이들이나 할 유치할 장난을 치면서 동네를 돌아다니자, 딸이 동네 주민의 항의에 골치를 앓다가 결국 꾀를 내서 엄마의 장난을 막는다는 내용이었다. 이번에는 검은 옷을 입은 남자는 나오지 않았다. 상자도 안 나오는 줄 알았는데 맨 마지막에 간접적으로 상자가 언급되어서 결국 상자 이야기로 수렴되기는 하는구나, 하고 그는 생각했다.

낯이 익은 얼굴이라고 생각했지만, 남자가 너무 열심히 소설을 읽고 있어서 묻지를 못 했다.

소설을 다 읽은 남자는 자신에게 배달된 종이라면서 병철에게도 종이를 내밀었다.

"이건 제가 받은 건데 혹시 안 읽은 것 있나 확인해 보세요."

병철이 받은 종이 뭉치는 전부 여섯 편의 이야기였다. 한 편은 그가 아직 받지 않은 챕터인 여섯 번째 이야기였다.

그가 여섯 번째 이야기인 「노인의 상자」를 다 읽고 나서야 남자는 자신을 소개했다.

"실례했습니다. 제 소개를 안 했네요. 이름은 박철수입니다."

두 사람은 언제 어떻게 종이를 받게 됐는지를 서로에게 설명했다. 그의 말을 듣고 난 철수는 말했다.

"5일 전부터…… . 저는 3주 전에 받았습니다. 병철 님은 소설을 매일 받으셨다고 했죠? 저는 며칠에 한 번씩 왔습니다. 여섯 번째 이야기가 온 지는 일주일이 지났고요."

"상자를 보낸 사람은 우리 둘이 아는 사람일까요?"

공통점을 찾아 대화를 나누어 보아도 소득은 없었다. 두 사람은 학교도, 사는 지역도, 고향도 달랐고 하다못해 자주 접속하는 인터넷 커뮤니티마저도 겹치는 점이 없었다. 병철은 공원 근방의 문구 매장에 갔던 이야기를 했고 철수는 고개를 끄덕였다.

"그런 정보까지 알아볼 생각은 못 했습니다. 왜 이런 상자를 모르는 사람에게 보내는 걸까요? 정말 경찰에게 신고해야 할지. 아무튼, 병철님 말씀대로라면 소설을 보낸 사람이 이 근방에 사는 건 거의 확실하네요. 제가 이 동네 살긴 하지만 저는 절대로 아닙니다. 그걸 어떻게 증명하지……"

철수는 자신의 알리바이를 늘어 놓으며 뭐라고 말을 했는데, 그는 다른 생각에 빠져 있어서 그의 말이 제대로 들리지 않았다.

"여기 와 보신 적 있으세요?"

"여기요? 이 공원이요?"

그의 물음에 철수가 공원을 둘러보며 말을 이었다.

"네, 여기 좋죠? 조용하고 여름에는 바람도 시원하고요. 저도 공부하다가 머리 식히고 싶으면 여기 와서 멍하니 앉아 있다가 들어가요."

그렇군요, 실은 예전에 아내와 한번 이 공원에 오려다가 못 왔거든요. 저번에도 입구에서 들여다보기만 하고 결국 들어오지 못했죠. 들어올 용기가 없어서요."

공원에 들어오는데 무슨 용기까지 필요합니까, 철수가 말했지만 그는 철수의 말을 듣지 않고 다른 말을 했다.

"여섯 번째 이야기를 읽고 나니 기분이 참 그렇군요."

여섯 번째 이야기인 「노인의 상자」는 죽음을 앞둔 할아버지의 이야기였다. 심장병으로 쓰러진 노인에게 검은 옷을 입은 남자가 나타나 돈을 주면 그만큼 삶을 연장해주겠다고 제안한다. 노인이 돈을 약속하자 남자는 하얀색 선물 상자를 노인에게 건넸다. 상자를 지니고 있으면 살 수 있다는 것이다. 그 대신 노인은 큰돈을 검은 양복을 입은 남자에게 줘야 했다.

병철은 남자에게 말했다.

"노인은 아내에게 미안해하지만, 행동은 마음과 다르게 하잖아요. 살아 있을 때 잘해주지 못하고 빨리 따라가고 싶다면서도 결국 그러지 못하고. 나라면 어떻게 했을까, 그런 생각이 들어요."

철수는 상자를 보내는 사람의 정체와 상자를 보내는 이유에 대한 추론을 몇 가지 말했으나 그는 여전히 남자의 말을 제대로 듣지 않았다. 대신 이렇게 말했다.

"철수 씨는 소설에서처럼 소원이 이뤄지는 상자를 받으면 어떻게 하겠어요?"

"상자가 오면요? 아무래도 조심해야겠죠. 다들 결말이 안 좋은데."

"다른 방법은 없을까요? 다 이루면서도 행복을 찾는 방법 말이에요. 이런 생각은 했어요. 상자를 들고 도망가면 어떨까? 검은 옷을 입은 남자를 피해서 계속 도망 다니면 결말을 피할 수 있지 않을까요?"

철수는 곰곰이 생각하더니 대답했다.

"여섯 번째 이야기를 보면 검은 옷을 입은 남자는 거의 저승사자 같던데, 도망칠 수 있을까요?"

철수의 지적에 그는 고개를 끄덕였다.

"맞아요. 도망치지 못하겠죠. 죽음으로부터는 절대로 벗어날 수 없을 테니."

다음 날 늦은 아침 눈을 뜨자, 아내는 어디로 갔는지 보이지 않았다. 슬리퍼가 없는 걸로 봐서는 잠시 산책하러 나간 것 같았다. 그리고 침대 머리맡에는 또 다른 소포가 놓여 있었다. 아마도 아내가 밖으로 나가는 길에 문 앞에 도착한 소포를 보고 그의 머리맡에 놓은 모양이었다. 아내가 먼저 소포를 열어 보았는지, 봉투는 뜯어져 있었다. 그는 천천히 소설을 다 읽고서 한동안 핸드폰을 만지작거렸다.

그리고 동창에게 전화를 걸었다.

"오랜만이다. 저번에 만나고 연락 못 해서 미안하다. 사업은 괜찮냐? 어려운 건 해결했어?"

몇 주 전 우연히 고등학교 동창을 만났다. 같은 반이었던 친구와 약속이 있어서 가던 중 신기하게도 또 다른 동창생을 만난 것이다. 그 동창은 표정이 좋지 않았는데, 그날 원래 만나려던 친구와 같이 셋이서 술을 마시면서 이런저런 이야기를 해 보니 사업이 어려워서 상당히 고생하고 있었다. 그는 경제적으로 도움을 줄 여유가 없었지만, 친구는 흔쾌히 도와주기로 약속했다. 그 후로 사업이 잘 풀렸는지는 아직 듣지 못했다.

동창은 사업이 괜찮아졌다고, 죽었다가 살아난 심정이라고 말했다.

"그래? 다행이네. 바쁜데 전화해 미안하다. 물어볼 게 있어서. 그때 말이야, 우리가 지하철역에서 만났을 때, 같이 있던 그 남자 있지? 네가 친구라고 한 사람……. 그래, 그 검은 양복 입은 남자……."

그는 동창에게 그간 있었던 일을 설명했다. 전화를 끊기 전, 동창은 그에게 이런 조언을 남겼다.

"네가 앞으로 어떻게 하고 싶은지는 잘 모르겠지만, 조심하는 편이 좋을 거야."

그는 나중에 또 통화하자는 말과 함께 전화를 끊은 다음, 세수하고 옷을 입고 서둘러 물건을 가방에 챙기면서 아내를 기다렸다. 그가 준비를 다 끝내고도 꽤 오랜 시간 동안 아내는 집으로 돌아오지 않았다.

"어디 나가?"

집으로 돌아온 아내는 외출 준비를 마친 그를 보더니 물었다. 그는 되물었다.

"당신이야말로 어디서 뭐 했어?"

"산책하고 왔어. 날이 좋아서. 표정이 왜 그래? 안 좋은 일 있어? 급한 약속 생겼어?"

"약속은. 같이 놀러 나가야지."

"어디로 가는데?"

"멀리 갈까 하는데."

되도록 준비를 서두르라는 그의 말에 아내가 말했다.

"참, 소포 온 거 봤어? 아침에 문 앞에 놓여 있더라."

"아니, 안 읽었어."

그는 자신도 모르게 거짓말을 했다

"이번 소포에는 이야기가 네 개나 있어. 여섯 번째 이야기부터 아홉 번째 이야기까지 네 개야. 내가 먼저 읽어 봤는데, 여섯 번째 이야기는 「노인의 상자」고, 일곱 번째 이야기는 「두 사람의 상자」, 여덟 번째 이야기는 「다른 사람의 상자」, 아홉 번째 이야기는 「친구의 상자」야. 그런데 이상한 게 있었어, 「친구의 상자」에 당신이랑 이름이 똑같은 사람이 나오더라고. 양병철이라는 이름이 흔하지는 않은데 말야."

그가 말없이 듣고 있자 아내는 소설 내용을 말해 주었다.

"당신 이름이 나오는 「친구의 상자」는 이런 내용이야. 사업 때문에 돈이 필요한 남자가 있어. 지하철을 타고 집으로 돌아가다가 옆자리 남자가 로또 2등에 당첨되는 걸 보거든. 그런데 그 남자가 주인공한테 이상한 제안을 해. 지나가는 사람의 양말을 받아오면 로또를 주겠다는 거야. 그래서 주인공이 지나가는 사람들에게 양말을 얻으려고 이리 뛰고 저리 뛰고 그래. 그 와중에 주인공이 두 명의 고등학교 동창을 만나는데 그중 한 명 이름이 당신 이름이야. 그러고 보니 주인공 이름도 들은 거 같은데. 혹시 당신 동창 중에 김성진이라는 사람 없어?"

"있어."

아내가 깜짝 놀라서 진짜냐고 되묻자, 그는 농담이라고 말하고 웃었다. 아내는 어이없다는 표정이었다.

"뭐야, 깜짝 놀랐잖아."

"아무래도 우리 동해로 가는 게 좋겠지? 이왕 멀리 갈 거면 바다를 보러 가는 게 좋을 것 같아서."

"그래, 좋아. KTX 타고 갈까? 아니면 고속버스?"

"아니, 차 몰고 가야지."

"우리 차가 있었어?"

"응 있어, 오늘은 차 몰고 갈거야."

그러냐고, 아내는 되물었다. 의아한 표정으로 아내가 준비를 마치고 그들이 집을 나설 때 밖은 어느새 해가 지고 있었다. 차에 올라타서 시동을 걸기 직전, 아내가 차 없다고 한 건 확실히 기억나는데⋯⋯. 하고 중얼거렸다. 그녀의 말을 묻어버리듯 그는 차의 시동을 켰다.

"자동차에 방향제 하나 놓으면 좋을 텐데."

아내가 말했다.

차가 골목을 빠져나와 도로를 향해 가는 동안 그는 말했다.

"사실 할 이야기가 있어. 「친구의 상자」에 나오는 양병철이 나 맞아."

아내가 자신의 말을 듣고 있는지, 어떤 표정을 짓고 있는지 보이지도 않고 그는 그저 뒷면 바라보며 밀을 이어갔다.

"몇 주 전의 일이야. 상덕이가 술 한잔하자고 전화했거든. 상덕이 알지? 힘들 때 많이 도와줬던 고등학교 동창 있잖아. 간만에 연락이 와서 만나러 나갔지. 그런데 지하철역에서 다른 고등학교 동창을 만난 거야. 성진이라고, 고등학교 졸업하고 본 적도 없는데 바로 알아보겠더라. 그런데 웃긴 게 성진이는 나를 모른 척하더라고. 분명히 알아본 것 같은데 어이가 없었지. 저 자식이 왜 저러나 했어. 황당한 것이, 나중에 보니까 상덕이는 알아보고 인사를 하고 있더라고. 그리고 성진이가 상덕이에게 받았던 양말을 돌려줘서 상덕이가 지하철 안에서 양말을 신었다니까. 정말 이상한 일이지? 두고두고 생각나는 일이었어. 왜 성진이가 처음에는 나를 모른 척했을까, 양말은 왜 벗어 줬나, 같이 있던 친구라는 사람에게는 왜 가운뎃손가락을 들어 보였나…… 차마 물어보지 못했는데, 오늘 「친구의 상자」를 받아 읽지 않았다면 몰랐을 거야."

"여보, 당신이 무슨 말 하는지 하나도 이해 못 하겠어."

그는 여전히 아내의 목소리를 들으며 앞만 주시한 채 차를 몰았다.

"멀리 도망가야 해. 당신은 앞으로 아무것도 걱정할 필요 없어. 과거를 되돌리는 거야. 내 뜻대로 하고 싶어. 도망가면 돼. 다른 사람들은 도망칠 생각을 하지 못했어. 나는 그렇게 할 거야. 그게 다른 사람과 나의 차이야."

"행운을 빕니다."

"뭐? 뭐라고? 당신 지금 뭐라고 했어?"

"왜 그렇게 놀라요?"

들려오는 목소리는 아내의 것이 아니라 뒷좌석에서 들려온 것이었다. 뒷좌석에 검은 옷을 입은 남자가 앉아 그를 보고 있었다.

"운전 중에 뒤를 돌아보면 어떻게 해요?"

아차, 그가 고개를 돌리는 순간 어둠 속에서 차가 나타나 그가 타고 있는 차를 정면으로 들이받았다. 그는 핸들을 돌려보았지만 이미 늦었다. 차는 허공으로 튀어 오르며 뒤집혔고, 큰 소리를 내며 땅에 부딪히면서 다시 뒤집힌 채 도로변으로 한참을 미끄러진 후에야 겨우 멈췄다.

그가 눈을 떠 보니, 옆 좌석에서 아내가 피를 흘리며 의식을 잃어 가고 있었다.

"안 돼⋯⋯. 도망가면 될 줄 알았는데⋯⋯. 안 돼⋯⋯. 제발⋯⋯."

그는 감았던 눈을 다시 떴다. 침대였다. 불 꺼진 천장을 마주한 것이다.

'꿈이었나.'

자동차가 뒤집힐 때의 충격과 소음, 그리고 이어진 고통과 머리에서 흐르던 피 냄새까지. 너무나 생생했다. 그는 고개를 돌려 옆에서 자는 아내를 확인했다. 어두운 방을 둘러보며 몸을 뒤척이다가 침대에서 일어나 거실로 나와 불을 켜지도 않은 채 소파에 앉아 생각을 거듭했다.

'정말 꿈인가?'

차가 뒤집히는 사고가 난 후에 눈을 뜨는데 침대에 누워 있다면, 당연히 꿈을 꾼 것이리라. 하지만 꿈이 지나치게 생생했다. 아, 그리고 검은 옷을 입은 남자가 있었지⋯⋯. 꿈 내용을 되새기고 있는데 갑자기 눈에서 눈물이 흘렀다. 그는 소파에 앉은 채 손으로 얼굴을 가리고 어린아이처럼 훌쩍훌쩍 울었다.

문이 열리더니 아내가 방에서 얼굴을 내밀었다.

"왜 울어?"

"배가 고파서…… 찬장 열어보니까 라면도 없더라고……"

그의 변명에 아내는 기가 찬다는 표정이었다.

"애처럼 울기는, 라면이야 사 오면 그만이지."

"휴가까지 내기에 멀리 좋은 데 가는 줄 알았더니, 그냥 공원?"

"공원 오고 싶다고 할 때는 언제고."

"내가 언제?"

"기억 안 나?"

"글쎄…… 내가 그랬나?"

"저쪽에 가면 벤치 있어. 나 너무 오래 앉아 있었더니 허리 아파. 거기 앉아 있자."

버스를 타고 오는 데 오래 걸렸지만, 공원에 도착하니 그도 아내도 기분은 좋았다. 오늘은 지난 번에 왔을 때보다 날

씨는 더 좋았지만 사람은 적었다. 노을이 천천히 지는 풍경을 앞에 두고 둘은 벤치에 앉았다. 아내는 저녁에는 뭘 먹을까 이 근처에 맛집이 있을까 그런 말을 하다가 갑자기 다른 말을 꺼냈다.

"아, 여기 와보려고 했던 것 같아. 내가 오고 싶어서 당신 보고 같이 가자고 했었어. 그런데 못 왔지. 그때 무슨 일이 있었지?"

"기억 안 나?"

"안 나는데."

"지금이라도 왔으면 됐지 뭘. 공원 한 바퀴 둘러보고 올래? 나는 좀 쉬고 있을게."

"그래, 그럼 그렇게 할까?"

아내는 벤치에서 일어나더니 터덜터덜 걸었고, 오솔길로 들어가기 전 그를 잠시 돌아보고는 다시 공원 저편으로 걸어갔다. 그는 아내를 바라보고만 있었다. 그의 옆자리에 키가 크고 검은 옷을 입은 남자가 다가와 앉는 동안에도, 그는 여전히 아내가 시야에서 점점 작아지는 모습만 보았다.

"오늘은 학생처럼 안 입고 있네요."

말은 그가 먼저 걸었다. 검은 옷을 입은 남자는 고개를 끄덕였다. 병철은 흰색 상자를 꺼내 들고 내려다보았다.

"저번에 만났을 때 알아볼 만도 했는데, 학생 같은 옷을 입었다고 왜 못 알아봤는지 모르겠어요. 지하철역에서 친구와 같이 있는 모습을 잠깐 봤을 때 인상이 강했거든요. 키도 크고 얼굴도 쉽게 잊을 얼굴은 아닌데 왜 못 알아봤는지 모르겠네요."

"이제는 아시겠죠?"

"그럼요."

병철은 그제야 검은 옷을 입은 남자를 돌아보았다.

"당신은 뭐 하는 사람인가요? 「노인의 상자」에 나온 것처럼 저승사자인가요?"

"그런 일을 한 적도 있습니다."

검은 옷의 남자는 대답했다.

"요즘은 사람들에게 선물을 주고 다닙니다. 그런데 이상하게도 선물을 받은 사람들이 행복해하지 않아요. 소원을 들어주면 좋아할 줄 알았는데 마냥 그렇지만은 않더군요. 그래서 다른 방법을 고민했어요. 선물의 기능을 미리 알면 달라질지도 모른다고 추측해 보았습니다. 그 때문에 당신에게는 상자를 받은 사람에게 일어난 일들을 적어서 보냈죠. 그리고 선물을 현명하게 사용할지 지켜보았고요."

검은 양복을 입은 남자의 말을 그는 더 듣지 않았다. 노을 진 공원 풍경에서 아내가 마치 그림에서 빠져나오듯 걸어나왔고, 그에게 다가와 손을 내민 것이다. 그는 벤치에서 일어나 아내를 맞이했다.

그는 말했다.

"당신, 이 세상 사람이 아닌 건 알아?"

그녀는 고개를 끄덕였다.

"어떻게 죽었는지도 기억나?"

그녀는 다시 고개를 끄덕였다. 그녀가 기억난다고 대답했는데도, 그는 그들에게 일어났던 일을 천천히 말했다.

"이 공원으로 오다가 교통사고가 크게 났어. 내가 운전하다가 실수를 해서 다른 차를 들이받고 정신을 잃었는데, 눈을 떠보니 병원 침대였지. 사고가 난 날로부터 3주나 지나 있었어. 당신은 이미 세상을 뜬 다음이었고. 그게 벌써 작년 일이야. 눈을 떠 보니 나는 당신을 죽였고, 당신은 무덤에 들어가 있었어. 할 수만 있다면 당신을 단 한 번만이라도 더 보고 싶었어. 다시 만나서 미안하다는 말을 하고 싶었어. 그 생각만 하면서 지난 1년을 살았어. 사는 게 사는 게 아니었어. 다른 건 아무것도 할 수가 없었어……. 그래서 상자를 받았을 때 나도 모르게 한 번만 당신을 만나게 해달라고 소원을 빌었던 거야. 당신과 함께 이 공원에 와서 꼭 사과하고 싶었어."

그는 아내의 손을 잡았다.

"미안해. 미안하다는 말을 꼭 하고 싶었어."

"내 걱정은 하지 마."

그녀는 그의 손을 따뜻하게 잡아주었다. 이윽고 검은 옷을 입은 남자가 다가와 곧 떠날 듯, 그녀의 옆에 섰다. 벌써 헤어질 시간인가, 그는 조급한 마음에 목소리가 떨려왔다.

"떠나기 전에 꼭 하나 정말 묻고 싶은 것이 있어. 무서워서 엄두가 나지 않았지만, 이번이 정말 마지막이니까 꼭 묻고 싶어. 그게 뭐냐면……."

공원으로 오면서 내내 마음의 준비를 했으면서도, 그 말은 입 밖으로 쉽게 나오지 않았다.

"혹시……. 나를 원망하는지……."

"내 대답은 나중에 알게 될 거야."

그녀는 경쾌하게 대답했다. 이윽고 남자가 그를 향해 손을 내밀었다.

"자 이제 상자를 다시 가져가겠습니다."

고개를 돌려 보니, 벤치 위에 놓아 두었던 상자가 갑자기 보이지 않았다. 방금 전까지만 해도 옆에 있었는데 어디로 갔지, 잃어버린 건가? 그러면 어쩌나, 상자를 돌려주지 않으면 큰일이 일어나는 것인가. 그는 놀라서 고개를 돌려 돌아보았지만 남자는 없었다. 아내도 보이지 않았다.

그는 그렇게 다시 혼자 남았다.

며칠간 무단으로 결근하고 회사에서 걸려 온 전화도 받지 않아 일이 엉망이 됐는데도, 사장은 그를 해고하지 않았고 동료 직원들도 여전히 친절했다. 올해 휴가는 못 쓰게 됐지만 어쨌든 그로서는 다행이었다. 밀린 일을 처리하느라 한동안 바빴고, 그래서 다른 생각을 할 틈이 없어 좋았다.

그러던 어느 날, 다시 정체불명의 소포가 그의 책상에 도착했다.

"또 발신자 없는 택배 왔어?"

팀장이 말하자, 순식간에 사무실 직원들이 그의 자리로 모여들었다. 사람들이 호기심 가득한 표정으로 지켜보는 가운데, 그는 천천히 택배 상자를 뜯었다. 안에는 예상대로 하얀 선물 상자가 있었다. 그는 상자를 한동안 바라보다가 용기를 내어 열었다.

상자 안에는 작은 자동차 모양의 차량용 방향제가 들어 있었다. 웬 방향제? 고민하던 그는 팀장의 말에 정신이 들었다.

"방향제가 생겼으니 이제 차만 있으면 되겠네."

자동차……. 그는 그제야 아내의 마지막 말을 떠올렸다.

'내 대답은 나중에 알게 될 거야.'

직원들은 이참에 차를 사서 몰고 다니면 어떻겠냐, 출퇴근 시간 길어서 힘들다고 하지 않았느냐, 요즘 중고차 시세가 괜찮다더라, 동생이 중고로 차를 한 대 샀는데 아주 만족하더라, 같은 말을 했다. 그는 방향제를 코에 대어 라벤더 향을 잠시 맡아본 다음 사람들에게 고개를 끄덕이며 말했다.

"차 사야죠. 꼭 사서 타고 다닐 거예요."

end.

『행운을 빕니다』는 오래전 '환상특급'이라는 제목으로 방영된 미국 드라마 '트와일라잇 존'처럼 각자 다른 이야기의 단편을 묶어서 장편으로 만드는 옴니버스 구성의 소설을 써보고 싶다는 생각이 들어서 집필을 시작했습니다.

이런 구성을 선택한 이유는 두 가지였습니다. 첫 번째는 당시 장편 소설을 끝내고 지친 상태여서 무거운 장편이 아닌 가벼운 느낌의 단편을 써서 모아 장편으로 만들고 싶은 의도가 컸습니다. 두 번째는, 당시 장르 소설 시장이 지금과는 달라서 사람들이 장르 단편에 쉽게 접근하지 못했기 때문이었습니다. 그때는 장르 소설 자체가 독자에게 낯설었고 단편 장르 소설은 더 그랬습니다. 독자에게 쉽고 재미있게 접근할 방법이 없을까 고민하다가, '트와일라잇 존'처럼 재미있는 이야기를 모은 책이라는 콘셉트로 선보이면 어떨까 아이디어를 내어 소설을 쓰기 시작했습니다.

이야기의 소재는 한국 전래 동화들에서 힌트를 얻었습니다. 「그의 상자」는 이야기 안에도 등장하는 '선녀와 나무꾼'에서 아이디어를 얻었습니다. 「호랑이의 상자」는 '우렁각시'와 '은혜 갚은 호랑이'에서, 「꼬마의 상자」는 '해님 달님'에서 아이디어를 착안했습니다. 소설 전체에서 검은 옷을 입은 남자가 저승사자로 암시되는 것도 전래 동화의 영향입니다. 이야기를 계속 쓰다 보니 다양한 아이디어가 떠올라서 전래 동화에서 영향을 받지 않은 이야기도 썼지만, 책 전체적으로는 전래 동화의 영향력 안에 있는 것 같습니다.

「아들의 상자」에 나오는 심리학 실험은 데이비드 이글먼의 『인코그니토』(2011)에서 빌려왔습니다. 당시에는 잘 알려지지 않은 실험이었지만 지금은 인터넷을 통해 많이 알려진 실험이 되었는데, 지금 독자분들에게 이 이야기가 어떻게 보일지 궁금합니다. 이야기의 배경이 되는 나라는 정확히 어느 나라라고 정하지 않고 썼습니다. 외국일 수도 있고, 과거나 미래가 배경일 수도 있습니다.

'다른 사람의 상자'는 실제 일어난 일을 각색한 것입니다. 다행히 소설과 달리, 실제로는 경찰이 편지를 중간에 다 수거해서 피해자 가족에게 전달되지 않았다고 합니다. '엄마의 상자'는 저희 부모님이 드라마를 무척 좋아하셔서 평소 드라마를 보며 시간을 보내곤 하시는데, '만약 부모님이 어느 날 드라마에 싫증이 나면 다른 어떤 재미있는 일을 하면서 스트레스를 해소하실까?' 하고 상상을 하다가 아이디어가 떠올랐습니다.

처음에 각 에피소드를 쓸 때는 유명한 영화나 드라마를 패러디한 가제가 있었습니다. 「그의 상자」는 '선녀와 나무꾼', 「호랑이의 상자」는 '은혜 갚은 호랑이', 「꼬마의 상자」는 '나홀로 집에', 「아들의 상자」는 '아버지와 아들', 「엄마의 상자」는 '엄마가 뿔났다', 「노인의 상자」는 '멋진 하루', 「두 사람의 상자」는 '넘버 쓰리', 「다른 사람의 상자」는 '친절한 성주씨', 「친구의 상자」는 '올드보이', 「아내의 상자」는 '피크닉'이라는 가제를 붙였습니다. 이후 가제가 소설을 제대로 설명하지 못

하는 것 같아 '누구누구의 상자' 식으로 바꾸어 고쳤습니다.

각각의 단편은 장르와 분위기가 다양하고 주인공 역시 성별과 직업, 연령대도 다양합니다. 이전에 이렇게 글을 쓴 적이 없었던 저에게는 새로운 도전이었습니다. 모든 작품이 다 그렇지만, 『행운을 빕니다』는 특히 당시에 글을 쓰던 때의 고민과 글을 하나하나 완성해가면서 얻었던 기쁨이 지금도 기억 속에 깊이 남아 있습니다.

이 이야기들은 2013년에 『오픈』이라는 제목으로 출간했다가, 이번에 『행운을 빕니다』 라는 제목으로 바꾸고 이야기들을 현 시대에 맞게 수정, 보완하여 더 흥미롭게 다듬었습니다. 이렇게 여러분께 다시 선보이게 되어 기쁩니다.

코로나 바이러스 때문에 모두가 지쳐 있는 요즘, 『행운을 빕니다』가 독자분께 조금이라도 재미를 드렸으면 더 바랄 것이 없겠습니다.

아울러, 들녘 출판사 관계자 여러분에게도 진심으로 감사드립니다.

2020년 10월,

ewhan.